INTRIGUES ET AMITIÉ

« La face cachée »

Du même auteur dans la série « **Intrigues et amitié** » :

-   **Hors réseau**

À paraître prochainement, dans la même série :

Abus de confiance

Conception de la jaquette :
Suzanne Beaudet

Ce roman est une œuvre de fiction.
Toute ressemblance avec une personne
vivante ou décédée, un fait ou une entreprise
ne serait que pure coïncidence.

Éditeur : Claude André Poirier
            Montréal (Québec) Canada
            Deuxième édition, automne 2016

Dépôt légal :
Bibliothèque et Archives nationales du Québec, 2016
ISBN 978-2-9815639-2-7

INTRIGUES ET AMITIÉ

« La face cachée »

Claude André Poirier

Roman

« Le succès est une denrée qui
se partage tellement bien, sans
que la part de l'un réduise celle
de l'autre. »

« La face cachée »

Claude André Poirier

Les quatre amis :

Il y a d'abord Anouk Beauregard, ma sœur. De tempérament intense, elle est ingénieure civile et chef de section pour la firme de génie-conseil ING Solution. Le regard de la plupart des hommes et de certaines femmes me confirme qu'elle est très attirante. Pourvue d'un côté exceptionnellement rationnel, elle est aussi capable des plus folles extravagances, particulièrement dans ses amours en dents de scie.

Mat, c'est le sérieux sergent Mathieu Smith de la Sûreté du Québec. Il représente l'élément le plus stable de notre quatuor. Avec sa conjointe Hélène, il a des jumeaux de dix ans. Nous avons grandi ensemble dans le quartier NDG[1] à Montréal.

Le plus sensible d'entre nous, c'est Damien Lecourt. Artiste peintre, divorcé, il travaille temporairement dans une boutique d'art, « Le Zèbre », en attendant, encore et toujours, d'être reconnu pour sa propre peinture. Il nous apporte une dimension assez surprenante des évènements, que l'on croyait pourtant sans âme.

Finalement, il y a moi, Gabriel Beauregard. Que puis-je vous dire d'intéressant sur moi ? On dit que j'ai un certain charme. La disparition de Marie, l'amour de ma vie, m'a jeté dans une dépression qui, même après deux ans, me hante encore par moment. Je me suis donc retiré du monde des affaires. Plusieurs m'envient, puisque je peux me permettre de très bien vivre de ce que j'ai amassé quand j'étais vice-président aux finances au siège social de Preston One. Mes

---

[1] Notre-Dame-de-Grâce

amis m'ont sauvé du gouffre en instaurant les soupers du premier lundi du mois pour me sortir de ma léthargie. Centrés sur moi au début, ces soupers sont devenus des jalons nécessaires à mon équilibre. Mes amis l'admettront peut-être, ils sont pour eux aussi, un point culminant dans leurs vies. En résumé, aider ces derniers et ah oui, j'oubliais, essayer de jouer Liszt au piano sont pour le moment mes deux repères.

CHAPITRE 1

Montréal, mardi matin 8 octobre

- Est-ce que je te réveille ?

Lorsqu'elle m'appelle, ma sœur Anouk a cette curieuse habitude de s'annoncer par une question. Selon le moment de la journée ou suivant son humeur, celle-ci peut être : « Es-tu en train de dîner ? », « Est-ce que je te dérange ? » ou encore, « As-tu deux minutes ? »

À huit heures du matin, son « Est-ce que je te réveille ? » me semble plutôt pertinent. Elle sait que de mon côté, rien ne requiert ma présence hâtive hors du lit.

- Non, petite sœur, je lisais le journal. Que me vaut le plaisir de ton appel en ce début de journée ?

- Tu vois, je suis en peu ennuyée, Gabriel. J'aimerais te parler de quelque chose qui me tracasse.

Sa voix me paraît un peu incertaine, je me doute que ce quelque chose qui la tracasse, comme elle le dit, n'est pas aussi banal qu'elle veut le laisser croire.

- Est-ce un évènement qui est arrivé après notre soirée d'hier ? Tu m'inquiètes, Anouk.

Hier, c'était notre souper du premier lundi du mois entre nous quatre. Depuis près d'un an maintenant, ces rendez-vous se sont vite imposés comme étant des moments très précieux dans notre vie. Au fil du temps, ils sont devenus des évènements incontournables. Damien, Mat, ma sœur et moi avons tous compris qu'en plus d'entretenir notre belle amitié, ces soupers donnent l'occasion à chacun de faire le point, en quelque sorte, sur sa propre existence. Rien de tel qu'un : « Et toi, que s'est-il passé d'important dans ta vie ce mois-ci ? » pour nous forcer à entrer en nous et nous obliger à isoler l'essentiel du reste. Ce n'est pas aussi évident que l'on pourrait le croire. Une fois l'introspection complétée, il faut savoir résumer en quelques phrases. Le processus se veut sans pitié puisque des amis comme les miens ne me laisseraient aucune chance de m'en tirer avec une quelconque parade. Cela est encore plus vrai quand l'œil vif de notre artiste et physionomiste Damien scrute tel un laser, nos états d'âme.

Hier soir donc, je n'ai trouvé rien de particulièrement différent chez ma sœur. Évidemment, tous savent qu'elle a ses hauts et ses bas ; nous nous sommes habitués à la prendre telle quelle. Tout au plus, durant le souper, elle nous paraissait un peu tendue. Mais bon ! Puisque nous avons tous appris, à nos dépends, à ne pas verbaliser d'hypothèses collectives sur les causes possibles de ses humeurs, nous avons tacitement choisi de ne pas trop gratter de ce côté. Tout compte fait, il ne nous a pas semblé qu'Anouk nous dissimulait quelque chose d'important.

- Non, Gabriel, tu n'y es pas. Il ne m'est rien arrivé après notre souper. Il s'agit plutôt de quelque chose qui concerne le bureau.

Je me sens soulagé. Elle m'a fait peur.

- Maintenant, je comprends pourquoi tu avais ton air des mauvais jours.

- Qu'est-ce que tu veux dire par mon « air des mauvais jours » ?

Pourquoi faut-il que je me mette les pieds dans les plats avant même que je ne termine mon premier café de la journée ? Il ne me reste qu'à rattraper le coup pour que tout cela ne dégénère pas en une guerre de mots dont ni l'un ni l'autre n'a besoin.

- Du calme, petite sœur. Ce que je veux dire, c'est que tu as eu raison de ne pas inviter tes affaires de bureau à partager notre souper. Tu as respecté la règle sacrée de nos rencontres entre amis, en évitant de parler travail.

Anouk ne répond pas. Elle aurait pu, et ce de multiples manières, attaquer la faiblesse de mes soi-disant éclaircissements. Elle ne le fait pas, heureusement pour moi.

Tout à coup, je réalise que son silence est probablement dû à ce qui la tourmente. Je crois qu'elle veut éviter de disperser ses énergies sur d'autres fronts. Ça y est, c'est à mon tour de me sentir inquiet maintenant.

- Je t'écoute, Anouk, dis-moi ce qui ne va pas.

Je sens son hésitation à l'autre bout.

- Je suis très ennuyée, Gabriel. Il y a quelque chose qui me préoccupe depuis la fin de semaine et je ne suis pas certaine que je devrais t'en parler.

Je sais qu'elle ne m'a pas appelé pour battre en retraite à ce moment-ci. Je décide de respecter sa retenue, sans lui tendre de perche.

Sa voix se fait très calme maintenant, presque résignée.

- Ainsi que je te le disais, j'ai beaucoup de travail ces temps-ci. Ce vendredi, j'ai quitté le bureau à dix-neuf heures trente. Comme souvent d'ailleurs, j'ai été la dernière de mon unité à laisser les lieux. En partant, j'ai constaté qu'il y avait encore de l'éclairage dans la salle des imprimantes. Au moment de l'éteindre, j'ai vu qu'il traînait une feuille sur l'une d'elles. Ma curiosité a été piquée. Comme tu le sais, l'entreprise a pour consigne de ne rien laisser sur les imprimantes ou télécopieurs, pour raison de confidentialité.

Elle s'arrête juste là, comme si elle attendait mon évidente question. Celle-ci ne viendra pas, je préfère ne pas la brusquer. Parler de ce qu'elle a vu lui semble assez pénible, elle n'a pas besoin que je la bouscule en plus.

- Je ne sais pas si je devrais te mêler à cette histoire.

Tournure inattendue !

Elle éprouve beaucoup de difficulté à poursuivre son récit. Anouk n'est pourtant pas femme à mâcher ses mots. Comme ingénieure civile, chef de son département depuis cinq ans, elle a l'habitude de gérer des projets et des gens. Reconnue pour aller droit au but quand elle a quelque chose à dire, elle fait généralement consensus sur son efficacité et son intégrité. Elle jouit d'une réputation enviable depuis son embauche au sein de sa boîte de génie-conseil, ING Solution.

À ce moment-ci, je crois qu'elle a besoin d'un coup de pouce. Je choisis de le lui donner.

- Anouk, tu sais que tu peux me faire confiance. Parle, je ne demande pas mieux que de t'aider. Dis-moi ce que tu as vu sur cette feuille, puisque je m'imagine que tu l'as lue ; sinon nous ne serions pas en train de discuter bureau en ce moment.

- En fait, reprend péniblement Anouk, il s'agissait plutôt d'une facture.

- Qu'est-ce qu'il y avait sur cette facture, Anouk ?

J'ai préféré la relancer immédiatement pour éviter qu'elle ne se réfugie encore une fois dans ses doutes.

- Ce sont des évènements reliés à mon travail et me voici, à t'accaparer avec ce qui n'est peut-être que de la paranoïa.

- Si tu étais convaincue que ce n'était que de la paranoïa comme tu le dis, tu ne m'aurais pas appelé. Bon, maintenant, je t'écoute, s'il te plaît ne tourne plus autour du pot.

J'entends sa respiration.

- Je m'en fais peut-être pour rien, mais ce que contenait cette facture m'a troublée. Elle provenait d'une boîte de consultation basée à Singapour.

Elle s'interrompt. Je dois encore l'inciter à poursuivre.

- Continue, ne t'arrête pas là.

- Elle couvrait leurs services pour le mois de septembre. De mémoire, on facturait des heures pour douze personnes, à cent cinquante dollars l'heure soit deux cent quatre-vingt-cinq mille dollars. De plus, le consultant de Singapour semble lui aussi faire affaire à des fournisseurs locaux puisque la deuxième partie de la facture présentait cent cinquante mille dollars pour ces derniers. Finalement, on y ajoutait soixante-cinq mille dollars en frais de gestion et de bureau. L'ensemble totalisait un montant de cinq cent mille dollars.

- Tu as bonne mémoire, ma sœur !

- Non, pas particulièrement. Cela m'a marquée, c'est pour cette raison que je m'en souviens si bien.

Elle n'a pas tort. Si je prends une date au hasard, je ne saurais probablement pas ce que je faisais cette journée-là. Si l'on me dit le onze septembre deux mille un, là, j'en aurais une idée très nette. Le stress est un excellent aide à la mémoire dans certaines circonstances.

- Je ne comprends toujours pas ce qu'il y a de si préoccupant par contre dans une simple facture trouvée sur une imprimante.

- Qu'est-ce que cette facture a de si particulier ? La soumission sur l'agrandissement du port de Singapour est mon projet. Enfin la partie génie civil, j'entends.

- Et puis ?

- Nous n'avons pas de consultant à Singapour, Gabriel.

- Oups !

CHAPITRE 2

Montréal, jeudi soir 3 octobre, la semaine précédente

La salle est bondée, l'atmosphère festive. On fait la queue devant les viniers de rouge et de blanc et l'on s'arrache les canapés que le traiteur a du mal à ravitailler. Les gens parlent fort et rient beaucoup. Mais avant tout, on y trouve une abondance d'œuvres, de tous les styles, qui se disputent notre intérêt.

Le vernissage de Damien et de ses collègues-artistes du quartier est un succès de foule. Chaque exposant a mis son carnet d'adresses à contribution. Tous les visiteurs ici ont un grand capital de sympathie envers ces artistes. Ce sont les amis, les amis de ces derniers ou la famille. Pour une première exposition collective, Damien est à son comble. Peu lui importe qu'il y ait plus de curieux et de proches que de mécènes, et plus de spectateurs que d'acheteurs. Il est enfin sorti de sa coquille, pour lui et pour nous, cela n'a pas de prix.

Évidemment, je suis présent. Pour rien au monde, je n'aurais manqué ce moment si précieux dans la vie de Damien. C'est aussi le cas pour Anouk et Mat. Nous l'avons poussé à sortir du placard, si je peux m'exprimer ainsi, pour le forcer à enfin dévoiler ses talents de peintre au grand jour. Personne ne s'attend à ce qu'il démissionne demain matin de son travail d'aide-gérant à la galerie d'art où il gagne sa croûte, mais nous sommes tous vraiment très fiers de lui.

Une vingtaine d'artistes se partagent l'attention des invités. Chacun s'offre pour expliquer de bon cœur sa démarche et son cheminement artistiques. Je suis à présent avec cet étrange sculpteur sur pierre qui me parle, sans que je comprenne vraiment, de mariages de textures et d'espaces négatifs. Toutefois, je dois avouer que ce sculpteur sait donner vie et âme à ce qui n'était à l'origine qu'un bloc de pierre sans avenir.

Au loin, je vois s'agiter Damien devant un visiteur de passage, je crois qu'il est dû pour un petit remplissage de rouge. Pas le visiteur, Damien. Je le regarde s'affairer à présenter un détail puis un autre, sur son tableau principal, celui qui trône au centre d'une dizaine de ses œuvres. Profitant d'une accalmie devant le vinier de rouge, amaigri, mais non vaincu, je joue mon rôle de ravitailleur officiel de mon ami.

J'ai dû dépasser mon heure, il m'a presque arraché le verre des mains. Ce n'est qu'après deux gorgées qu'il daigne me remercier.

- J'avais soif, se contente-t-il de répondre, en observant mon air un peu surpris.

Puis, il se détourne vers son admirateur du moment pour poursuivre ses explications, imbu de tout l'orgueil du monde. Damien, comme les autres exposants, est prisonnier de son kiosque. Cage dorée qu'il n'aurait voulu abandonner sous aucune considération. La sensation d'avoir enfin réussi quelque chose est trop belle pour laisser, ne serait-ce que pour dix secondes, la bulle si grisante dans laquelle il se trouve depuis le début de la soirée. Aujourd'hui, les années de travail, de frustration et de doute semblent bien loin de ses préoccupations.

Tiens, Mat qui s'amène par ici avec une coupe de rouge !

- J'ai pensé que tu aurais peut-être besoin d'un petit remontant, Damien. Pauvre toi ! Nous, nous allons et venons d'un artiste à l'autre. Toi, tu es attaché ici, condamné à donner des entrevues à tes admirateurs et admiratrices déchaînés.

- Merci, c'est gentil. C'est vrai que je n'ai cessé de parler de mes toiles depuis trois heures. Sais-tu que j'en ai vendu deux ?

Le bonheur se lit dans ses yeux. Il pointe deux de ses peintures, fier comme un paon.

- Celle-ci et celle-là.

Mat et moi, à l'unisson, lui lançons un sifflement d'admiration. Nous sommes aussi heureux que lui.

J'avoue que quelqu'un m'a coupé l'herbe sous les pieds. Celle que je voulais se trouve parmi les toiles vendues. Tant pis, je n'aurais aucune difficulté à en choisir une autre, j'aime tellement ce que fait Damien.

Mat me prend de vitesse, il le félicite en premier.

- Bravo, Damien, je suis fier de toi. Je n'avais aucun doute que cette première exposition serait un succès.

- Si je peux me permettre de te relancer, Mat, moi je n'avais aucun doute que ce serait un immense succès.

Damien, un émotif naturel, a la larme à l'œil. Ce qui me surprend le plus, c'est de voir la même buée prendre forme dans l'œil de Mat, le dur à cuire.

Mal à l'aise face à ce type d'émotion, Mat et moi ressentons, tout d'un coup, le besoin soudain d'aller s'aérer les idées un peu plus loin. Nous succombons donc à un commun désir d'aller voir ce qui se passe dans d'autres emplacements, laissant Damien à son noble sort.

Je me suis retrouvé dans le kiosque d'un peintre, dont les œuvres sont d'un style différent, mais presque aussi belles que celle de Damien. La concurrence quoi ! J'ai perdu Mat de vue. Je pense qu'il est allé explorer une autre région, au fond de la salle.

Quand j'ai entendu le gros « boum », j'ai d'abord cru qu'une porte s'était fermée subitement sous l'effet d'un courant d'air. Le temps de me retourner, je réalise qu'il n'en est rien. La foule autour de moi regarde dans une même direction. J'en fais autant.

Je ne peux prétendre qu'il y a panique. Le bruit a simplement créé une certaine curiosité collective, générée par la soudaineté de l'évènement. C'est à ce moment-là que j'ai vu quelques personnes s'animer autour de l'emplacement de Damien.

Je ne peux plus demeurer spectateur. Mon inquiétude me pousse à vérifier si Damien était impliqué dans ce brouhaha, dont la nature m'est encore inconnue.

Une fois sur place, enfin, à l'endroit où avait été le kiosque de Damien, j'y vois deux hommes qui s'affairent à relever Anouk qui s'est retrouvée sur Damien qui lui, se trouve par-dessus les cloisons renversées de son ancien kiosque. Mat, qui arrive en même temps que moi, donne un coup de main aux deux types pour soulever le pauvre Damien. D'autres bonnes âmes s'appliquent à remettre la cloison debout, ainsi que les tableaux qui s'y trouvent plus ou moins encore accrochés.

- Tu n'as pas de mal, Anouk ?

- Moi ça va, Gabriel. C'est plutôt à Damien de répondre à la question.

Sa répartie très sensée me rassure sur sa condition.

Damien me semble en effet un peu sonné. C'est Mat qui s'enquiert de son état. Pas de réponse. Le pauvre homme cherche ses idées. Mat se retourne vers Anouk, lui adressant la même question du regard. Elle saisit son interrogation.

- Je ne comprends pas Mat. Je lui ai apporté un verre de vin. Comme il ne pouvait quitter cet endroit, il m'a demandé de l'approvisionner en rouge de temps à autre, quand je passais dans les parages. Puis, bang ! Il est tombé à la renverse en m'entraînant avec lui.

Damien, encore chancelant, nous présente, contre toute attente, son plus beau sourire.

- Damien, déclare solennellement Mat qui vient de tout comprendre, tu es saoul comme une barrique.

* * *

La première exposition collective de Damien ne passera pas à l'histoire de la peinture québécoise contemporaine. Elle restera par contre mémorable pour lui bien sûr, mais aussi pour Anouk, Mat et moi. En prime, elle nous a donné l'occasion de faire le plein de belles flèches empoisonnées, que nous aurons plaisir à décocher le temps voulu, pour notre plus grande satisfaction.

CHAPITRE 3
Montréal, mardi soir 8 octobre

J'attends Anouk d'une minute à l'autre. Ce matin, je ne lui ai pas été d'une grande utilité. Je n'aime pas voir ma sœur aux prises avec ce genre de dilemme. C'est plus fort que moi, je la considère toujours comme une petite fille, ce qu'elle n'est plus de toute évidence.

Est-ce que son histoire m'a pris de court ou ai-je perdu la main depuis deux ans, alors que je quittais mon poste de vice-président aux finances chez Preston One ? Le résultat final est que ce matin, je n'ai pas vraiment aidé ma sœur. Faute de mieux, j'ai rattrapé le coup en lui proposant de venir souper chez moi, ce soir. Elle a été très intéressée par mon offre. De mon côté, je disposais de la journée pour concocter quelque chose d'intelligent à lui recommander.

Invitée pour dix-neuf heures, elle se présente à vingt heures, comme je l'avais prévu.

- Je suis désolée, Gabriel, je n'arrivais plus à quitter le bureau. C'est fou le travail ces temps-ci. Tout le monde est hystérique. Nous n'avons plus que trois semaines avant l'échéance pour la remise, à notre client de Singapour, de la plus grosse soumission de l'histoire d'ING Solution.

Anouk est sincère, et dans ses explications et dans ses regrets. En fait, elle est toujours très convaincante pour justifier ses perpétuels retards. Mon jeu à moi et à ceux qui la connaissent bien est de faire preuve d'une grande empathie.

- Ne t'en fais pas, je comprends les contraintes de ceux qui ne sont pas maîtres de leurs horaires. De toute manière après notre copieux repas d'hier, j'ai pensé que des sushis, qui en plus ont le mérite de ne pas refroidir, feraient très bien l'affaire. Qu'en dis-tu ?

- Tu es génial, Gabriel !

- Non, je suis pratique.

J'en rajoute, en lui faisant un beau sourire :

- Je suis aussi un peu paresseux et j'ai tout commandé. Là, tu peux me dire que je suis génial.

La glace, bien que très mince ou presque inexistante entre nous, est cassée. Nous voici devant un magnifique amoncellement de petites merveilles, aussi belles à regarder que, nous le saurons dans une minute, bonnes à manger.

- Dis donc, petite sœur, nous serons bientôt inséparables. Nous étions ensemble au vernissage de Damien jeudi dernier, au souper des premiers lundis du mois hier et maintenant, ce repas improvisé. Je vais y prendre goût.

Elle ne sent pas le besoin de répliquer. Je comprends que le temps est venu d'aborder la raison de notre rencontre. Je lui ouvre la porte.

- Tu as pensé à ce que je t'ai suggéré ce matin.

C'est sans aucune hésitation qu'elle me répond. Sa spontanéité n'est pas de bon augure.

- Tu m'as proposé ce qui est écrit dans le manuel, Gabriel : « Va voir le représentant à l'éthique, ou le directeur du personnel ou ton patron, ou avises-en l'Ordre des ingénieurs du Québec. » Figure-toi que j'avais déjà pensé à tout cela par moi-même, grand frère pas très malin.

- Alors, leur as-tu parlé de ce que tu as découvert ou non ?

- Non.

- Tu attends que je te pose la question ou tu vas préciser ta pensée par toi-même ?

Un sushi abandonné à son triste sort trouve le chemin de sa bouche, ce qui fournit à Anouk les quatre ou cinq secondes de plus dont elle a besoin avant d'amorcer une réponse.

- Tu vois, Gabriel, j'ai vraiment peur de me tromper. Comme tu le sais, certaines firmes de génie-conseil sont éclaboussées par des scandales de pots-de-vin ces temps-ci. Je crains tellement de crier au loup pour rien, que je me sens coincée. Ces histoires-là, vraies ou fausses, s'ébruitent trop facilement. L'opinion publique est très critique à ce sujet. S'il fallait qu'il y ait le moindre doute sur notre intégrité, la firme ne s'en remettrait pas.

C'est à mon tour de gagner du temps. Moi, c'est le verre de vin qui me sert d'amortisseur.

- Tu as raison sur ce point, c'est un sujet très sensible ces temps-ci, en effet. Les journaux regorgent de ces histoires. Une fausse rumeur ferait presque autant de dommage qu'une vraie rumeur, si je puis m'exprimer ainsi.

Mon approbation lui donne du tonus. Elle est plus loquace.

- À cela s'ajoute l'énorme soumission sur laquelle nous travaillons. Ce serait le plus gros contrat de notre histoire, si nous gagnions. Tu comprends les enjeux, toi. En plus, à cause de nos récents succès en Asie, nous avons l'impression que le client nous considère assez favorablement. Reste à proposer un bon prix, évidemment. Nous ne pouvons nous permettre de faire un faux pas. La soumission est due le premier novembre, dans un peu plus de trois semaines.

Tous deux, nous sommes maintenant concentrés à éliminer toutes traces résiduelles de sushis. Quant au vin, la bouteille peut encore soutenir le siège.

Bon, on ne peut tout de même pas en rester là. Anouk ne peut garder sa découverte sous silence. Elle se doit de faire quelque chose. Je vois bien que ce dilemme la tourmente.

- Je comprends ta réticence, Anouk, mais ne crois-tu pas que ton patron devrait être mis au courant au sujet de cette facture que tu as découverte ? Va savoir, il a peut-être une explication toute simple. C'est un peu gros, une fausse facture d'un demi-million. Ne trouves-tu pas ?

Elle se dandine sur sa chaise.

- Je ne pense qu'à cela, Gabriel. En fait, j'ai essayé de le voir hier. Je suis allé à son bureau. Jusqu'à la dernière seconde, je ne savais pas si je lui en parlerais ou non.

- Puis ?

- La décision s'est prise d'elle-même. Il est en déplacement, il revient vendredi.

- Merde !

- Je ne sais même pas si j'aurais abordé le sujet avec lui. J'avais amené un dossier avec moi. Il représentait mon plan « B ». Si j'avais décidé à la dernière seconde de ne pas lui en parler, nous aurions discuté du dossier en question.

Je me redresse sur ma chaise. Cela vient tout juste de me traverser l'esprit.

- Qu'as-tu fait avec la facture ?

Anouk semble surprise par la soudaine question.

- Je l'ai remise à sa place, sur l'imprimante.

Elle est un peu mal à l'aise. Elle me regarde comme si elle cherchait une marque d'approbation dans mon expression.

Je demeure jongleur un moment.

- Donc, la personne à qui était destinée la prétendue facture l'a probablement récupérée. Et j'y pense maintenant, il n'est pas impossible que quelqu'un d'autre l'ait vue aussi ! Et comme tu crois avoir été la dernière de ton département à quitter le bureau vendredi, quelqu'un l'a peut-être vue avant toi.

Anouk est au garde à vous sur le bout de sa chaise.

- Si tel est le cas, Gabriel…

Elle vient juste d'entrevoir une autre dimension qui lui fait peur. Sa voix est hésitante maintenant.

- Si quelqu'un a vu la facture avant moi, sachant que moi j'étais encore au bureau, puisque j'ai été la dernière à le quitter que je sache, il y a une possibilité pour que cette personne me croit impliquée, moi !

Je ne trouve rien à répondre. La situation prend une tournure que je n'aime pas.

Jusqu'à ce moment précis, je croyais que l'idée qui m'avait traversé l'esprit dans la journée était tout à fait invraisemblable. Maintenant, je pense que c'est la meilleure avenue, sinon la seule. Je dois la proposer à Anouk.

Elle va me tuer !

* * *

Notre souper aux sushis m'a permis de découvrir tout un univers.

Les ports de Chine sont parmi les plus imposants au monde. À part l'Européen Rotterdam qui s'est infiltré dans le peloton de tête, on compte celui de Shanghai, Tianjin, Singapour et plusieurs autres asiatiques. Celui de Singapour a pour ambition de ravir le titre du plus gros, en matière de tonnage de marchandises qui y transitent annuellement.

Un agrandissement majeur y est prévu. Les travaux devraient durer cinq ans. L'étape la plus importante est la réalisation des plans et devis de construction. C'est sur cette portion du projet qu'ING Solution propose ses services. Même si les boîtes de génie-conseil du Québec sont très performantes et reconnues internationalement, elles ne sont pas les seules en lice. Des firmes de calibre mondial sont intéressées par ce projet.

John Beck, vice-président aux affaires internationales et patron d'Anouk, pilote la soumission. Cette dernière est responsable de la partie génie civil tandis que d'autres collègues d'Anouk couvrent les volets génie mécanique, électrique et architectural de la soumission.

La direction d'ING Solution ne ménage aucun effort pour démontrer le savoir-faire de la boîte à l'étranger. Cette dernière jouit maintenant d'une réputation enviable sur les marchés internationaux. Fort de ses succès, la firme s'attaque aujourd'hui à une grosse cible, Singapour. Gagner cette soumission serait son ticket d'entrée dans la cour des grands.

CHAPITRE 4

Laval, il y a environ quarante ans.

- Combien de fois vous ai-je dit, les jumeaux, de ne pas jouer dans le salon ? Vous avez fini par briser ma lampe.

Les garçons ne bougent pas.

- Regardez, c'est défait maintenant. Je ne sais pas si l'on peut la réparer. Je ne suis pas contente. Pourquoi ne m'avez-vous pas écoutée ?

Les jumeaux sont identiques sauf pour la couleur de leurs yeux. C'est celui aux yeux bruns qui répond.

- Ce n'est pas de sa faute, maman. C'est moi qui ai accroché la lampe.

Les deux enfants de six ans regardent leur mère avec appréhension.

- Je t'ai dit cent fois, Einstein, de ne pas prendre le blâme pour ton frère. Il y a une limite à vouloir le couvrir, il faut qu'il apprenne. Tu ne l'aides pas en le protégeant de la sorte.

Puis s'adressant à l'autre :

- Charles, va dans ta chambre tout de suite. Tu en sortiras quand je te le dirai, pas avant.

Il en est ainsi depuis que les jumeaux ont deux ans. Charles n'a pas la même facilité qu'Einstein. L'un s'est développé rapidement et est très en avance pour son âge. Il savait compter jusqu'à cent et reconnaissait plusieurs mots écrits avant d'entreprendre le préscolaire. De là le surnom d'Einstein donné affectueusement par ses parents. L'autre, Charles, éprouve beaucoup de difficultés. Il est en adaptation scolaire.

Bien qu'encore très jeune, Einstein a pris le rôle de protecteur de son frère. Ils sont de la même taille, mais pas de la même sagesse. L'un veille sur l'autre. Leur mère n'a pas tardé à s'apercevoir qu'Einstein avait l'habitude de couvrir son frère quand ce dernier se mettait les pieds dans les plats, ce qui lui arrive un peu trop souvent d'ailleurs. Savoir Charles à la traîne par rapport à son frère, lui arrache son cœur de mère. Elle réalise que les gens leur adressent des regards différents. Elle craint que Charles en souffre toute sa vie. Ce qui l'affecte aussi beaucoup, c'est de voir le rôle qu'Einstein se donne malgré son jeune âge. À six ans, il ne devrait pas être le protecteur de son frère, mais son compagnon de jeu, d'égal à égal.

Montréal, mercredi 9 octobre

Les gens nous oublient tellement rapidement, c'est incroyable. J'ai quitté Preston One il y a à peine deux ans, à la suite de la disparition de Marie, l'amour de ma vie. Me voilà rendu à expliquer qui je suis, à des gens que je côtoyais au quotidien.

C'est le cas de cette assistante à l'agence de placement. Je lui parlais presque toutes les semaines, quand j'étais en position de solliciter leurs services. Me voici aujourd'hui, la suppliant pour qu'elle daigne déranger monsieur, son patron.

Heureusement, je finis par avoir gain de cause.

- Gabriel Beauregard, quelle surprise! Comment allez-vous ?

Il en met beaucoup pour quelqu'un qui a pris cinq bonnes minutes avant de se décider à prendre la ligne.

- On ne peut mieux, Marc. Et de votre côté, comment vont les affaires ?

Marc Perron est le président d'une agence de placement temporaire de comptables agréés. Son marché couvre toutes les entreprises qui ont besoin rapidement d'un remplacement compétent, à la suite d'une maladie ou d'un congé annuel. Mais sa principale source de revenus demeure la cohue des fins de mois ; le cauchemar des départements de comptabilité de toutes les entreprises du monde. Comme responsable financier de Preston One, je faisais affaire à leurs services sur une base régulière. En fait, je peux dire que j'étais l'un de leurs clients importants à l'époque, sinon le plus gros.

Mais voilà, aujourd'hui, je n'ai rien à offrir. Je ne suis qu'un trop jeune rentier, vivant du petit pactole que je me suis amassé.

Est-ce que j'étais tellement différent de lui à une époque pas si lointaine ? Je n'essaierai même pas de répondre à ma propre question, cela risque de me créer trop de turbulence et malheureusement de me décevoir moi-même.

- Qu'est-ce que je peux faire pour vous ?

Je dois comprendre qu'il ne souhaite pas me confier comment vont ses affaires. Je déchiffre aussi, en raison de son ton anormalement enjoué, qu'il espère qu'il ne puisse rien faire pour moi.

Bon, cela c'est son problème. Mon but à moi est d'obtenir une faveur de sa part, qui me permettra d'aider ma sœur. Je ne fais donc pas de cas de ses humeurs et je vais droit au but.

- Je crois que vous avez la firme de génie-conseil ING Solution dans votre liste de clients, n'est-ce pas ?

En fait, je connais très bien la réponse à ma propre question, Anouk me l'a dit.

Il hésite un peu puis prend le ton de celui qui se demande où l'autre veut en venir.

- Oui, en effet.

Il n'en dit pas plus, sans doute pour me donner l'occasion d'éclairer sa lanterne. Ce que je fais sans tarder.

- J'aimerais que vous acceptiez ma candidature pour le prochain poste temporaire disponible en comptabilité, chez eux.

Silence de mort au bout de la ligne. Puis, arrive la réponse que j'avais anticipée.

- Je ne peux pas faire ce que vous me demandez, vous êtes bien trop qualifié. Je ne comprends pas où vous voulez en venir.

Ma réplique à son hésitation prévue est fin prête.

- Il y aurait un problème si je n'étais pas assez qualifié. Vous n'avez qu'à dire que j'ai un baccalauréat en comptabilité et que j'ai les compétences minimales requises pour le poste. Vous n'êtes pas obligé de mentionner que j'étais vice-président aux finances d'une multinationale ou que j'ai un doctorat en fiscalité. Cela n'est pas mentir. Non ?

Tout d'un coup, il me lance sur le ton de quelqu'un qui vient de tout comprendre :

- Tu as besoin d'argent !

Il vient de laisser tomber le vouvoiement, comme quoi un des ingrédients du respect est lié à l'argent. Pas d'argent, pas de vouvoiement. Si c'est bon pour lui, c'est bon pour moi. *Tutoyons-nous mon ami, tu l'auras voulu.*

- Non, Marc, tu n'y es pas. Ce serait un peu long à expliquer. Disons que j'ai la qualification pour pourvoir un poste temporaire et qu'ING Solution est une entreprise qui m'intéresse particulièrement.

J'entends son souffle et le devine très nerveux.

- Je ne peux pas faire ce que tu me demandes.

Je m'étais préparé à faire face à cette ligne de défense.

- Oui, tu peux le faire, Marc. De la même façon que moi j'ai pu t'accorder contrat sur contrat pendant des années.

C'était mon argument final, je n'en ai plus d'autres.

L'attente est très longue.

Il annonce le verdict :

- Sois là lundi matin à neuf heures. J'enverrai Antoine chez un autre client. Ce n'est qu'un petit mandat d'une semaine pour les aider à compiler les données de fin de mois pour septembre.

- Merci, Marc, ce mandat sera parfait pour moi.

Je suis vraiment heureux.

- Ne me remercie pas, fais du bon travail. ING Solution n'est pas pour le moment un très gros client pour moi. Il ne me confie que de petits contrats pour l'instant. Je veux devenir leur fournisseur privilégié de main-d'œuvre temporaire. Je compte qu'ils soient extrêmement satisfaits de tes services.

- Ils le seront.

Il ne le sait pas encore, mais je n'en ai pas terminé. Donc, fort de cette belle victoire, j'en profite pour en venir à mon deuxième point. Un peu plus délicat celui-là.

- Ah oui, j'oubliais !

C'est ma manière à moi d'annoncer quelque chose qui ne passera pas si facilement.

- Sont-ils vraiment obligés de connaître mon vrai nom ?

- Là, je ne te suis plus, Gabriel. Ne trouves-tu pas que tu en demandes un peu trop ? Et puis, comment veux-tu que je t'émette un chèque de paye sans ton vrai nom ?

- Laisse tomber la paye, Marc. Je t'offre la semaine à titre de bénévole.

Je crois que mon argument a porté.

- Alors, comment dois-je te présenter ?

- Gabriel Bédard devrait faire l'affaire.

- Je les avise que le comptable Gabriel Bédard arrive lundi matin pour combler leur mandat d'une semaine. Je compte sur toi pour que tu les impressionnes.

- Ils le seront, crois-moi.

Eurêka ! Mission accomplie.

Je me sens comme un diplômé qui vient d'obtenir son premier emploi.

Dès que je raccroche, j'appelle Anouk, trop heureux de lui annoncer la nouvelle.

Je n'ai pas longtemps à me demander si elle est à son bureau, elle répond sur-le-champ. Je teste mon nouveau nom.

- Bonjour, ici Gabriel Bédard.

Anouk ne bronche pas pendant un moment. Puis elle crie.

- Gabriel !

Son intonation ne ment pas. Elle m'a reconnue, mais préfère le vérifier avec un « Gabriel » bien senti.

- C'est bien moi, rassure-toi.

- Qu'est-ce que cette histoire de Gabriel Bédard ?

- Ma chère petite sœur, nous serons collègues de travail à partir de lundi prochain.

Le ton d'Anouk trahit sa surprise, elle est vraiment étonnée.

- Tu l'as fait ! L'agence a accepté ton offre !

- Ma stratégie a fonctionné comme sur des roulettes, ou presque. Ils ont reçu un mandat d'ING Solution pour une semaine qui commence ce lundi. Je serai le gars de l'agence. Ah oui ! Pour éviter que l'on fasse de lien de parenté avec toi, j'ai trouvé que Bédard serait mieux que Beauregard.

Elle ne répond pas tout de suite. Je la relance.

- C'est bien ce dont nous avons discuté. Non ?

- Oui, c'est bien ce que tu as proposé. Mais…

Je vois que je la prends par surprise. Hier, elle a finalement accepté mon idée un peu folle, probablement faute de vin pour étirer le débat ou plus vraisemblablement, parce qu'elle n'a pas cru que mon plan aurait fonctionné.

- Mais quoi ?

- Comme je te l'ai dit, cela me rend mal à l'aise de voir mon frère voler à mon secours jusque dans mon milieu de travail.

- Ne t'en fais pas. Les chances que l'on se croise cette semaine sont minimes. Dans la plupart des compagnies, le département de comptabilité est dans un petit coin, près du sous-sol, à l'abri des regards.

- Tu vas donc te sentir en pays de connaissance, c'est aussi le cas chez nous.

Elle change soudainement de ton.

- Si tu te faisais prendre ?

- Me faire prendre à quoi ? À exécuter un mandat paisible en comptabilité ? À faire du bénévolat ? À être surqualifié ? Qu'y a-t-il de mal dans tous ces scénarios ?

- Tu sais très bien ce que je veux dire, Gabriel.

- Ne t'inquiète pas, petite sœur. Je sais ce que tu veux dire. Je fouillerai ici et là, discrètement, jusqu'à ce que je trouve la facture en question. En plus, cela tombe très bien, je ne ferai que mon travail.

Je prends bien qu'involontairement, un ton plus sérieux.

- Pour ce qui est de moi, je n'ai pas besoin d'y revenir n'est-ce pas ? Tu sais très bien que tout ce qui peut m'occuper de façon utile ces temps-ci m'est des plus bénéfique.

- Je sais, Gabriel.

Puis d'une voix plus douce elle répète, « je sais ».

* * *

Ce soir, j'inviterai Annie pour souper au restaurant. Elle comprendra, comme pour les autres fois, où cela nous mènera.

Chaque fois que je suis avec Annie, j'ai l'impression de tricher Marie, disparue durant notre voyage à Amman. Elle le sait et je sais qu'elle le sait. Elle comprend aussi que je ne recherche pas l'amour. Enfin, pas à ce moment-ci de ma vie et pas avec elle. Sans en avoir parlé très ouvertement, je crois qu'Annie est dans la même situation. Je présume qu'elle a ses raisons.

Je lui ai souvent offert d'en rester là, de ne plus se voir. Elle a refusé à chaque occasion. Je sais que ce n'est pas dans l'espoir que je change d'avis. Je dois occuper la même place dans sa vie, qu'elle dans la mienne. Puis, à la fin de la soirée, après un bon souper, dans un lit chaud, quand nos corps se retrouvent enlacés et que nos sens prennent le dessus, toutes ces considérations deviennent tellement secondaires.

CHAPITRE 5
Montréal, vendredi matin 11 octobre

Mathieu, sergent à la Sûreté du Québec, a gravi les échelons un par un. Heureux dans son travail et fier de son équipe, il s'est acquis une réputation enviable au sein des forces de l'ordre. Il est un de ceux qui savent motiver leurs troupes en étant le premier au front, le premier à prendre le blâme si une opération échoue et le premier à accorder le crédit à son équipe pour ses succès.

Il accepte toujours les programmes de perfectionnement qu'on lui propose et n'hésite pas à s'inscrire à divers cours d'appoint le soir, au collège. Il refuse rarement les heures supplémentaires, sauf si elles tombent les jours d'anniversaire de sa conjointe ou de ses enfants.

Ce n'était qu'une question de temps. C'est arrivé aujourd'hui.

Après le dîner, on l'a convoqué dans le bureau du grand patron. Sans détour, celui-ci lui a proposé un poste aux crimes économiques, assorti d'un échelon salarial supplémentaire.

Dire que Mat ne s'attendait pas à une promotion serait faux. Mais une mutation aux crimes économiques est pour lui un évènement inespéré. Il devra s'absenter moins souvent et n'aura plus à se placer en situation de danger lors d'opérations majeures. En plus, il couvrira un domaine qui l'intéresse au plus haut point, sans parler du fait que le secteur est malheureusement en forte expansion.

Le premier appel que Mat a fait en revenant à son bureau a été pour sa conjointe, Hélène. Le deuxième, il est en train de le faire avec moi, en ce moment.

Je l'ai inondé de félicitations et de « je suis fier de toi ». Je sais qu'il ne s'agit pas d'une promotion comme telle, mais un échelon salarial de plus et de nouvelles fonctions, c'est quand même quelque chose. Il devra prouver à l'organisation qu'ils ont eu raison de le nommer à ce poste. La nouvelle me fait autant plaisir qu'à lui. Si une personne était digne de cette mutation, c'était bien Mat.

Puis, la question évidente :

- Quand débutes-tu dans tes nouvelles fonctions ?

Je semble le prendre par surprise, il hésite un peu.

- Je ne leur ai pas posé la question, j'étais trop sous le choc, je crois, mais généralement, on compte de deux à quatre semaines de transition pour assurer la relève. Ma relève…

Il s'arrête un instant.

- Cela me fait encore tout drôle. C'est bizarre, j'ai tout à coup l'impression de laisser tomber mon équipe.

C'est bien le Mathieu Smith que je connais.

- C'est très noble de ta part, mon vieux. Mais pour être passé par là, Mat, permets-moi de te dire que d'une part, ton équipe sera très heureuse pour toi et que d'autre part, tu sauras construire une complicité semblable au sein de ton nouveau département.

- Merci, Gabriel.

- Ah oui, j'oubliais ! Moi aussi, je commence un nouvel emploi.

- Qu'est-ce que tu me racontes là ?

- Blague à part, il ne s'agit que d'un petit mandat.

Mat garde le silence. Je précise.

- En comptabilité.

Même silence. Je poursuis le monologue.

- Au bureau d'Anouk.

Il vient de retrouver ses esprits.

- Tu me mènes en bateau !

Je suis tout à coup moins certain que ce fut une bonne idée de lui avoir parlé de ce mandat. Anouk ne veut pas que son affaire s'ébruite. Je m'en mords déjà les lèvres. J'essaie d'amoindrir le tout.

- Ce n'est qu'un petit contrat d'une semaine, dans le but de passer le temps et de me remettre à me lever au son du réveille-matin.

Son silence m'indique qu'il ne me croit pas. Je pense même qu'il sait que je sais qu'il ne me croit pas.

Je tente de faire diversion en revenant sur sa bonne nouvelle à lui.

- C'est toi ou c'est moi qui l'annonce à Damien et à Anouk ?

- Laisse-moi appeler ta sœur. Ah puis tiens, je vais aussi en aviser Damien moi-même.

Son ton est beaucoup plus assuré maintenant, mais je sens qu'il n'a pas dit son dernier mot sur mon histoire de mandat temporaire au bureau d'Anouk. Je le connais, si je m'en sors assez facilement aujourd'hui, je ne perds rien pour attendre.

Montréal, lundi midi 14 octobre

La sauce à spaghetti manque un peu de viande et le pain est presque sec. C'est le prix à payer quand on attribue la concession pour la cantine au plus bas soumissionnaire conforme. Aucune surprise de mon côté. ING Solution applique la même grille de sélection pour le choix de leur traiteur que celle appliquée aux endroits où j'ai déjà travaillé. C'est un standard auquel je me suis aussi habitué avec les années passées chez Preston One. La plupart du temps par contre, je me contentais d'un sandwich pris sur le pouce à mon bureau.

Donc, pour mon premier repas chez ING Solution, Patrick, mon collègue et patron pour la semaine, se fait un devoir de me brosser, à voix basse, un tableau « selon Patrick » des quelques employés assis aux tables autour de nous. Personne ne se doute qu'en ce moment même, ils font l'objet d'une analyse approfondie, offerte gracieusement par le chef des comptes à payer.

Tous les bureaux du monde ont leur Patrick. Le mien, si je puis dire, est dans le top dix. Il me dépeint les uns et les autres avec acharnement, ne ménageant aucun détail, étalant sans pudeur leurs secrets et leurs petits travers.

Il monologue depuis quinze bonnes minutes déjà. Je le laisse faire, ma tête est absorbée ailleurs.

- Vois-tu le grand là-bas ? C'est John Beck, le vice-président international. Un très gros joueur ici. C'est le seul, avec le président, qui voyage en première classe. Il est revenu de Séoul vendredi dernier. Sept mille cinq cents dollars, seulement en frais d'avion. Je le sais, c'est moi qui prépare les remboursements pour ses allocations de voyage.

Je lui réponds par un « hum » qui se veut très intéressé.

Je dois tout à coup refouler un début de sourire. Je viens de voir Anouk, avec son plateau, juste à la sortie de la caisse. De son côté, elle ne m'a pas encore aperçu. Elle est suivie d'un type aux allures un peu rustres qui la serre de près. Patrick, qui décèle mon intérêt pour le couple, qui passe maintenant à côté de nous, se sent dans l'obligation de commenter.

- Celui-là, c'est Robert Lemay, il est au département d'architecture.

Je suis paralysé. Mon cœur double sa cadence. J'ai tout à coup des frissons dans le dos.

Je viens de me rendre compte que ce type aurait été un collègue de Marie du temps où elle était architecte ici. C'est Anouk d'ailleurs qui me l'a présentée lors d'une rencontre mémorable. Qu'est-ce que Patrick, la grande langue, aurait dit sur le compte de Marie ? Je le trouve soudainement beaucoup moins sympathique.

Je ne dois pas entrer dans cette zone. Je m'efforce de revenir à notre conversation, si nous pouvons qualifier ces cancans de conversation.

C'est lui qui m'offre la bouée de sauvetage, en poursuivant son analyse de la faune, captive de la cafétéria d'ING

Solution. Pendant qu'il continue à déblatérer ses potins, j'en profite pour essayer de me ressaisir.

- Je crois qu'il a un faible pour la belle blonde devant lui, Anouk Beauregard. Il ne la lâche pas d'une semelle.

J'avoue que ce Patrick vient tout à coup de capter mon attention.

- Et elle, qu'en dit-elle ?

- Je ne sais pas. Il n'est probablement pas le seul en lice. Je crois que la moitié du bureau aimerait avoir sa chance, tandis que l'autre moitié…

Il se tait. Certainement pas pour très longtemps, j'en suis persuadé. Je ne fais rien pour le redémarrer, il le fera bien par lui-même.

Je n'ai pas longtemps à attendre. Ma foi, il avale tout rond pour pouvoir parler plus, le type.

- Bien, une partie de l'autre moitié aussi aimerait avoir sa chance, si tu comprends ce que je veux dire.

- Qu'est-ce que je dois comprendre ?

Merde, je viens de me faire prendre à son jeu. Sa réponse m'intéresse, je laisse donc ma question sur la table.

- C'est bien simple. La rumeur dit qu'elle ne serait pas insensible à l'autre sexe. Vois-tu où je veux en venir à présent ?

Pourquoi ai-je tout à coup envie de le frapper ce type-là ? Je connais les orientations d'Anouk. En fait, cela ne me concerne pas, ce sont ces affaires à elle. Mais que ce gars se permette de commenter la vie intime de ma sœur, c'est un peu fort à mon goût.

Il se réchappe à temps.

- En génie civil, on dit que c'est la meilleure. Son département, comme tous les autres, travaille à la préparation d'une immense soumission pour l'agrandissement du port de Singapour. Si nous décrochions ce contrat, il placerait notre boîte sur la carte. Nous sommes tous sur cette affaire ; c'est d'ailleurs pour cette raison que tu es ici cette semaine, nous sommes débordés, pas seulement à cause de la fin du mois.

Je sens ma pression retomber et mon agressivité s'atténuer quelque peu. Mon nouveau patron ne saura jamais à quel point il a failli se faire frapper, et par le fait même, moi, me retrouver dans l'eau chaude.

Patrick est soudainement tout sourire.

- Tiens, elle me fait une belle façon. C'est bien la première fois qu'elle me remarque.

Ne te fais pas trop d'illusions, mon grand, tu n'as pas idée de la raison pour laquelle Anouk regarde de notre côté.

Il poursuit sa mission, comme si me tenir au fait de la petite vie des habitants du bureau faisait partie du rituel d'initiation des nouveaux, en comptabilité.

- Celle qui entre là-bas, c'est Marthe, l'assistante d'Albert Biron, le président. Regarde-la marcher, la tête dans les airs. Elle se prend pour lui, rien de moins. Elle ne parle à personne et a de la difficulté à retourner un bonjour quand il s'avère que quelqu'un lui en offre un, par mégarde. Albert Biron, lui, ne dîne pas avec nous. Trop important sans doute. C'est elle qui vient chercher son sandwich tous les midis, lorsqu'il est à Montréal.

- As-tu déjà pensé que le président continuait de travailler en mangeant et qu'il ne prenait pas le temps de s'arrêter, lui, afin de protéger la boîte, donc ton poste ?

Je crois que je viens de lui couper l'inspiration. S'il avait à me dépeindre à un nouvel employé, en ce moment même, j'ai l'impression que ce ne serait pas très flatteur pour moi. Le voici maintenant qui s'acharne à éliminer les restes de son assiette avec son pain. Son silence, à ma grande surprise, me fait languir. Je suis pris à son piège. Il m'a harponné avec ses cancans de bureau. J'en ai honte, mais j'ai besoin de connaître la suite.

- Le type qui est avec la belle blonde là-bas, celle qui t'a fait un sourire, tu disais qu'il se nomme Robert qui, déjà ?

Patrick retrouve sa contenance. Le voici à nouveau en terrain connu.

- Lemay, Robert Lemay.

- Tu mentionnais qu'il la talonne.

- Je vois où tu veux en venir. Tu aimerais savoir si tu as des chances.

Bon, je ne l'avais pas vu sous cet angle, mais si cela peut lui faire plaisir.

- Crois-tu que j'en ai ?

Mon collègue et patron se plisse le front, comme s'il était à la veille de rendre la décision la plus importante de sa carrière, à la suite d'une analyse rigoureuse et approfondie de tous les paramètres.

- Je te dirais que oui, probablement. Observe là bien, elle regarde dans toutes les directions sauf vers lui, comme si elle lui disait : « va voir ailleurs si j'y suis ». Est-ce que tu suis mon analyse ? Elle réagit de cette façon chaque fois qu'il s'assied avec elle. Il ne comprend rien.

Décidément, je n'aime pas ce gars-là non plus, Robert Lemay. Je devrais me le rappeler ce soir afin d'en parler avec Anouk. Elle doit demeurer sur ses gardes. Sinon, je vais m'en occuper personnellement, il n'aura plus envie de l'importuner pour un bon moment.

Me voici qui souris. Je me prends à avoir des réflexions d'adolescent, distribuant les coups de poing à gauche et à droite, à mon nouveau patron puis maintenant à ce Robert Lemay. *Tu as passé l'âge, mon vieux. Du calme.*

Mon sourire me lâche. Ma tête change de registre. J'hésite. Cela me trotte en dedans depuis que je sais que je vais travailler ici. Je m'étais promis de me tenir loin de mes souvenirs, mais là, j'ai la chance d'en savoir plus. Je vais certainement m'en mordre les doigts, j'en ai bien peur. Tout cela va me mettre à l'envers, je le reconnais aussi, mais je ne peux pas passer à côté de l'occasion de le demander à monsieur « je sais tout ». Si je ne pose pas la question, là, tout de suite, je ne saurai jamais. Si je la pose, bien que je me le sois interdit, j'en souffrirai immanquablement. Ma curiosité l'emporte. J'essaie de me forger un air détaché, plus ou moins réussi et je saute :

- J'ai déjà connu une Marie Côté. Elle travaillait ici, il y a quelques années. La connais-tu ?

- Bien oui, tout le monde de cette époque appréciait Marie. Justement, c'était la grande amie d'Anouk Beauregard. Ces deux-là ne passaient pas inaperçues quand elles faisaient leur entrée quelque part.

Maintenant que j'ai ouvert la porte, je ne peux la laisser se refermer sans y franchir le seuil. *Je sens que je vais le regretter.*

- Tu en parles au passé, elle ne travaille donc plus ici ?

Je n'aurais jamais cru que ce serait si difficile de conserver un ton aussi distant en parlant de Marie. Tant de souvenirs refont surface. Merde, pourquoi ai-je décidé sur un coup de tête de rouvrir des plaies, qui ne sont même pas encore cicatrisées ?

- Je vois que tu n'es pas au courant. Elle a disparu il y a deux ans lors d'un voyage avec son conjoint au Moyen-Orient, je crois. Cette disparition a eu l'effet d'une bombe ici. Elle a alimenté toutes les discussions pendant des semaines et des mois. Nous n'avons jamais su le fond de l'histoire.

- Tu dois bien avoir ta petite idée.

Mets-en qu'il a sa petite idée. Je sais maintenant que ce type a sa petite idée sur tout.

- Ici au bureau, la plupart croient à la thèse de la fuite. Elle aurait profité d'un voyage à l'étranger pour s'enfuir de son mari, probablement avec un autre homme et certainement pour un pays lointain.

- Ah oui !

Je suis stupéfait. Pendant ces interminables dernières deux années, il ne m'est jamais passé par la tête que Marie aurait pu vouloir s'échapper de la vie qu'elle menait. Encore moins, s'enfuir de moi.

J'essaie de me reconstruire une contenance. Je ne sais pas si j'y arrive. J'ai l'impression que tout le monde me regarde. Je sens que j'ai les joues rouges. Je dois rassembler toutes mes énergies.

- Toi, qu'est-ce que tu en penses ?

Naïvement, je croyais qu'il rejetterait l'hypothèse véhiculée au bureau pour abonder dans le sens de la police : enlèvement qui aurait mal tourné ou quelque chose de la sorte. Mais non.

- Puisque tu me le demandes, moi je pense que le mari a profité du voyage pour la faire disparaître. Dans ces pays-là, on n'emploie pas les mêmes techniques d'enquête qu'ici. Très facile de s'en tirer. Pas de frais de divorce, pas de pension alimentaire et probablement avec la prime des assurances en plus.

Il parle de ma Marie, de l'amour de ma vie, de la femme la plus extraordinaire qu'il m'a été donné de rencontrer, le pourri. Est-ce que je devrais lui sauter dessus tout de suite ou attendre qu'il n'y ait pas de témoins ?

C'est à ce moment que je croise un regard furtif d'Anouk. Il me rappelle que je ne suis pas ici pour régler mes comptes, mais pour aider ma sœur. Son regard me ramène à la réalité. Et puis, ce Patrick de merde n'en vaut pas la peine. Je pense que j'ai terminé mon dîner.

N'empêche, une partie du bureau où travaillait Marie croit qu'elle m'a fui, l'autre, que je l'ai tuée.

Anouk ne m'a jamais parlé de ces rumeurs. Elle a eu raison de m'épargner ces balivernes. Par contre, elle a dû en souffrir la pauvre.

- Bon, allons-nous les payer ces factures ?

Je n'attends pas la réponse de Patrick et me lève sans le regarder.

CHAPITRE 6

Montréal, lundi soir 14 octobre

Je tenais le coup depuis dix longs mois et avais réussi à refouler ma peine, ainsi que mon envie de trop boire pour oublier.

Ce soir, je suis saoul. Je suis tourmenté par tous les remords de la terre. Je suis saoul, mais ma peine est encore là bien réelle. Je suis saoul pour rien. Cela me frustre encore plus. Tout sera à recommencer. J'ai honte.

Quand le téléphone se mit à sonner, j'étais assoupi au salon, notre album photo sur les genoux.

- Oui.

Anouk n'est pas dupe. Mon « oui », probablement trop mou, ne ment pas.

- Gabriel, tu as bu !

- Elle ne s'est pas enfuie de moi et je ne l'ai pas tuée, Anouk. Me crois-tu, toi ?

- Mon Dieu, Gabriel, tu as cru cet idiot de Patrick avec qui je t'ai vu dîner ce midi.

- Elle me manque tellement, Anouk.

La voix d'Anouk se fait plaintive.

- Tu as réussi à contrôler ta consommation durant plus de dix mois Gabriel, tu vas y arriver encore.

Je ne lui réponds pas.

- Gabriel, m'écoutes-tu ? J'irai avec toi chez les AA. Arrête, tu me crèves le cœur.

Je ne lui réponds toujours pas. Je crois qu'elle entend mes sanglots. J'ai honte. J'ai mal.

- Je n'aurais tellement pas dû te mêler à mes histoires de bureau. Je n'ai pas pensé une minute que tu te retrouverais là où travaillait Marie. Je m'en veux, Gabriel, tu ne peux pas savoir comment.

Puis d'une voix résolue, elle déclare :

- J'arrive.

- Non… Non, Anouk. Pas la peine. Ça va.

Je parle dans le vide, elle a raccroché.

Il ne s'est pas passé dix minutes, enfin je crois, avant que le téléphone ne se remette à sonner. Merde ! Je n'ai pas besoin qu'on me fasse la morale en ce moment. Je décide de le laisser sonner. La paix n'a été que de courte durée, le voilà qui reprend son tintamarre. Je décroche pour le faire taire.

- Oui.

- Gabriel, c'est moi.

- Je reconnais ta grosse voix, Mat, ne prend pas la peine de crier comme un ours dans mon oreille. Tu veux me faire exploser le cerveau. C'est ce que tu aimerais, hein. Tu veux me faire sauter ce qu'il me reste de tête. Tu n'as pas de cœur, Mat. Pourquoi veux-tu ma peau ? Vous voulez tous ma peau, en commençant par le con de Patrick. Puis toi maintenant. Qu'est-ce que tu me veux ? Me placer en état d'arrestation. Tu as tous les motifs du monde pour m'arrêter. Utilisation d'un faux nom. Usage abusif d'alcool. Et pourquoi pas pour cause de peine incurable impossible à consoler. Viens me chercher. Tiens, je n'en ai rien à foutre moi, de me retrouver en prison. Je le suis déjà depuis deux ans. Qu'est-ce que tu dis de cela, le grand policier ? Peux-tu jeter quelqu'un en prison, s'il y est déjà ?

Je me ressers un autre Scotch, j'ai besoin de me détendre. Lui ne dit rien.

- Est-ce que c'est Anouk qui t'a demandé de me materner ?

- Oui, c'est elle. Elle a essayé de contacter Damien, il n'est pas à son appartement.

- Bon, Damien maintenant. Et pourquoi pas tout le bottin téléphonique au point où l'on en est rendu ? Qu'est-ce qu'il y a de si extraordinaire là-dedans ? J'ai le droit de prendre un coup. Je n'ai de permission à demander à personne. Pas à Anouk, pas à Damien et pas à toi. Surtout pas à ce con de Patrick.

- Tu as besoin d'aide, Gabriel.

- Non, je ne veux pas de ton aide ni de celle du con.

- De qui me parles-tu ?

- Je me comprends, laisse tomber.

- Tu ne peux pas rester seul, Gabriel.

- Non, tu ne saisis rien. Je ne veux voir personne… Seulement Marie. Je veux voir Marie, Mat. Amène-moi Marie… S'il te plaît, Mat, va la chercher.

Ma voix se casse. Je suis en miettes.

Je crois que Mat ne se sent plus d'aucune utilité. Il ne dit rien. Nous sommes là, à chaque bout de la ligne, comme deux idiots. Lui ne sait plus quoi dire et moi, je suis trop fier pour pleurer à haute voix.

Je ne sais pas depuis combien de temps nous sommes demeurés sans mots, quand la sonnette me tire de mon engourdissement.

- On sonne à la porte, Mat. Attends là.

Le trajet est bien long entre mon fauteuil et l'entrée. Quel abruti peut bien m'importuner chez moi en pleine nuit ?

Pendant une fraction de seconde, j'ai cru voir Marie.

- Anouk !

- As-tu encore ta chambre d'ami ? Je viens te tenir compagnie pour une semaine ou deux.

Elle dépose sa valise. Je la serre dans mes bras. Ma sœur a pris une partie de ma peine.

- Je ne boirai plus jamais autant, Anouk.

Mat comprend que le renfort est arrivé. Il raccroche.

Laval, il y a environ vingt-cinq ans.

- Vous êtes le frère de Charles, n'est-ce pas ?

Avec le temps, leur ressemblance ne se dément pas à ces deux-là.

- Oui, monsieur l'agent. Je viens payer la caution. Est-ce qu'il y a des papiers à signer ?

- Une signature ici puis une autre là et évidemment la garantie bancaire de mille cinq cents dollars.

Einstein lit les documents minutieusement, il les signe, puis remet le tout à l'agent, accompagné de la garantie bancaire.

- Je l'attends ici, monsieur l'agent ?

- Oui, attendez ici. Nous vous l'amenons.

Einstein, assis à l'endroit qu'on lui a indiqué, ne laisse pas ses yeux quitter la grosse porte de métal qui le sépare de son frère jumeau.

Il n'a pas bronché durant la bonne heure qu'a durée son attente avant qu'on lui livre finalement son frère.

Quand il le voit, il se lève et se dirige vers la sortie. Charles le suit. Ce n'est que rendu dehors, loin des regards des policiers, qu'il s'arrête pour lui faire face.

- C'est la dernière fois, Charles. Tu m'entends, la dernière.

Charles ne répond pas. Il n'a pas l'intelligence de son frère, mais il sait quand il est préférable de se taire. Ce moment-ci lui paraît une très bonne occasion de le faire.

- Qu'est-ce qui t'a pris à vouloir voler ce CD ? Si tu me l'avais demandé, je te l'aurais acheté. Heureusement que j'étais à la maison quand ils ont appelé. Cela aurait tué notre mère.

Ça y est, Charles devient très émotif. C'est toujours le cas quand on aborde la fragilité de sa mère.

Leur père est décédé une semaine après leur dixième anniversaire de naissance. Leur mère qui s'en est difficilement remise tolère très mal le stress. Einstein continue de couvrir les frasques de son frère, pour lui éviter des tourments supplémentaires dont elle n'a pas besoin.

Maintenant qu'ils sont majeurs, la situation s'est empirée. Rendu à dix-neuf ans, Charles ne peut plus plaider l'immunité juvénile. Il est considéré comme un adulte et doit assumer ses actes, ou faire appel à son frère pour le sortir du pétrin.

Charles est sans emploi stable depuis qu'il a lâché les études, enfin, depuis que les études l'ont lâché, à l'âge de seize ans. Il a eu un travail de livreur pour l'épicier du coin, un poste de commis à la pharmacie qu'il n'a conservé que deux semaines et de petits travaux d'entretien de pelouses. Actuellement, il n'a aucune source de revenus.

De son côté, Einstein poursuit ses études tout en travaillant les fins de semaine pour minimiser ses dettes étudiantes. Leur mère fait des ménages chez quelques clients réguliers qui ne sont pas offusqués quand elle ne se présente pas la journée voulue, faute de ne pas avoir fini de cuver son gros gin de la veille. Depuis la mort de son mari, elle atténue sa douleur dans l'alcool, qui peu à peu a pris le dessus sur sa volonté.

Malgré la situation, quand il se compare à sa mère ou à son frère, Einstein se trouve privilégié. Il a la chance d'avoir la capacité d'apprendre, la sagesse et la discipline de poursuivre des études et surtout, l'espoir de se sortir un jour de sa condition. Cela n'est pas le cas de son frère et depuis longtemps, ce n'est plus celui de sa mère.

60

CHAPITRE 7
Montréal, mardi matin 15 octobre

Ce matin, Anouk a semblé surprise de me voir debout avant elle. Elle a dû remarquer mes yeux bouffis, mais elle n'a passé aucun commentaire. Nous ne sommes pas revenus sur mon comportement de la veille. Tant mieux, je suis tellement embarrassé par ma conduite.

Par contre, elle m'a questionné sur mes raisons de poursuivre mon mandat temporaire à son bureau, plutôt que de tout abandonner, ce à quoi elle s'attendait d'ailleurs. Je lui ai répondu que je n'avais pas terminé ce que j'avais commencé et que je n'avais pas encore mis la main sur la fameuse facture. Finalement, je ne pouvais pas laisser tomber l'agence qui m'a rendu service en me confiant ce petit mandat, tellement important pour eux.

En quittant l'appartement, un peu avant moi, elle m'a lancé :

- Ce soir, je t'accompagne chez les AA, tu dois reprendre le contrôle.

* * *

Damien qui a attendu impatiemment qu'Anouk soit arrivée à son bureau lui rend son appel de la veille. Le message qu'elle lui a laissé sur son répondeur lui a trotté dans la tête une bonne partie de la nuit.

Elle vient de terminer de lui relater les évènements d'hier. Rien pour le rassurer.

 - Ton frère peut brasser des millions sans aucun état d'âme, mais il n'est pas capable de penser à Marie sans s'effondrer.

- Je sais, Damien, ne prends pas la peine de me le rappeler.

- C'est gentil d'aller demeurer avec lui quelque temps.

- Il m'a assez dépannée dans le passé, je lui en dois bien une. Il a toujours été là pour moi. Quand papa est décédé, c'est lui qui a pris la relève. Chaque fois que je suis en peine d'amour, c'est lui qui m'accueille chez lui pour des semaines ou des mois. Il n'a pas eu besoin de moi souvent, mais là, depuis la disparition de Marie, j'ai la chance de lui rendre un peu ce qu'il m'a donné. De plus, je n'ai personne dans ma vie, alors coucher chez moi ou chez lui, cela m'est égal.

Damien en arrive à ce qui le préoccupe.

- Un bout de l'histoire m'échappe, Anouk. Qu'est-ce que Gabriel fait à ton bureau ?

Anouk pousse un long soupir.

- Oh, Damien ! Je ne suis pas certaine que je veux reprendre la discussion que j'ai eue avec Mat à ce sujet hier soir. J'ai eu droit à tout un interrogatoire, je n'ai plus la force de recommencer depuis le début. En plus, j'ai mal dormi la nuit dernière et je suis débordée au bureau en ce moment.

- J'ai compris, ça va, arrête d'en mettre. Je serai le seul à ne pas savoir. Ce n'est pas grave après tout. Ce n'est que moi.

Bien qu'Anouk en ait par-dessus la tête au travail, elle a pris les quinze minutes nécessaires pour mettre Damien à la même page que Mat. Comme elle l'a fait pour ce dernier, elle a omis de lui parler des vraies raisons qui ont amené son frère chez ING Solution. Ses explications ont semblé satisfaire Damien. Elle n'est pas aussi certaine qu'elles ont convaincu Mat, la veille.

* * *

Bien des gens confondent le tempérament d'artiste de Damien avec de la naïveté. Il a manifestement donné cette impression ce matin, quand Anouk lui a raconté une histoire à dormir debout sur les raisons qui ont amené son frère à exécuter un mandat chez elle. Comme elle lui a aussi mentionné qu'elle avait tout expliqué à Mat et avait peu de temps à lui consacrer, Damien se résigne à valider sa compréhension des faits avec ce dernier.

- Sergent Mathieu Smith à l'appareil.

- Dis donc, vas-tu continuer à t'appeler sergent Mathieu Smith dans ton nouveau poste ?

Mat reconnaît immédiatement la voix de Damien.

- Oui, Damien, je vais conserver mon titre de sergent et je vais encore m'appeler Mathieu Smith.

Damien ne peut s'empêcher d'esquisser un sourire, qu'il essaie de garder pour lui.

- Très drôle. Ha, ha, ha ! Je suis plié en deux, si tu me voyais.

- Désolé, Damien. J'admets qu'elle était un peu facile, celle-là. Quel bon vent t'amène à m'appeler, en ce beau début de journée ?

- Dis donc, tu es très exubérant depuis que l'on t'a nommé à tes nouvelles fonctions.

Damien n'attend pas sa réponse et va droit au but.

- Je viens de parler avec Anouk à l'instant. Je n'ai pas compris ce que Gabriel fait dans sa boîte. Elle m'a raconté une histoire boiteuse que j'ai fait semblant de croire. Ce dont je suis certain par contre, c'est que cela a ramené Gabriel en arrière de deux ans et que maintenant tout est à recommencer. Qu'est-ce qu'elle t'a dit à toi ?

Dès qu'il l'a reconnu, Mat a soupçonné le but de l'appel de Damien. Ce n'était pas pour prendre de ses nouvelles, il l'avait fait, et bien fait, en fin de semaine, quand Mat lui a annoncé sa nomination.

- Je suis presque certain que ce n'est pas simplement pour aider son ami propriétaire d'une agence, qui serait en manque de personnel qualifié. En vérité, je ne sais pas plus que toi ce qui amène Gabriel à faire un mandat chez ING Solution. Je suis aussi suspicieux que toi, Damien.

- Ah ! Je ne suis pas le seul à me poser des questions alors.

Damien respire mieux, mais ce n'est que pour une courte durée.

- Dis-moi Mat, qu'est-ce qui se passe ? Cela doit être important pour qu'il y soit retourné ce matin, malgré les risques d'une rechute.

- Je me suis fait la même réflexion. La conclusion à laquelle je suis arrivé est qu'il y a sûrement un lien avec Anouk. Tous les autres motifs ne tiennent pas la route, à mon avis.

Damien ne l'avait pas vu sous cet angle.

- Anouk serait en cause, alors !

- C'est la seule raison qui m'apparaît plausible pour le moment. Elle a besoin de lui, ou lui a décidé qu'elle a besoin de lui ; cela revient au même. Anouk a certainement des soucis dont elle ne nous a pas parlé.

- Qu'est-ce que nous allons faire ?

- Bonne question, Damien. De mon côté, je vais jeter un œil discret sur ING Solution. Je commence à avoir d'excellentes relations dans le secteur économique.

- Ah bien oui ! C'est vrai, tu seras bientôt bien placé pour séparer l'ivraie de la lie, si je peux dire.

- Je te tiens au courant, monsieur le grand philosophe.

Puis, juste au moment où il allait raccrocher, Mat rajoute :

- Ah oui, on s'appelle demain pour se coordonner avec Anouk au sujet de Gabriel. Nous ne le lâchons pas d'une semelle pour les prochains jours, celui-là.

- Bien entendu, j'attends ton appel.

* * *

Je ne peux pas dire que ce soit la grande forme aujourd'hui. En fait, je ne suis pas du tout en état. C'est une sensation des plus pénibles que je ne pensais pas revivre de ma vie. Je ne sais pas ce qui est le pire en ce moment, mon mal de tête épouvantable ou la déception que j'ai causée à mes amis et à moi-même.

Je ressens une urgence de me racheter malgré mon état déplorable. Ce matin, j'ai pris les bouchées doubles au bureau. J'ai même fait une recommandation pour l'utilisation d'une analyse Pareto aux comptes à payer. L'efficacité du département s'en trouvera amélioré. Patrick a apprécié au plus haut point. Cela risque de le faire très bien paraître auprès de son chef à lui. Je crois que j'ai sauvé la réputation de l'agence de placement. Au moins, ma dette morale envers Marc est réglée. Une bonne chose de faite.

Il y a une autre chose que je veux faire aussi, à défaut d'avoir mis la main sur la facture d'Anouk. Ce coup-là, je devrai le jouer par oreille.

Dès midi moins cinq donc, je me suis précipité vers la cafétéria. Je suis le premier rendu. Parfait. Le petit coin où je me trouve à l'heure actuelle me permet de voir ceux qui arrivent. Je les laisse passer, prétextant ne pas en avoir terminé avec la lecture du menu, pourtant déconcertant de simplicité. Je commence à avoir l'air drôle, stationné là, en train d'étudier les trois courtes lignes d'une carte anémique.

Enfin, voici mon homme. Je connais le menu par cœur, il était temps qu'il arrive, celui-là. Je me présente à lui.

- Bonjour, je suis Gabriel Beau… Bédard, comptabilité.

Je tends la main à mon futur ami, pris à découvert.

- Robert Lemay, architecture.

- Nous dînons ensemble ?

Surpris, il ne semble aucunement souhaiter se faire un nouvel ami aujourd'hui. Enfin pas avec moi du moins.

- Oh ! J'attends quelqu'un, désolé.

Un regard aux alentours me permet de lui souligner que personne pour le moment ne semble réclamer sa présence. Une fois nos plateaux remplis, à la sortie de la caisse, je renchéris par une approche plus directe.

- Tiens, allons à cette table là-bas, je te suis.

J'avoue que le terme « je te suis » est un peu faible pour décrire la façon dont je le talonne. À deux ou trois reprises, mon cabaret lui a peut-être frôlé les reins.

Nous voici maintenant gentiment assis, l'un devant l'autre. Lui fait face aux gens tandis que moi, je leur tourne le dos, mais l'important c'est que je puisse bien le dévisager dans le blanc des yeux.

- Comment vont les affaires en architecture ?

Le gars ne comprend pas ce qui lui arrive. Il se retrouve à dîner avec un étranger qui l'a plus ou moins kidnappé. Je perçois qu'il cherche des alliés du regard. Les renforts ne viendront pas. Je sais qu'Anouk a un rendez-vous d'affaires ce midi. Lui compte encore sur elle pour le dépanner. Qu'il baigne dans son jus !

- Elles vont bien. Tu dois être au courant de la soumission sur laquelle tout le monde travaille ici.

Je ne lui réponds pas et profite de l'effet de surprise, non encore dissipé, pour le déséquilibrer un peu plus.

- Elle ne viendra pas ce midi.

Plutôt étonné, mon nouvel ami !

- Qui ?

- Celle avec qui tu as dîné hier.

Il fait semblant de scruter le fond de sa mémoire.

- Ah ! Anouk Beauregard.

- Oui, elle.

Il ne répond pas. J'en profite pour faire feu.

- Sors-tu avec elle ?

Il se tait, encore. Cette fois-ci, c'est parce qu'il est étouffé.

Quand finalement il retrouve son souffle, il se compose un air offusqué.

- Bien non, voyons, je suis marié.

Je fais celui qui se sent soulagé.

- Ouf ! Donc, j'ai mes chances.

Le voici qui balbutie.

- Eh ! Ah ! Oui, j'imagine.

- Je suis très heureux de bavarder avec toi, Richard.

- Robert.

- C'est vrai ! Robert.

Il est temps d'enchaîner avec l'assaut final. J'avoue que je trouve notre petit tête-à-tête très excitant.

- Je crois que je vais me mettre sur les rangs. Je plains celui qui essaiera de se placer au travers ma route.

Je le regarde avec les yeux les plus méchants que je peux exhiber.

- Vois-tu ce que je veux dire ?

Le visage exsangue à présent, il s'est arrêté de mastiquer et, je crois aussi, arrêté de respirer.

Je n'ai plus à attendre sa réponse. L'éloquence de son langage non verbal me confirme qu'il a bien reçu le message.

Et de deux.

Une suggestion qui fera en sorte que l'agence de placement temporaire de Marc Perron aura gagné en crédibilité et une petite intervention, qui fera qu'Anouk pourra profiter en paix de son temps de dîner, ce n'est pas si mauvais pour une journée qui commençait bien mal.

- Je sens que nous allons bien nous entendre, Richard. Au plaisir !

Il n'a pas protesté, ni pour son nom ni pour ma belle demande d'amitié. Il gagne à être connu celui-là.

CHAPITRE 8
Montréal, jeudi après-midi 17 octobre

Enfin, je l'ai dans les mains.

WONG YEW INC.

Soumission Port de Singapour

Facture # 107 974

Honoraires de septembre

    Études de marché :

    12 personnes x 158.3h x 150$/h :   *285 000$*

    Consultants externes :   *150 000$*

    Frais d'exploitation :   *65 000$*

                     Total :* *500 000$

Ce sont exactement les chiffres dont se souvenait Anouk. Je l'ai là, en chair et en os si je peux m'exprimer ainsi.

Elle fait partie des comptes à payer, tout naturellement, comme la pile d'autres factures qui attendent leur tour, en rang, devant moi.

Je ne sais pas si l'on a remarqué ma physionomie toute rayonnante, mais je m'empresse de me recomposer un air de comptable. Bon, qu'est-ce que je fais maintenant ? J'avoue que je n'y avais pas pensé avant, trop acharné à retrouver la facture qui a tant troublé Anouk. On repassera pour mes talents de grand stratège. Je dois improviser à présent.

Donc, il y a bien facturation pour du travail sur place, à Singapour, travail pour lequel Anouk n'est pas au courant. Il est inscrit sur le document : honoraire septembre. Dois-je comprendre qu'il en existe d'autres pour des mois précédents, alors ? Je me demande depuis quand. Facile, tout est là, je suis justement dans la tanière du loup, profitons-en.

Mon con de patron pourra peut-être servir à autre chose qu'à colporter des ragots. C'est ce que je vais vérifier.

Il est dans son cubicule, derrière quelques piles de papier. En me voyant arriver devant lui, il semble heureux d'avoir une occasion de casser sa routine.

- Dis donc, Patrick, j'aimerais comparer cette facture avec celles des autres mois, peux-tu me dire dans quel classeur je peux les trouver ?

Il prend la feuille, la regarde pendant deux secondes et me répond :

- Pas besoin de te donner cette peine, ce sont les mêmes montants que les mois précédents.

- Cela dure-t-il depuis longtemps ?

- Depuis janvier.

- Donc, c'est la neuvième facture d'un demi-million que vous payez.

- En effet, oui. Comme Singapour est due le premier novembre, les services de Wong Yew inc. ne seront plus requis à compter du mois prochain.

- Si je comprends bien, il restera un denier paiement pour le mois d'octobre.

- Tu as bien compris.

- Sur dix mois, à cinq cent mille dollars par mois, nous parlons bien de cinq millions en tout. N'est-ce pas ?

- Je n'avais pas fait la mathématique, mais en effet, le total donne un beau chiffre tout rond de cinq millions de dollars.

- Les gens sont-ils au courant de ce contrat ?

- Les gens ?

- Oui, enfin, ceux qui travaillent sur la soumission.

Il réfléchit un instant.

- Je ne le sais pas. Ce n'est pas vraiment secret, je m'imagine, mais comme tout ce qui transite ici, nous ne le crions pas sur les toits non plus.

- Alors, il se pourrait que la main droite ait conclu une entente avec un consultant sur place sans que la main gauche le sache.

- On peut le voir ainsi, en effet, ce n'est pas impossible.

Patrick se concentre un moment.

- Ce n'est pas le rôle de la comptabilité de coordonner les efforts lors de la préparation de soumissions. Comme Singapour est du ressort de l'international, c'est John Beck, le vice-président, qui gère les troupes. C'est lui qui approuve chacune de ces factures.

- Oui, c'est très sensé, en effet.

C'est à mon tour de retourner la question sur tous les côtés.

- Est-il possible que John Beck ait signé une entente avec Wong Yew sans en parler à ses équipes ?

Je n'attends pas sa réponse pour rajouter :

- Bizarre !

Patrick me prend par surprise.

- Ce n'est pas John Beck qui a paraphé le contrat avec Wong Yew, mais Albert Biron lui-même, notre président.

- Hum ! Puis-je voir le contrat ?

- J'ai déjà tout vérifié en janvier dernier, quand la première facture est entrée.

C'est drôle, je m'attendais à cette réponse. Le con, il ne me le laissera pas voir ce contrat.

- Mais si tu veux contre-vérifier les faits, c'est tout à ton honneur. Normalement, le personnel temporaire se contente de payer les factures, en transférant les bons montants du bon compte d'ING Solution au bon compte fournisseur.

Il m'indique du doigt un classeur sur sa gauche.

- Il est là, dans le dossier Singapour, sous Wong.

Pourquoi est-ce que je continue de ne pas l'aimer ce gars-là ? Il est pourtant parfait dans son travail. J'avoue qu'il me surprend. Mais ce n'est quand même pas de sitôt qu'il se retrouvera sur ma liste d'amis Facebook.

- Merci, je vais y jeter un coup d'œil.

Après cinq minutes, j'avais le contrat entre les mains. Quinze minutes plus tard, j'étais passé au travers.

Rien de particulier. Je ne connais pas le génie-conseil, mais le contrat couvre la réalisation d'études de faisabilité, la préparation de documents techniques, des frais pour les relations publiques et j'en passe. Bon, est-ce que cela requiert douze personnes sur place en plus des consultants locaux et d'autres dépenses administratives ? Je ne peux en juger pour l'instant. Les annexes ne sont pas incluses dans l'exemplaire à la comptabilité. Normal, je crois.

Il ne me reste qu'une journée avant que mon mandat ne prenne fin. Demain sera ma seule chance de voir ce que John Beck a à répondre.

Montréal, vendredi soir 18 octobre

Mat a déjà le cœur et la tête à son nouveau poste. Ses employés actuels le consultent de moins en moins et lui, il se sent de plus en plus dans ses prochains souliers. Il a même ouvert un dossier par lui-même. Il préfère ne pas l'officialiser avant d'avoir validé ses soupçons. ING Solution sera sa première initiative dans son nouveau rôle, qu'il n'occupera formellement que dans une semaine, comme cela lui a été confirmé ce matin. Ses recherches préliminaires n'ont rien dévoilé de louche dans le passé de l'entreprise, mais il sait ne pas se fier uniquement à ce qu'il voit à la surface des choses. Il en a vu d'autres.

La semaine prochaine sera longue. Malgré sa nervosité, il a hâte de se mettre en selle à son nouveau poste. En quittant le bureau tout à l'heure, il s'est dit : vive vendredi soir ! Son plan est très simple : un petit souper avec Hélène et les enfants, un peu de télévision, dodo pour les enfants, puis très tôt au lit pour lui et Hélène. Du moins l'espère-t-il, en souhaitant que sa femme soit sur le même nuage que lui.

Son beau plan ne tenait pas compte de l'intervention d'Anouk.

Pas de chance, il reçoit l'appel importun vers dix-neuf heures trente. Elle lui demande, avec beaucoup d'insistance, de prendre le relais ce soir auprès de son frère, si cela lui était possible. La semaine s'est bien déroulée. La tempérance du grand frère semble sous contrôle pour l'instant. Anouk l'a accompagné à une rencontre des AA mardi soir et elle est demeurée avec lui mercredi soir et jeudi soir.

Ce soir, elle vient d'avoir un empêchement. Elle ne pourra pas chaperonner son frère, enfin, elle aimerait que quelqu'un d'autre le fasse. Anouk n'avait pas envisagé de s'éterniser dans ce bar mais elle a toutes les raisons du monde de le faire à présent. Elle a d'abord contacté Mat en se gardant Damien en réserve, pour le cas où elle n'aurait pas de succès avec le premier. Heureusement, même s'il trouve que la demande lui arrive à la dernière minute, il n'hésite pas un instant. S'il y en a pour quatre, il y en a pour cinq. Mat appellera Gabriel dès qu'il aura terminé avec Anouk, afin de l'inviter à souper chez lui, avec Hélène et les enfants. Il sait que Gabriel ne refusera pas. Tant pis pour la télévision tranquille et tant pis surtout pour ses fantasmes refoulés.

Soulagée d'avoir réussi à se trouver une relève, Anouk retourne à sa place, au bar, où elle avait l'intention de prendre un verre ou deux avant de rentrer. Cette belle planification est passée par-dessus bord après sa discussion enflammée avec Geneviève, sa voisine du tabouret d'à côté.

« Le Plus », est l'un de ces petits bars spécialisés de Montréal où personne ne fait de cas de l'orientation sexuelle des gens qui le fréquentent.

Anouk se sent mieux, son frère ne sera pas seul ce soir. La semaine a été très remplie, encore plus que la dernière, comme si cela était possible. À deux semaines du dépôt de la soumission, les équipes ont l'impression qu'ils n'y arriveront jamais. Tout reste à faire. Elle s'est même apportée du travail pour demain, samedi, ce qu'elle évite généralement de faire les fins de semaine.

Pour le moment, rien ne compte plus que son Scotch et Geneviève. Pas nécessairement dans cet ordre. Elle est bien loin de ce que son frère lui a raconté hier soir à propos du montant fabuleux de cinq millions, donné à ce consultant de Singapour, alors que son équipe n'en a jamais entendu parler. Elle est aussi à mille lieues d'être préoccupée par ce qu'il aura découvert aujourd'hui, en discutant avec John Beck.

Ce soir, c'est pour elle, pour elle seule. Elle se sent comme dans la chanson « Les soirs de Scotch ».

Geneviève se trouvait déjà au bar, quand Anouk est venue s'asseoir près d'elle. Rien n'a été prémédité. Bien qu'elle soit extrêmement séduisante et raffinée, Anouk ne l'avait pas remarquée, puisqu'encore perdue dans ses préoccupations professionnelles.

La conversation s'est engagée naturellement. Après seulement quinze minutes, c'est comme si elles se connaissaient depuis toujours, procurant à toutes deux un rare sentiment de connivence, qui n'existe normalement qu'entre amies de longue date.

À mesure que la boisson fait effet et que leur conversation les amène dans des lieux magiques, les yeux d'Anouk s'illuminent et ses sens s'attisent. Quand le dos de sa main frôle, involontairement, celle de l'autre femme, c'est tout son corps qui s'enflamme.

Elle n'était pas certaine que ce fut réciproque jusqu'à ce que Geneviève prenne le risque de l'inviter sur la petite piste de danse, déserte pour le moment.

- Il n'y a personne, lui répond Anouk, en regrettant aussitôt sa réplique tellement terne.

Heureusement, Geneviève ne se décourage pas.

- Ils attendent que quelqu'un brise la glace.

Anouk voit l'occasion de se racheter. Elle se lève la première, passe devant Geneviève et se dirige lentement vers la piste. Anouk sent le regard de la femme dans son dos. Elle sait quel effet elle peut produire chez les autres. Elle prend donc son temps, laissant l'occasion à Geneviève de bien l'observer et la chance à elle, de savourer la sensation de se faire regarder.

Anouk entend à peine la musique tellement elle est absorbée par le moment. Elle est dans un univers merveilleux, un monde de sens et d'anticipation. Arrivée sur la piste, elle se retourne pour voir apparaître Geneviève, juste là, devant elle. Aussi mince qu'elle, cheveux courts et noirs, son visage est déterminé, mais sensuel. La voici qui se met à suivre le mouvement de la musique, avec une cadence beaucoup plus lente que le rythme réel, comme si elle se trouvait sous un stroboscope.

Geneviève ne danse pas, elle flotte sur la petite piste. Ses yeux sont mi-fermés, ses bras forment des arabesques sans fin et ses hanches se bercent en faisant fi du regard des autres, qui ne manquent pourtant pas de s'y attarder.

Anouk, presque immobile, ne peut que contempler la scène. Par contre, elle se sent un peu en dehors du coup, reléguée au même rang que les spectateurs ordinaires.

Personne ne vient les rejoindre. Rien ne doit altérer ce magnifique tableau.

Tranquillement, Geneviève ouvre les yeux et les plonge dans ceux d'Anouk. Elle ralentit encore un peu la cadence et tend la main pour s'emparer de celle d'Anouk. Elle l'attire vers elle et l'enlace pour être tout près d'elle. Maintenant corps contre corps, Anouk tressaille de joie. Elle est rassurée. Elle sait enfin qu'elle fait partie de l'univers de cette merveilleuse femme. Geneviève la regarde, elle. Elle lui prend sa main à elle. Plus de doutes.

Anouk hume à présent le souffle chaud de Geneviève dans son cou. La cadence ralentit encore un peu. Leurs mouvements sont à peine perceptibles maintenant. Les deux ne font plus qu'une sur la piste de danse.

Anouk s'abandonne totalement quand elle sent la main de la femme se frayer un chemin dans ses cheveux. Le moment est magique. Le temps est arrêté. Plus rien n'existe autour d'elles.

Elle se surprend à caresser sa joue, elle qui habituellement est très pudique en public, surtout avec une femme.

Le souffle de Geneviève se fait plus haletant, encore plus chaud aussi. Anouk sent maintenant sa main dans son dos, qui se dirige lentement vers ses reins. Elles se regardent droit dans les yeux.

À ce moment précis, elles anticipent toutes deux que leurs lèvres vont se toucher dans un instant, mais pas tout de suite. Les deux vivent un plaisir si intense que ni l'une ni l'autre ne veulent précipiter quoi que ce soit. Elles le savent toutes les deux, quoiqu'il arrive à présent, cet instant sera marqué à jamais dans leurs mémoires. Elles vivent un moment de grâce inoubliable qui à lui seul a la capacité d'arrêter le temps. Un de ces moments singuliers qu'elles porteront en elles pour longtemps.

Elles sont presque jointes. Les lèvres de l'une suppliant celles de l'autre de s'approcher encore un peu, juste un peu. Les voici qu'elles se touchent maintenant, délicatement, sans sursaut puis, elles se séparent presque immédiatement, comme si un excès de pudeur venait de les frapper. Chacune regarde les lèvres de l'autre, brûlante de passion, provoquée par leur désir réciproque.

À présent, elles sont soudées, vibrantes de toute leur sensualité. Leurs bras ne sont pas assez forts pour que le corps de l'une soit assez près de l'autre. Leurs langues, encore étrangères jusque-là, se découvrent enfin. Le goût est bon, très bon.

Geneviève laisse échapper un soupir de satisfaction qui met Anouk dans tous ses états. Elle en fait autant et toutes les deux semblent s'embraser, se consumant en caresses, debout, seules, sur la petite piste de danse.

Ce vendredi soir, Anouk ne couchera pas à l'appartement de son frère.

CHAPITRE 9
Montréal, samedi matin 19 octobre

J'achevais de lire La Presse quand ma sœur est entrée. Il approchait onze heures.

C'est un rayon de soleil qui envahit la place ce matin. Je l'ai rarement trouvée aussi euphorique. Je me doute qu'elle a rencontré quelqu'un, je ne vois rien d'autre qui la mettrait dans cet état d'autant plus que j'ai eu un indice hier, quand Mat m'a invité à la dernière minute. Mais, pas trop vite, il faut que cela vienne d'elle. Prudence.

- As-tu déjeuné ?

- Elle s'appelle Geneviève. Merci de ta discrétion, grand frère. Eh oui, j'ai déjeuné. Très bien, ajoute-t-elle à voix basse, en se retournant.

Moi qui désirais vérifier des choses avec elle, pour donner suite à ma rencontre d'hier avec son patron. Je ne veux pas la faire tomber de son nuage si brusquement. Elle atterrira bien assez tôt.

- Tu es rayonnante, petite sœur.

- Cela se voit tant que ça ?

- Encore plus que ça.

Elle rougit un peu.

- Tu ne tiens pas à m'entendre te le dire, je le sais, mais fais quand même attention. Méfie-toi des coups de foudre.

- Je sais, je sais, ne t'inquiète pas. Tu me le répètes à chaque fois.

Je suis bien conscient que cela lui passe au-dessus de la tête aujourd'hui, mais j'aurai fait mon devoir de grand frère, même si c'est elle qui veille sur moi ces temps-ci et non l'inverse.

- Parle-moi plutôt de ta soirée chez Mat.

C'est elle qui m'ouvre la porte.

- J'aimerais mieux te relater ma discussion avec ton patron avant d'en arriver à ma belle veillée d'hier.

- Ah oui ! J'oubliais. L'as-tu rencontré ?

- Hum ! Tu es avec moi, là !

- Je t'écoute religieusement, répond-elle en s'efforçant d'effacer, mais pas complètement, son sourire.

À mon tour de reprendre mon sérieux.

- Il fut d'abord surpris qu'un commis-comptable temporaire veuille le voir pour lui poser des questions sur un contrat.

- Je l'imagine. John Beck n'aime pas que l'on conteste ses décisions, à plus forte raison par quelqu'un qu'il croit novice.

- Bon, il s'en est remis et malgré son air hautain, je dirais qu'il a passé le test.

- Le test ?

- Enfin, tu vois ce que je veux dire ; mon impression générale est qu'il m'a dit la vérité.

- C'est-à-dire ? Rajoute Anouk, avant que je n'aie la chance de poursuivre.

- C'est-à-dire que c'est Albert Biron qui a signé le contrat en bonne et due forme. John Beck était à ses côtés lors de la signature. C'est ce dernier qui approuve les factures et c'est ton président qui reçoit les rapports du consultant de Singapour.

Anouk hébétée, retombe tranquillement sur terre, beaucoup plus tôt qu'elle ne l'avait prévu.

- Mais, pourquoi avoir tenu cette entente cachée de nous tous ?

- Tu t'imagines bien que je lui aie posé la question.

Elle se tait pour ne pas retarder la suite de mon compte rendu, mais me supplie des yeux de poursuivre promptement.

- Sa première réponse a été de m'expliquer bien poliment que cela n'était pas de mes affaires. Puis, il s'est repris, comme pour éviter, enfin cela a été mon impression, pour éviter donc, que je ne fasse une grosse histoire avec ce contrat.

Anouk, toujours suspendue à mes lèvres, ne remue pas un muscle. Je poursuis.

- John…

Elle me coupe immédiatement.

- John ?

- Mais quoi ? Il n'est pas si antipathique, après tout. Il a des responsabilités énormes sur les épaules avec cette soumission qui risque de changer la face d'ING Solution. Je comprends très bien ce type.

- Alors qu'est-ce qu'il t'a dit, John ? - Anouk insiste démesurément sur le John.

- Que la stratégie du président est de diversifier ses informations pour la préparation de la soumission. Il ne tient pas à ce que les équipes de Montréal se fient au travail provenant d'autres sources, et vice-versa. Ton grand patron préfère ne pas mettre tous ses œufs dans le même panier, on dirait !

J'attends sa réaction, qui ne vient pas.

- Tu ne dis rien.

Elle se dandine sur sa chaise. Elle semble ennuyée.

- Je ne sais que dire, Gabriel. D'un côté, je suis rassurée, enfin je crois, car tu me confirmes que ce contrat est bien réel. D'un autre côté, je ne comprends pas.

Je la trouve très lointaine soudainement. Elle poursuit.

- Tu vois, je ne peux m'empêcher de prendre cette attitude comme une marque de censure envers moi et mon équipe.

- Peux-tu me traduire, s'il te plaît ?

- De sa part à lui, John Beck, je pourrais m'attendre à ce genre de stratégie. C'est un homme fier et un peu secret, qui ne tolère pas l'échec. Alors, qu'il veuille faire jouer une équipe contre une autre pour maximiser ses chances de succès, cela lui ressemble.

- Est-ce un défaut ?

- Non, s'empresse-t-elle de répondre pour forcer la discussion à demeurer sur un terrain professionnel. Je m'imagine que ce n'est pas un défaut, mais...

Elle cherche ses mots.

- Mais ?

Elle regarde par terre, essayant de gérer un mélange de colère et de gêne.

- Ce n'est pas honnête pour les équipes. Je comprends le principe du bien de l'entreprise, du bien commun, même au détriment des intérêts individuels et patati et patata, mais…

Elle s'arrête encore sur un « mais ».

- Ce n'est pas le genre de la boîte. Albert Biron, le président, ne cesse de vanter le travail de groupe chaque fois qu'il le peut. C'est un adepte de la synergie entre équipes. En dehors de l'équipe, point de salut ! Même que les collègues et moi, l'appelons, amicalement et derrière son dos il va s'en dire : le prédicateur

Anouk retrouve sa verve maintenant.

- As-tu vu le contrat ?

- Noir sur blanc, Anouk, il est paraphé par Albert Biron et le gars de Singapour Wong quelque chose.

- Pourquoi ? murmure-t-elle pour elle-même.

- Pour ne pas mettre tous les œufs dans le même pa…

- Arrête ta ritournelle, j'ai saisi le principe.

J'aurais dû me la fermer, je l'avoue. Elle ne semble pas m'en tenir rigueur et poursuit.

- Je dois en parler au président, je veux comprendre son changement d'orientation.

- Je suis arrivé à la même conclusion. Je n'ai pas pu m'empêcher de faire part à John de mon étonnement par rapport à cette façon de faire.

Maintenant surprise, Anouk se place au garde-à-vous.

- N'arrête pas là, continue. Qu'a-t-il répondu, John - avec la même insistance exagérée sur le John.

- Très contrarié, il m'a dit de ne pas me gêner si je voulais vérifier ses dires avec le président lui-même, mais qu'il était sur place à la signature du contrat par Albert Biron, qu'une copie est déposée en bonne et due forme à la comptabilité et que si je voulais mettre le contrat en doute, sa parole en doute et celle du président en doute, je n'avais qu'à aller cogner à sa porte et je cite : « Lui dire, qu'en tant que commis-comptable temporaire de l'agence Marc Perron, je remettais en question ses façons de gérer la boîte. »

- C'est tout !

- Non, il a pris le récepteur pour faire un appel qui de toute évidence ne pouvait plus attendre une seconde de plus, me laissant le soin de quitter son bureau comme un voleur, sans autres formes de salutation. Maintenant, c'est tout.

Anouk cherche ses idées. Puis, avec des éclairs dans les yeux, elle me lance :

- Tout cela me semble tellement inhabituel, se pourrait-il que ce contrat soit faux.

Silence de part et d'autre. Je crois que sa question est plus une réflexion pour elle-même qu'une interrogation. Ma sœur préfère penser que son président est un escroc plutôt que d'envisager qu'il l'a tenue à l'écart de sa stratégie.

Anouk esquisse une manœuvre pour se donner le temps de reprendre son calme.

- Tu ne t'es pas fait un ami avec celui-là.

- Je ne me suis pas fait beaucoup d'amis cette semaine.

- Je ne comprends pas.

Je viens de me mettre les pieds dans les plats.

- Laisse tomber, mes nouvelles amitiés n'ont rien à voir avec notre discussion.

Trop absorbée par le compte rendu de ma rencontre avec son supérieur, elle laisse effectivement tomber. Je respire mieux, je n'ai pas l'intention de lui parler de mon charmant dîner avec la teigne Robert Lemay.

- Qu'est-ce que nous faisons maintenant, Gabriel ?

Sa question vient me chercher. J'ai passé une semaine à son bureau. Je me suis mis le nez un peu partout. Au bout du compte, je n'ai pas grand-chose à lui offrir, sinon que son patron et le président préfèrent ne pas l'informer de leur stratégie pour la préparation de la soumission ; elle qui se dévoue corps et âme avec son équipe pour cette boîte.

- Je ne sais pas, Anouk. Je ne sais vraiment pas.

Elle voit mon expression dépitée et semble chercher une avenue pour m'aider, moi. Son visage change d'expression peu à peu, son côté rationnel essaie de prendre le dessus. L'ingénieure est à l'œuvre. Je la laisse canaliser ses énergies.

- Ce n'est pas compliqué, Gabriel, me déclare-t-elle de tout son aplomb retrouvé. Je ne vois que deux possibilités. Le contrat avec l'agent de Singapour est vrai ou il est faux.

Elle garde son air concentré, cherchant d'autres avenues, outre les deux qu'elle vient de me présenter.

- Si tel est le cas, Gabriel.

Elle s'arrête encore.

- Si tel est le cas, quoi ?

- S'il a signé cet accord sans nous mettre au courant, nous, ainsi que les autres équipes qui se dévouent sur cette soumission, je termine ce que j'ai à faire sur le projet, jusqu'au premier novembre, puis je démissionne. Je ne veux pas travailler pour ce genre de compagnie qui divise les troupes plutôt que de les unir.

Son langage non verbal m'indique qu'elle n'a pas terminé. Je me tais.

Voici maintenant qu'elle change sa physionomie du tout au tout.

- Gabriel.

- Quoi ?

- Si c'est le deuxième cas, et que le contrat est truqué, alors…

Je viens pour intervenir. Elle me prend le bras pour m'inviter à patienter un peu.

- Alors, il y a une magouille quelque part, Gabriel, me déclare-t-elle solennellement. Nous ne sommes pas plus avancés que lorsque j'ai trouvé la facture sur l'imprimante.

Elle me lâche. Je considère son geste comme une autorisation à intervenir.

Je regrette de devoir tourner le fer dans la plaie, mais elle doit se faire à l'idée que ses patrons ne l'ont pas informée de leur plan stratégique.

- J'ai vu le contrat, Anouk. John Beck a dit vrai. Il est en force depuis janvier. Les factures sont payées tous les mois. Ton supérieur, John et le président ont choisi de ne pas t'en parler. Ni aux autres d'ailleurs.

- Je comprends ce que tu me dis, Gabriel. Je suis tellement déçue. Je n'en reviens pas qu'Albert Biron ait changé son approche qui a pourtant fait le succès d'ING Solution jusqu'à maintenant.

- Qu'est-ce que tu vas faire à présent ?

* * *

Perdue entre le mirage Geneviève et la triste réalité de la stratégie cachée de son employeur, ma sœur n'avait plus d'aptitude à écouter mon banal petit quotidien. Elle a donc fait peu de cas de ma description de mon excellent repas chez Mat, Hélène et les enfants. Je n'ai pas cru nécessaire de m'étirer sur le menu qui, bien que préparé à la dernière minute, a été à la hauteur des talents culinaires du couple.

CHAPITRE 10
Montréal, lundi matin 21 octobre

Hier, dimanche, tout le monde s'est donné le mot pour m'appeler. Je crois qu'Anouk leur a fait savoir qu'elle ne serait pas avec moi de la journée. Elle allait en ville avec Geneviève et après, j'ai compris qu'elles se faisaient un petit souper à deux chez cette dernière. Elle se sentait mal à l'aise de me laisser seul, comme si elle devait me quémander une journée de congé.

Je sais maintenant qu'elle me chaperonne de loin, par l'entremise de mes amis. Comme un général, elle coordonne à distance les efforts de la troupe.

Damien m'a téléphoné à deux reprises, prétextant avoir oublié de me raconter quelque chose lors de son appel précédent. Avec Mat, cela a duré une heure. Tout y est passé : ses commentaires sur l'actualité, les difficultés d'élever des enfants, sans parler de la façon dont s'était déroulé mon mandat au bureau d'Anouk.

J'ai fait de mon mieux pour demeurer poli. Après la semaine d'enfer que je venais de passer, les souvenirs de Marie qui s'étaient invités dans ma mémoire et les conséquences de ma cuite, je me soucis peu de l'actualité. Je n'ai jamais eu d'enfants et le domaine de l'éducation m'est malheureusement totalement étranger. Finalement, je suis demeuré tellement vague sur ma semaine chez ING Solution, que le pauvre Mat devait essayer de répondre à ses propres questions et prendre maintes fois l'initiative de meubler les silences que je lui imposais.

Ma sœur et mes amis sont incroyables. Ils m'aiment malgré ce que je leur fais subir.

* * *

Peu après le départ d'Anouk pour son travail ce matin, le téléphone se remit à sonner. Pas encore le commando d'amis qui s'enquiert de ma santé, me suis-je dit. J'ai failli ne pas répondre.

J'aurais manqué quelque chose. Ce qui m'attendait au téléphone valait la peine que je décroche.

Je n'ai pas immédiatement reconnu mon interlocuteur, je m'attendais trop à entendre la voix de Damien, de Mat ou celle du général en chef, Anouk.

Il ne s'est présenté que par son prénom.

- John à l'appareil - petit silence - Bonjour Gabriel.

- John ?

Il a vite compris que je ne le reconnaissais pas.

- John Beck, nous nous sommes parlé vendredi. Vous vous souvenez, à propos d'un compte à payer pour notre consultant de Singapour. Je vois que Marc Perron ne vous a pas prévenu de mon appel.

Je suis vraiment surpris. J'essaie de rassembler mes esprits de mon mieux.

- Bien sûr. Comment allez-vous ?

Là, je l'ai peut-être joué un peu trop enthousiaste. Ce John n'est tout de même pas un vieux copain de parties de pêche. Je vais rajuster mon ton. Pour l'instant, je le laisse parler.

- J'ai repensé à notre rencontre, Gabriel. Je dois avouer que j'ai été plutôt rustre avec vous.

J'ai failli lui répondre que bon, cela n'avait pas été si terrible, que j'en avais déjà vu d'autres, mais je me suis ravisé. Il ne mérite pas que j'atténue son inconfort. Si inconfort il y a, évidemment. Je choisis de ne pas relever sa remarque, je crois que cela aura plus d'effet que quelques paroles que je pourrais prononcer en ce moment. Je lui laisse la main.

- Voici le but de mon appel, poursuit l'homme sur un ton professionnel, sans chaleur particulière, mais avec une approche très polie. Si vous êtes libre pour casser la croûte ce midi, je souhaiterais que vous vous joigniez à moi pour vous faire oublier mon impolitesse de vendredi.

Moi qui voulais faire des efforts pour freiner l'enthousiasme de mon ton, je me retrouve à présent dans la situation inverse. Je dois essayer de ne pas me montrer complètement indifférent à sa proposition.

Peu à peu, j'avoue tout de même que mon intérêt s'émoustille. Prudence. J'applique instinctivement mes anciens réflexes. Quand je ne me sens pas en maîtrise de la situation, je tente, coûte que coûte, de rassembler le plus d'éléments possibles, ne serait-ce que pour gagner du temps.

- Je suis curieux, John, comment avez-vous obtenu mes coordonnées ?

- Ah ! Cela vous intrigue. Je vous expliquerai en mangeant.

Il prend une pause.

- À midi trente, au restaurant chez Claude. Le connaissez-vous ?

- Oui, je connais très bien. Enfin, je me reprends, je suis souvent passé devant.

Un commis-comptable temporaire ne va pas dîner dans ce type d'endroit si fréquemment, me suis-je dit au dernier moment.

- À tout à l'heure alors.

Il ne me laisse pas le temps de répondre. Il raccroche.

Est-ce que j'ai perdu mes réflexes, ou est-ce qu'il m'a eu sur toute la ligne ? Je n'ai rien appris sur ce qu'il me veut ni sur la manière dont il s'y est pris pour obtenir mes coordonnées. Quant à ma méthode qui consiste à rassembler les faits avant d'agir, elle en prend pour son rhume.

J'aurais préféré tout compte fait que cet appel provienne d'un des chaperons qu'Anouk m'a attitré.

Montréal, il y a dix ans.

Einstein attend depuis une bonne heure dans sa voiture, devant la porte de la guérite arrière.

Cette fois-ci, il n'a rien pu faire pour Charles. Enfin, il a embauché un avocat qu'il a entièrement défrayé, afin d'assurer sa défense. Cela n'a pas empêché sa condamnation. Deux ans moins un jour à la prison de Bordeaux. Aucune remise de peine pour bonne conduite, faute de bonne conduite.

Le voici qui arrive. Il a la barbe longue, les cheveux en broussailles. Avant même qu'il se rapproche de la voiture, Einstein peut voir, à cette distance, un gros tatouage d'une tête-de-mort sur son avant-bras gauche. Leur mère aurait été découragée. Heureusement, en quelque sorte, elle est décédée il y a quatre ans, avant la dernière frasque de Charles.

Le destin des deux frères, comme leur vie, a pris des tournures opposées.

- Tu ne dis rien !

Einstein inflige le pire traitement qu'il connaît contre Charles : le silence.

Après un bon moment, ce dernier se résigne à prendre les devants.

- Tu n'auras plus à te préoccuper de moi.

Einstein canalise toutes ses énergies sur sa conduite. Il a tellement entendu son frère lui promettre de ne plus recommencer qu'il ne le croit plus. Il préfère ne pas relever sa déclaration.

Concentré par la route, l'air d'Einstein est dur, l'atmosphère dans l'habitacle est glaciale. Charles sait que l'élastique est rompu, que cette fois-ci, il s'est rendu à un point de non-retour.

Les deux regardent droit devant eux à présent. Charles sort un sac de cigarettes roulées. Son frère le fusille du regard. Charles, penaud, le range aussitôt.

De retour à la route.

Après un certain temps, et malgré ce qu'il s'était promis, Einstein brise son silence.

- Avais-tu besoin d'escroquer ce couple de personnes âgées ? À quoi as-tu pensé ?

Charles a eu deux ans moins un jour pour se préparer à répondre à cette question, qu'il anticipait de la part de son frère. Il est presque heureux qu'il la lui pose enfin.

- Toi, tu as toujours eu de l'argent, tu ne sais pas ce que c'est de vivre dans un petit un et demi à attendre la fin du mois pour t'acheter tes cigarettes.

On repassera pour les remords, se dit Einstein.

Retour à l'observation de la route et à la réapparition du silence. Cette fois-ci, c'est au tour de Charles de rompre la fausse tranquillité qui règne dans la voiture.

- Où m'amènes-tu ?

- Chez moi. Où veux-tu aller ? Je t'ai préparé une chambre au sous-sol. Tu l'occuperas en attendant de te replacer.

Charles semble considérer l'offre, mais va surprendre son frère par sa réponse.

- Laisse-moi à n'importe quelle station de métro, si ce n'est pas trop te demander.

Einstein maintient son regard fixe, droit devant lui. Il s'efforce de conserver son calme.

- Pour aller où ?

La répartie de Charles est prête depuis un bon moment. Depuis presque un an en fait. Il n'a pas besoin d'y penser une seconde. C'est une jouissance pour lui de pouvoir enfin la lancer au visage de son frère.

- À Vancouver.

Son sourire fait peur à Einstein.

- Tu te moques de moi !

- Je te l'ai dit, tu n'auras plus à te préoccuper de moi.

Pour la première fois, Charles se déraidit. Il avait planté le dard. Quel beau moment ! Quelle belle journée ! Enfin, la vie lui sourit.

- Sérieusement Charles, c'est quoi cette histoire de Vancouver ?

- Tu ne connais pas Vancouver !

- Ne joue pas avec mes nerfs, je ne suis pas d'humeur. J'abandonne des clients et manque une demi-journée de travail pour te sortir de prison et…

Charles lui coupe la parole.

- En deux ans, je me suis fait des relations.

- Des relations !

Le ton ne laisse aucun doute sur l'idée qu'Einstein se fait des « relations » de son frère.

- Oui, des relations. Cela te gêne peut-être que j'aie des relations. Il n'y a pas seulement toi qui as des relations. Moi aussi, je peux avoir des relations, figure-toi !

- À Vancouver !

- Fred, un copain à moi qui est sorti le mois dernier, a un ami à Vancouver. Il m'attend pour s'y rendre. Nous partons ensemble sur le pouce, la semaine prochaine.

- Mais Vancouver ! - Le ton du frère se fait plus doux.

- Nous serions bien allés à Miami, mais avec nos casiers judiciaires, on ne nous laissera pas passer la frontière. Et puis, la relation est à Vancouver, non pas à Miami.

- Cela ne répond pas à ma question. Viens chez moi, ce sera plus facile et je pourrais…

- Non.

La route revient mobiliser leur attention à tous les deux. Einstein constate que son frère est plus déterminé qu'il ne l'a jamais été.

Charles ne s'attend pas à recevoir son approbation. Il s'est toujours cru dans l'obligation de l'obtenir pour les décisions les plus importantes de sa vie, sauf pour celle d'aller escroquer ce pauvre couple de personnes âgées, évidemment. Aujourd'hui, c'est terminé. Il vole de ses propres ailes.

Charles sent monter le trop-plein.

- Tu réalises, j'ai trente-cinq ans et je ne suis jamais sorti de la province. Toi, combien de fois as-tu fait le tour du monde ?

Einstein sait bien qu'une réponse n'est pas requise. Charles en profite pour en finir.

- On s'approche de la station Laurier. Laisse-moi ici, ce sera très bien ainsi.

Einstein sent qu'il n'a plus d'ascendant sur son frère. Il ne sera plus en mesure de remplir la promesse qu'il a faite à sa mère. Malgré lui, il devra l'abandonner. Non sans essayer une ultime tentative.

- Tu viens chez moi, nous devons en parler.

Einstein, du haut de son autorité morale qu'il voit s'effriter, se rend à l'évidence, il n'a plus d'emprise sur son frère. Charles ne cède pas. Ses relations, comme il le dit, ont pris le relais.

- Tu me laisses à Laurier ou je saute de la voiture au prochain feu rouge.

Einstein ne verra plus son frère pendant de longues années.

CHAPITRE 11
Montréal, lundi midi 21 octobre

Pendant que je suis en route pour mon dîner avec John Beck, je suis loin de me douter des tourments que subit Anouk, à ce moment même et qui la laissera marquée pour longtemps.

* * *

Avant de quitter l'appartement tout à l'heure, j'ai fait deux appels. Le premier, était destiné à Marc Perron, le président de l'agence qui m'a placé chez ING Solution. Comme il est le seul lien entre John Beck et moi, j'ai présumé, à raison, qu'on l'avait contacté pour obtenir mes coordonnées personnelles.

Marc m'a avoué s'être retrouvé entre l'arbre et l'écorce. Il n'était pas heureux de l'appel à l'improviste de John Beck et ne s'est pas gêné pour me le faire savoir. Il se doutait depuis le début que cette histoire de fausse identité allait se retourner contre lui.

Mais bon, je l'ai laissé se calmer. Une fois la vapeur dissipée, j'ai appris qu'effectivement John Beck s'est dit impressionné par la qualité du personnel de l'agence, c'est-à-dire par moi !

Je n'hésitais pas à poser les bonnes questions aux personnes concernées, quel que soit leur rang dans l'entreprise. Comme il a réalisé trop tard qu'il m'avait mal reçu la semaine dernière, il voulait me contacter pour s'en excuser, tout simplement. Puisqu'il ne tarissait pas d'éloges à mon égard et qu'à cela s'ajoutait la promesse de sa recommandation pour augmenter significativement le volume d'affaires qu'ING Solution considérait accorder à sa firme, il a prié Marc de lui donner mes coordonnées.

Avant de les lui laisser, Marc eut la présence d'esprit de lui demander de le rappeler lui-même dans deux minutes afin d'obtenir ma permission au préalable puisqu'il s'agissait d'information personnelle. C'est là qu'il a essayé de me contacter sur mon cellulaire. Faute de réponse de ma part, il a écouté le message de mon répondeur dans lequel je ne me nomme pas et ne fais que confirmer le numéro rejoint. Donc pas de risque de trahir mon identité de ce côté.

Il a donc rappelé John Beck pour lui laisser mon numéro de cellulaire.

Marc Perron m'a assuré qu'il n'a pas vendu la mèche. Bien que contrarié par ma demande de taire mon vrai nom, il s'est dit extrêmement satisfait de l'impression que j'avais laissée chez ING Solution. Il m'a offert de répéter l'expérience à ma convenance, mais il n'est pas question à l'avenir que soit sous un faux nom.

Voici donc une partie du mystère résolue.

Mon deuxième appel s'est avéré un peu plus ardu. Mat était sur la défensive. Il me remettait la monnaie de ma pièce pour avoir été si délibérément vague au sujet de ma prestation chez ING Solution, lorsque je lui ai parlé dimanche dernier. Ce matin, c'était à mon tour de le questionner et à son tour d'être évasif. J'ai dû me cabrer un peu pour rétablir le canal de communication entre nous.

Je dois avouer qu'en plus d'avoir monté le ton, j'ai aussi laissé du lest en me résignant à mettre Mat au courant des vrais motifs qui m'ont amené chez ING Solution. Après l'avoir mis au fait de la facture découverte par Anouk je lui ai fait promettre de ne rien lui dire. S'il fallait qu'elle apprenne que j'ai trahi son secret !

Une fois tous les deux redevenus raisonnables, Mat m'a finalement confié qu'il avait trouvé bien étranges mes explications de la semaine dernière, sur le but de mon mandat. Donc, dans le cadre de ses futures fonctions, il a ouvert un dossier sur ING Solution, rien d'officiel pour l'instant. Il croyait que je répondais à une commande d'Anouk. Mat sait maintenant qu'il a eu raison. Pour le moment, il m'a avoué que son dossier était plutôt mince.

Je l'ai aiguillé vers John Beck et Albert Biron. Ces noms ne lui disaient rien a priori, mais il me reviendra dès qu'il trouve quelque chose, s'il y a quelque chose à trouver, bien entendu. Il fut intrigué autant que moi par l'appel de John Beck de ce matin. Lui aussi doute des excuses sincères de l'homme qui n'a certainement pas de temps à perdre avec un commis-comptable de passage.

Nous avons convenu de nous rappeler en début d'après-midi, après mon dîner avec John.

Montréal, vendredi 4 octobre, fin après-midi, il y a deux semaines

Ce soir-là, quelqu'un est passé par la salle des imprimantes juste avant Anouk. Il a vu la facture, l'a lue et l'a remise à sa place. Puisqu'il fait partie de l'équipe de soumission du projet Singapour, il a compris lui aussi que quelque chose ne tournait pas rond. Comme l'a fait Anouk, après lui, il s'est demandé que faire. Il a réagi vite et bien. Il a décidé de faire le guet pour voir qui viendrait la chercher. Il sentait l'affaire assez importante pour retarder le début de sa fin de semaine. Quelque chose lui disait que le jeu en valait la chandelle.

De biais à l'entrée de la salle des imprimantes, se trouve une salle de réunion inoccupée à cette heure tardive. Il s'y est caché, en laissant la porte entrouverte et évidemment, sans faire de lumière.

C'est de là qu'il vit Anouk entrer, s'attarder à une imprimante, puis abandonner les lieux d'un pas pressé, en éteignant derrière elle. Le cœur de l'homme battait comme celui d'un enfant devant le père Noël. Il s'attendait à tout, mais Anouk, c'était inespéré !

Après son départ, il est allé voir sur l'imprimante. La facture se trouvait toujours à sa place. Ce n'est donc pas elle qui en avait lancé l'impression, mais cela, il n'en avait rien à faire. Il eut l'idée géniale de s'en faire une copie et de remettre l'original là où il l'avait prise. Plus la peine d'attendre le propriétaire de la facture. Ce qu'il avait vu valait bien plus qu'il ne l'espérait. Une occasion incroyable s'offrait à lui, il n'allait pas la rater.

Il y a pensé toute la semaine suivante. Il sentait que cette information était un cadeau du ciel bien qu'il ne savait pas encore comment l'utiliser. Puis, tranquillement, l'idée a commencé à germer dans son esprit. Ce qui au début n'était qu'une vague possibilité devenait de plus en plus plausible. Toute la fin de semaine et la semaine suivante, il n'a pensé qu'à cela. Rien ne sert de brusquer les choses.

Il a commencé à élaborer un plan. Le temps investi n'a pas été en vain. Il devait prendre son temps pour bien peaufiner son dessein. Cette fin de semaine, il a réalisé, à son grand plaisir, que travailler sur son plan à propos d'Anouk devenait extraordinairement érotique. Cela lui permettait d'élaborer les scénarios les plus fous. Des dénouements les plus pessimistes aux plus optimistes, toutes les possibilités ne faisaient qu'exacerber ses sens. Enfin, son rêve devenait vraisemblable. Il aura finalement le dessus sur elle. Toutes ses tentatives, tous ses efforts seront récompensés. Elle saura qu'il a gagné. La belle Anouk sera à lui, avec tout ce que cela pouvait engendrer de fantasmes. Il en était même arrivé à se fixer une date pour passer à l'action. Le lundi, 14 sera le grand jour.

Mais voilà, le lundi suivant, le type de l'agence était venu contrecarrer ses plans. Cela l'avait amené au comble de la frustration et, il doit maintenant l'admettre, au comble de l'excitation. Le grand effronté de l'agence, comme il le nomme, n'en avait que pour une semaine. Il n'y aura bientôt plus personne sur son chemin.

L'homme se résigna donc à reporter son plan au 21, soit le lundi suivant. Cela lui permettra de finaliser les derniers détails, tout en continuant à se perdre dans ses rêves. Comme pour s'encourager, il se donna une heure précise. Son projet se mettra en branle à midi, le lundi 21.

Montréal, lundi matin 21 octobre

Mat n'étant pas officiellement en poste aux crimes économiques, il ne peut encore se servir de la machine interne. Il opère seul, avec les moyens dont dispose n'importe quel citoyen.

Les différents moteurs de recherche ne lui ont pas permis de se mettre grand-chose sous la dent. Albert Biron a eu un cheminement professionnel sans failles. Venu d'une autre boîte, il fut nommé à la tête d'ING Solution il y a cinq ans. Le nom de John Beck, deuxième et dernier de sa courte liste, n'a mené à aucune conclusion non plus, il a lui aussi effectué un parcours professionnel impeccable. Il est maintenant, comme il le savait, vice-président à l'international depuis huit ans. Rien à signaler de ce côté non plus. Quant à la boîte elle-même, des centaines de liens ressortent dans les moteurs de recherche usuels. Dans tous les cas, ou presque, on présentait les états financiers des trimestres précédents et les nombreux contrats gagnés surtout au Québec, mais aussi dans le reste du Canada, aux États-Unis et depuis quelque temps, dans le monde.

Que du positif, sauf peut-être deux ou trois exceptions. Il y a ce cas où ING Solution a fait l'objet d'une poursuite pour mauvais paiement envers un fournisseur et deux autres cas où des compétiteurs accusaient les clients d'avoir choisi ING Solution alors qu'ils clamaient que leurs prix et services étaient mieux que les leurs. Dans ces deux derniers cas, les concurrents frustrés ont abandonné leurs charges.

En fait, rien de tellement différent de ce qu'on peut retrouver sur toutes autres firmes semblables. Mat aurait aimé trouver une belle primeur sur ING Solution qui lui aurait permis de découvrir des choses et ainsi acquérir une certaine crédibilité auprès de sa future équipe et auprès de ses amis également, pourquoi pas. Il est déçu de ne pas avoir progressé autant qu'il l'aurait voulu. En fait, il se prend à être désappointé que peut-être, ING Solution n'ait rien à se reprocher. Il attend maintenant les informations supplémentaires que son ami pourra lui donner, pour faire suite à sa rencontre avec John Beck de tout à l'heure.

Montréal, lundi midi 21 octobre

Chez Claude, le décor n'a pas changé. J'ai tout le loisir de l'observer, John Beck me fait attendre depuis une bonne dizaine de minutes. Dans mon temps, personne n'aurait eu l'audace de me faire languir, ne serait-ce que durant trente secondes, de peur de se voir larguer avant de n'avoir pu plaider leur cause. Mais aujourd'hui, je ne fais plus la pluie et le beau temps. Je suis, disons-le poliment, en reconstruction, ce qui ne m'attire aucune révérence et n'inspire aucun respect particulier.

J'ai l'occasion inespérée d'aider Anouk. Je m'y suis attelé toute la semaine dernière, malheureusement avec aucun résultat bien concret, enfin, rien de très réjouissant. Ou bien ses patrons se moquent d'elle en la tenant à l'écart de leurs stratégies qui pourtant concernent son projet, ou bien quelqu'un manigance quelque chose dans la boîte, au risque que ce soit au détriment des clients et actionnaires bien sûr, mais aussi des employés qui vont tous y perdre.

Dans un scénario comme dans l'autre, Anouk en souffrira et cela me rend triste pour elle. Elle met tant d'énergie à faire sa place dans cette boîte, encore plus depuis quelques semaines avec cette soumission déterminante pour leur avenir. Je suis peiné de ne pas avoir trouvé une belle explication pour Anouk, lors de mon faux mandat de la semaine dernière. Tout m'est apparu en ordre, si ce n'est de la stratégie douteuse de la direction, mais cela, c'est leurs prérogatives.

Ai-je fait la même chose quand j'étais vice-président aux finances ou au cours de mes emplois précédents ? Dans ma vie antérieure, alors que j'étais encore dans ce milieu, j'aurais répondu sans aucune hésitation : non. Aujourd'hui, après avoir touché le fond du baril, et entrepris une lente et chancelante remontée, je ne saurais plus que répondre. La conscience est quelque chose de malléable, très vulnérable aux autosuggestions. Quand j'ai fait telle ou telle action pour le bien de l'entreprise, j'y croyais. Le bien de l'entreprise offre un paravent tellement noble qu'on ne le remet pas en question, surtout de la part de ceux qui conçoivent les plans. Les intérêts supérieurs de l'État, de la nation, du groupe, alouette. Que tout cela donne bonne conscience ! Supprimer le poste dans le département d'à côté pour éviter de se priver d'une assistante, couper dans le budget de l'autre pour ne pas réduire ses propres dépenses, effacer tout un département pour démontrer sa grande efficacité de gestionnaire. Est-ce qu'en ce temps pas si lointain j'ai perdu une heure de sommeil ? Non, je servais des intérêts supérieurs. Aurais-je hésité à faire ce que fait Albert Biron, séparer les troupes à leur insu pour maximiser les chances de gagner un important mandat ? Probablement. Je ne sais plus. Facile de jeter la pierre maintenant que je suis sorti du milieu. Facile aussi de pointer l'autre quand on n'a pas à prendre la décision.

Le voilà qui arrive.

Merde. Maintenant qu'il est en retard de quinze minutes, il aurait bien pu l'être de vingt, ce délai additionnel m'aurait donné la chance de me recomposer un peu. Il me surprend en plein milieu de mes pensées, sans me laisser le temps d'atterrir.

John marche vers moi, toutes dents devant, la main tendue, arborant l'air fier du type qui n'a pas perdu beaucoup de batailles dans sa vie.

Il est moi, il y a de cela à peine deux ans.

CHAPITRE 12
Montréal, lundi midi 21 octobre

Anouk a commencé par refuser catégoriquement. Elle n'a pas le temps et surtout, aucun goût de dîner avec Robert Lemay. L'intérêt n'est pas au rendez-vous, point. Elle a assez de l'endurer quand il s'invite à sa table à la cafétéria, elle n'allait tout de même pas accepter d'aller au resto avec lui, en tête-à-tête.

Ce qui l'a convaincu, c'est qu'il lui a dit que tous les deux partageaient un secret. Elle a voulu en savoir plus. Elle s'est fait répondre qu'il était de son intérêt de le rencontrer ce midi même, en dehors du travail. Le seul autre indice auquel elle a eu droit est que ce supposé secret commun pouvait ruiner sa carrière.

Elle a donc accepté, à contrecœur, le rendez-vous de dernière minute.

Le bistro, à quelques pas du bureau, est plutôt simple. Il est peu fréquenté par ses collègues de travail, car la faune qui s'y retrouve à l'heure du dîner tranche un peu trop avec le style des employés de la boîte de génie-conseil. Endroit discret donc pour leur petite conversation.

À l'opposé de son frère en ce moment même, Anouk n'a pas à patienter, Robert Lemay est déjà là. Tout compte fait, elle aurait peut-être préféré qu'il ne soit pas arrivé ou mieux, qu'il ait changé d'idée. La solitude lui aurait paru moins pénible que le tête-à-tête qui l'attend.

Dès qu'elle entre dans le restaurant, elle s'en veut d'avoir accepté. Elle se sent comme si elle avait plié à son chantage.

Puisqu'il le faut, faisons face, se résigna-t-elle à conclure. Dans vingt minutes, ce dîner ne sera plus qu'un souvenir.

Robert est attablé là, au fond, face à l'entrée pour mieux observer qui arrive. Il lui sourit en la voyant s'approcher de lui.

Sans lui rendre son sourire, Anouk le rejoint et prend place face à lui, le plus loin possible de la table, donc de lui.

- Est-ce que tu prends un verre ?

- Non merci, je suis pressée ce midi.

Sa réponse est sortie sans émotion, sans une once de regret.

- Alors nous pouvons commander, nous parlerons ensuite.

La gentillesse de Robert sonne si faux qu'elle fait frémir tous les pores de sa peau.

- En vérité, je n'ai pas tellement faim. Choisit quelque chose si tu le veux, moi je me contenterai d'une eau Perrier.

- Pas facile d'établir un contact avec toi.

Anouk décide de ne pas riposter à la remarque. Cela ne ferait que provoquer une discussion qu'elle ne tient pas à avoir avec lui, ni aujourd'hui, ni jamais.

Elle va plutôt droit au but.

- Alors, nous partageons un secret.

- Pas si vite, je commande d'abord.

Il prend le menu comme s'il ne l'avait pas fait dix fois en attendant Anouk. Il le remet sur la table et la regarde fixement.

- Tu sais, je n'ai pas tellement d'appétit non plus. Enfin, pas pour la nourriture.

Anouk décide d'ignorer son allusion déplacée et son petit sourire sournois. Elle veut en finir.

- Je vais me contenter d'une bière. En prends-tu une ?

- Une eau Perrier fera très bien l'affaire.

- Ah oui ! Une eau Perrier, répéta laconiquement l'homme.

Quand le serveur arriva, il vint pour commander le Perrier, mais Anouk le coupa et le demanda elle-même puis sortit un billet pour payer sur-le-champ, lui laissant le soin de s'occuper de sa bière à lui.

Aussitôt fait, il se retourne vers Anouk en la dévisageant. Sans hésiter, il la fixe dans les yeux, puis baisse son regard vers ses lèvres, ensuite vers ses seins. Son insolence la fait réagir.

- J'ai une rencontre de projet à quatorze heures, je n'ai pas toute la journée - puis son air se durcit - continue comme cela et tu boiras ta bière tout seul.

Robert encaisse, un peu surpris de l'aplomb de son invitée. Il connaissait son caractère fort, mais il n'en avait jamais fait les frais d'aussi près. *D'ici dix minutes, tu auras perdu ta carapace, ma belle.*

Anouk choisit de poursuivre sur sa lancée.

- Tu dis ce que tu as à me dire ou non ?

Robert se redresse, retrouve son petit sourire comme s'il reprenait l'avantage de la discussion.

La bière et l'eau Perrier arrivent sur l'entrefaite. Il profite de la diversion pour savourer tout le plaisir qu'il éprouve en ce moment même, malgré son stress.

Il ingurgite quelques gorgées, durant lesquelles Anouk se tord sur sa chaise. Elle résiste tant bien que mal à l'envie de quitter la table sur-le-champ.

Une éternité plus tard, il pose sa bière et prend une voix basse, comme celui que l'on utilise pour faire une confidence.

- Tu travailles très fort chez ING Solution et à ce jour tu as une excellente réputation.

Pour qui se prend-il, lui ?

- Je suis ton ami, tu le sais.

Des amis comme toi, on s'en passerait.

Elle choisit de ne pas répondre à voix haute et laisse Robert poursuivre son lent monologue.

- Je ferais tout pour te protéger.

Là, c'est un peu trop pour elle. Il va trop loin. Elle explose.

- Je n'ai pas à être protégée parce…

Elle ne termine pas sa phrase. *Il n'en vaut pas la peine.*

Robert sent le besoin de lancer ses torpilles rapidement, il devine qu'Anouk est sur le point de bondir de sa chaise. Il est temps pour lui de cesser de jouer avec la souris.

- Je sais que tu es impliquée dans une affaire louche avec Singapour.

Qu'est-ce qui m'arrive là ?

Robert ne lui laisse pas la chance d'encaisser et enfonce le clou.

- Nous payons des honoraires douteux à un consultant là-bas et tu le sais. J'ai vu ta réaction l'autre jour quand tu as trouvé la facture sur l'imprimante. Tu n'as rien fait pour dénoncer la situation. Tu n'as rien dit, sachant qu'il s'agissait potentiellement de fraude. Tu es coupable, qu'il y ait fraude ou pas.

Je rêve. Je vais me réveiller.

Instantanément, les larmes lui montent aux yeux. Toucher à sa réputation, c'est de s'attaquer directement à ce qu'elle a de plus précieux. Sa gorge se serre, elle a du mal à dire un mot.

- Mais, ne t'inquiète pas, Anouk, le ton de l'homme se veut très cordial, les amis sont faits pour aider. Je ne suis pas obligé de révéler à l'organisation ou à l'Ordre des ingénieurs que tu es impliquée dans un manquement très grave à l'éthique.

Toutes les pensées de la femme défaite deviennent obscures, hors de portée. Anouk n'arrive plus à se concentrer. Aucune riposte ne lui vient, aucune défense, aucune attaque. Elle est clouée au sol.

- Voici ce que je te propose, Anouk.

Robert prend l'air condescendant de celui qui a le dessus.

- Une nuit, Anouk. Seulement une nuit. Puis je garde ton secret, jusqu'à ma mort. Je ne t'ennuierai plus jamais. Promis.

Robert doit avaler constamment. Sa gorge est sèche. Il croit rêver. Il a peine à réaliser qu'il est en train d'exécuter son plan. Il y a tellement pensé que la réalité, en ce moment même, lui semble étrange. Elle est là, en face de lui. Il lui a finalement dit, en la regardant dans les yeux : « une nuit ». Son fantasme le plus fou commence à se matérialiser, ici, aujourd'hui. Une nuit. Il a eu l'audace de le lui demander. Il sent que le plus difficile est derrière lui. Il retrouve son courage.

Quelqu'un qui les regarderait aurait l'impression de voir l'homme aimant, tenter de convaincre sa fiancée de ne pas le quitter. Il ne saurait pas que la femme est totalement terrorisée, vissée sur sa chaise.

Robert, maître de la situation, répète ses deux arguments les plus persuasifs, pour s'assurer qu'Anouk en soit bien consciente.

- Personne ne le saura, Anouk, et tu seras débarrassée de moi.

Anouk réussit à remuer les lèvres pour prononcer ce qui semble vouloir être un « mais ». L'homme lui coupe l'herbe sous le pied.

- Il n'y a pas de « mais », Anouk. Tout est réglé. J'ai dit à ma conjointe que nous avions une réunion importante demain soir pour faire le point sur la soumission. Elle ne m'attend pas avant tard dans la nuit. Elle connaît l'ampleur de ce projet. J'ai réservé le motel. Nous nous commanderons un petit quelque chose à la chambre, j'apporterai le vin et nous ferons l'amour jusqu'à deux heures du matin. Puis, gentiment, nous rentrerons chacun chez soi. Tous tes soucis auront disparu. Ta réputation au bureau sera sauve, je ne t'ennuierai plus.

Anouk essaie encore de prononcer du bout des lèvres son « mais ».

- Mais quoi ? Nous savons tous que tu aimes le sexe avec tout le monde. Tu vois ce que je veux dire, n'est-ce pas ?

Elle est incapable de répondre. Elle se sent comme dans un film projeté au ralenti. Tout autour d'elle, lui semble immobile. Dans une bulle, comme dans ses pires cauchemars, elle ne peut bouger, ses pieds sont collés au sol.

L'homme se fait plus mielleux à présent.

- Tu sais que j'ai beaucoup de sentiment pour toi, Anouk. Je me fiche que tu couches avec des filles ou des gars. Moi, tout ce que je veux, c'est seulement une nuit avec toi. Si tu savais comme j'en ai envie. Tu ne peux pas me refuser une nuit. Ce sera extraordinaire, tu verras.

Anouk entend de loin. Elle commence à reprendre ses sens. Elle se bat contre la panique qui l'empêche de fonctionner.

Elle prend conscience d'un coup que jusqu'à samedi dernier, elle avait des doutes légitimes sur le contrat et qu'elle n'a rien dit à son patron ni au président ni à l'ordre. Malgré ses suspicions et le mot d'ordre de la firme qui veut que tout manquement ou soupçon d'infraction à l'éthique soit déclaré immédiatement, elle ne l'a pas fait. Pourquoi ne l'a-t-elle pas fait ? Cela lui paraît tellement évident aujourd'hui. Elle se trouve totalement désemparée, sans sortie de secours, dans une trappe, prisonnière de ce type malade qui lui parle de sexe, alors qu'elle en est à mille lieues.

- Je m'excuse, Robert. J'aurais dû…

Elle s'arrête là, à se demander comment elle s'est retrouvée dans une telle position où elle est en train de s'excuser auprès de cet individu, qui veut profiter de la situation pour la violer.

Qu'est-ce que je suis en train de vivre là ? Ma réputation est anéantie. Tout ce que j'ai bâti s'effondre.

Très bien préparé, l'homme sait comment doser le chaud et le froid.

- Tout peut s'arranger, Anouk. Il n'y a rien de perdu. Ne crains rien, j'ai tout prévu. Après-demain, tout cela ne sera qu'un souvenir pour toi.

- Je vais y…

- Non, Anouk. Ne me dis pas : « Je vais y penser ». Il n'y a rien à penser.

Il profite de sa position dominante pour achever sa proie.

- Demain, je t'attendrai à dix-huit heures à la sortie du bureau. Tu verras, le motel est charmant. Ce sera tellement merveilleux, Anouk.

Les yeux de l'homme sont brillants de désir.

- Ah oui ! Fais-moi plaisir, mets ta petite robe noire, tu sais, celle si bien ajustée à ta taille. Je rêve depuis une éternité de te l'enlever, tranquillement, bouton par bouton. Tu ne peux pas savoir l'envie que j'ai, Anouk, de te voir nue, toute nue et de pouvoir te toucher, partout où je le veux. Ce sera tellement merveilleux, Anouk, crois-moi.

Sans moyens de défense, Anouk encaisse. Elle réalise maintenant qu'elle a fait une gaffe irréparable en ne déclarant pas immédiatement ses soupçons à qui de droit. Elle commence à penser qu'elle devra peut-être payer pour effacer sa dette. Cela lui fait peur, terriblement peur.

Elle n'a pas touché à son eau Perrier. Robert a terminé sa bière et il a encore soif. Rien ne peut désaltérer sa gorge sèche de désir pour la superbe femme qu'il a devant les yeux et qu'il veut posséder depuis si longtemps.

Robert la sent presque prête. Il faut en terminer, se dit-il, l'hameçon est bien logé.

- J'ai besoin de ta réponse sur-le-champ, Anouk. J'ai une rencontre pour revoir le concept d'architecture de la soumission avec mon équipe à quinze heures. J'ai envisagé de commencer à laisser couler ce que je connais sur tes cachettes. Tu sais à quelle vitesse les nouvelles circulent ici. Mercredi matin, j'ai une téléconférence déjà planifiée avec la direction, je déballerai tout. Ils m'en seront éternellement reconnaissants, je gagnerai peut-être même en galon. Sauf si…

Il s'arrête là et dévisage la pauvre femme assise devant lui.

Dans un bref moment de lucidité, Anouk entrevoit enfin un début de réplique. Elle s'empresse de la lui balancer.

- C'est Albert Biron lui-même qui a signé le contrat avec l'agent de Singapour, je le sais maintenant et puis je dirais que toi aussi tu as vu la facture, il y a deux semaines et que tu n'as rien fait toi non plus.

Un petit sourire se glisse sur les lèvres de la victime qui croit enfin entrevoir une porte de sortie. Elle devrait savoir que l'homme a très bien mijoté son plan.

- Moi, je répondrai que te connaissant, j'étais persuadé que tu les aurais prévenus et je jouerais à la personne la plus surprise du monde si l'on me disait que tu ne l'as pas fait. Puis, même si Biron a signé le contrat avec l'agent comme tu le prétends, tu sais comme moi que tout ceci est louche et tu n'as rien dit à personne. Rien. Tu as gardé pour toi une information potentiellement très dommageable pour la boîte. Ce n'est pas ce que je qualifierais de comportement éthique envers l'entreprise ni envers ta profession, Anouk.

À mesure que le sourire sur la bouche d'Anouk s'assombrit, il renaît sur celle de Robert.

- J'ai tout prévu, Anouk. Il n'y a aucune porte de sortie. Aucune.

Il laisse tomber le sourire.

- Il ne te reste plus grand temps Anouk, c'est oui ou c'est ta réputation qui dégringole. Je dois le savoir maintenant.

Il est presque quatorze heures. Anouk sera en retard, pour la première fois, à sa rencontre d'équipe. Pourtant rien ne lui paraît moins important en ce moment que cette rencontre d'équipe. Elle doit prendre une décision tout de suite.

Elle se prend à faire un petit signe de tête. Elle pleure maintenant. Lui trouve sa vulnérabilité si attendrissante qu'il lui touche la main pour la réconforter. Elle la retire brusquement.

- J'ai attendu ce moment depuis tellement longtemps, Anouk. Si tu savais comme j'anticipe le plaisir que nous aurons demain.

Elle réussit enfin à s'extirper de sa chaise, trouvant la force nécessaire dans ses jambes tremblantes.

- Ne change surtout pas d'avis, Anouk. Ah oui ! Même si la facture s'avérait justifiée, malgré mes petits doutes là-dessus, tu n'as pas déclaré la situation équivoque. Fraude ou pas, tu es coupable d'avoir gardé le silence.

Robert est maintenant plus sûr de lui. Il est satisfait de la façon dont il a joué ses cartes. Il se sent libéré. Tout lui semble facile à présent.

- J'y pense, j'ai fait une copie de la facture, à tout hasard !

Anouk acquiesce. Plus aucune issue possible.

- Ne me fais pas défaut. Demain dix-huit heures.

Elle lui tourne le dos maintenant.

- Et n'oublie pas ta petite robe noire.

Elle sort du restaurant, l'air décomposé, déçue d'elle-même et marche machinalement vers son bureau, comme un zombi.

* * *

À sa réunion à laquelle elle est arrivée avec une demi-heure de retard, ce qui a évidemment pris tout le monde par surprise, elle n'a pas dit un mot. On lui a même demandé ce qui n'allait pas, sa pâleur ne dupait personne.

Après la rencontre, vers dix-sept heures, elle retourne à son bureau, se laisse tomber sur son fauteuil et pleure toutes les larmes de son corps.

À dix-sept heures trente, elle décide d'appeler son frère, sans savoir si elle lui dira tout, elle n'avait pas de scénarios précis puisqu'incapable de quelque pensée cohérente que ce soit.

Il ne répond pas. Cela règle le dilemme. Elle se remet à pleurer.

CHAPITRE 13
Montréal, lundi soir 21 octobre

Quand Anouk revient à l'appartement de son frère ce lundi soir, il n'est pas là pour elle. Dieu sait que ce soir, elle aurait eu besoin de son réconfort. Il aurait été le seul à pouvoir la calmer un peu, le seul à qui elle pouvait se confier, le seul assez au courant de l'affaire pour pouvoir l'aider, la guider, trouver une solution.

Après une autre heure à se morfondre à attendre en vain de ses nouvelles, elle décide de faire taire le voyant lumineux du répondeur, en prenant le message.

C'est sa voix. Elle sursaute.

- Bonjour, Anouk. Je n'ai pas pu te rejoindre plus tôt au bureau, ton assistante m'a dit que tu étais en réunion pour une partie de l'après-midi et ton cellulaire était éteint. Je dois me rabattre sur le téléphone de l'appartement, en espérant que tu prennes le message.

Anouk se mord les lèvres.

- Bon, voici l'histoire. Je suis à Toronto, mon escale n'est que de quatre-vingts minutes. Je pars pour Singapour à dix-neuf heures. En tenant compte des connexions entre les vols, j'arriverai là-bas au petit matin mercredi.

Anouk sent remonter ses larmes.

- J'ai cassé la croûte avec John Beck ce midi. Je t'expliquerai. Bref, il a mis beaucoup trop d'effort à banaliser toute l'histoire de la facture, en commençant par ce dîner auquel il m'a convié. Il a fini par semer le doute. J'ai décidé d'aller voir sur place, en personne, à Singapour. J'ai réussi à me trouver une réservation à la dernière minute via Toronto. Je vais vérifier sur le terrain ce qui en est, c'est la meilleure chose à faire, je crois. Je ne sais pas encore trop comment je procéderai, mais j'y penserai durant le trajet. Je n'ai pas à te dire comment je me sens ces temps-ci. Ce voyage me fera du bien, j'ai besoin de bouger, d'être utile. Je t'appelle en arrivant. Fais attention à toi.

Puis, plus rien. Seulement l'angoissante tonalité d'un message achevé.

Anouk se retrouve seule, au moment où elle aurait tant besoin de parler à son frère. *Mercredi, c'est trop tard ! Beaucoup trop tard.*

C'est là que l'idée lui vient d'appeler Geneviève. Elle la rejette presque aussitôt. Geneviève comprendrait mal la situation. Et puis, cela risquerait d'entacher sa relation avec elle. Elles ne se connaissent pas depuis assez longtemps pour qu'elle prenne le risque de ternir leur idylle à peine naissante. Il lui restait Mat et Damien, en tant qu'amis assez intimes, susceptibles de l'aider. Mais comment leur expliquer la situation ? « Bonjour ! Mat, j'ai fait une erreur d'éthique professionnelle grave et maintenant un type me propose de coucher avec lui pour garder le silence. Qu'en dis-tu ? » Elle ne se voyait effectivement pas en parler avec Mat ni même avec Damien d'ailleurs. Elle est persuadée que Damien, bien que la comprenant, ne saurait comment la sortir du merdier dans lequel elle s'était placée elle-même.

En désespoir de cause, elle appelle le numéro du cellulaire de son frère.

Elle s'en doutait, pas d'espoir de ce côté-là. Il doit être en vol, et ce, pour une éternité.

Elle se prend à lui en vouloir. En cherchant à l'aider, en volant jusqu'au bout du monde pour trouver la vérité, il la prive de sa présence, au moment où elle en aurait le plus besoin.

Elle se remémore sa discussion avec lui, il y a deux semaines. Il lui avait pourtant fortement recommandé d'aller en parler immédiatement à son patron ou au service du personnel ou à son ordre professionnel. Cela lui semble tellement évident aujourd'hui. Elle s'en veut tant. Tout est de sa faute.

Au bout de ses larmes, elle s'étend sur son lit, après avoir sorti sa petite robe noire.

Montréal, lundi après-midi 21 octobre

Pour l'avoir tellement fait au cours de ma carrière, surtout les dernières années, j'ai développé une capacité à boucler ma valise en un temps record. Cette fois-ci, cela m'a pris vingt-deux minutes, ce n'est pas si mal, mais ce n'est pas mon meilleur temps non plus.

Je suis revenu de mon lunch avec John Beck à quatorze heures. Pendant le trajet de retour vers mon appartement, j'ai contacté mon agence de voyage qui à la dernière minute, m'a trouvé cet itinéraire ; le mieux qu'ils ont pu concocter en utilisant mes points de fidélité de compagnies aériennes.

La dernière chose à laquelle je m'attendais en dînant avec John Beck ce midi, c'était bien de me retrouver dans un avion à destination de Singapour. Rien au début du repas ne présageait pareille issue. Ce long trajet me donne tout le temps pour me remémorer notre discussion.

* * *

Tout se passait dans la plus grande cordialité au restaurant. John Beck ne s'est pas excusé pour son retard, soit, mais cela fait partie du personnage. Je m'en suis remis rapidement. Son approche était affable, je le trouvais même plutôt souriant. Dès que nous eûmes commandé notre plat, il entra dans le vif du sujet.

- Je vous remercie d'avoir accepté mon invitation de dernière minute, Gabriel. Vous permettez que je vous appelle Gabriel.

- Bien sûr, monsieur Beck.

- John.

- John.

- Comme je vous l'ai dit au téléphone, je tiens à m'excuser de vous avoir si cavalièrement traité la semaine dernière.

Je vins pour intervenir. Il me fit signe de la main de patienter et poursuivit.

- C'est très rare qu'un commis-comptable, à plus forte raison temporaire, décide de me rencontrer pour vérifier une information. Cela est tout à votre honneur et à l'honneur de votre agence. J'ai réalisé, trop tard, que vous faisiez votre travail et un excellent travail, si vous voulez mon avis.

Je ne pouvais m'empêcher de trouver qu'il aurait pu me dire tout cela au téléphone. Comme je ne crois pas à la gentillesse spontanée, j'ai décidé de jouer le jeu.

- Merci, monsieur… John. J'apprécie beaucoup la peine que vous vous donnez pour me faire part de votre satisfaction.

Sur le même ton assuré il poursuit.

- J'espère que mon comportement ne vous a pas trop offusqué.

- Pas du tout, merci de vous en inquiéter.

- Comment s'appelle votre patron déjà ?

Je me demandais à qui il faisait référence.

Il lut mon interrogation.

- Vous savez, votre client enfin, votre supérieur aux comptes à payer. Voyez-vous de qui je parle ?

- Oui, tout à fait. Vous voulez parler de Patrick…

Il me coupa la parole.

- C'est cela, oui, Patrick. Dites-moi, comment a-t-il réagi lui, avec la facture en question ?

Tiens, tiens ! Il va à la pêche, celui-là.

- Oh ! Nous, des comptes à payer, nous nous contentons d'acquitter les factures. Nous vérifions qu'il y a bien un contrat en bonne et due forme, un numéro de bon de commande et une facture approuvée. Dans ce cas-ci, les trois ingrédients y étaient. Nous avons appliqué la procédure. Le paiement a été émis.

- Je vois. - Le grand John Beck est plus hésitant tout d'un coup. - Mais dites-moi, pourquoi êtes-vous venu me rencontrer alors que votre patron avait déjà fait le travail en début d'année ?

Parce que ma sœur croit qu'il y a anguille sous roche, mon cher.

- Vous savez ce que c'est. Comme nouveau à l'agence qui m'a confié ce contrat, je voulais faire une bonne impression en me montrant très rigoureux et intéressé par mon travail.

J'ai fait une pause calculée

- À vous, je peux bien le dire, je ne crois pas que j'ai gagné beaucoup de points en agissant ainsi.

Son sourire figé ne le quitta pas une seconde.

- Ne vous en faites pas. J'ai parlé avec le vice-président aux finances pour lui témoigner ma satisfaction à l'égard de votre professionnalisme. Il m'a dirigé directement à l'agence pour que je leur en fasse part moi-même.

- Ah ! je vois. C'est de cette façon que vous avez obtenu mes coordonnées.

- Vous avez deviné. J'espère que vous m'excuserez pour cette intrusion.

- Bien sûr. En fait, je devrais vous en remercier, comme je vous remercie d'ailleurs pour cet excellent repas. Cet endroit est magnifique.

Et heureusement qu'on a changé le personnel depuis mon temps, parce qu'on m'aurait reconnu comme un de leurs très bons clients, quand j'amenais des visiteurs dîner ici.

- Tout le plaisir a été pour moi. J'avais une dette envers vous.

Sur ces profondes paroles, il prit l'addition, se leva, sans considérer ni dessert ni café, en présumant qu'il en était de même pour moi et me tendit la main. Il a appris ce qu'il voulait savoir. Pourquoi s'éterniser avec un commis-comptable temporaire ?

Il se retourna et se dirigea vers la sortie. Puis, je l'ai vu ralentir le pas, me faire face et prendre un air de quelqu'un qui vient de se rappeler quelque chose. Il sortit un bout de papier de sa poche de veston.

Il me le montra.

Il s'agissait d'une photo.

C'est à ce moment précis que j'ai pris la décision d'aller voir sur place, à Singapour.

C'était la photo officielle de la signature du contrat avec l'agent de Singapour. On y distinguait très clairement John Beck, debout, puis Albert Biron, assis, tenant un stylo à la main et une personne asiatique, probablement Wong Yew, de l'agence singapourienne. Au verso, une date, le quinze décembre.

John Beck savoura sa victoire. Il venait, selon lui, de clouer le dernier clou.

J'ai simulé l'intérêt, mais je ne pouvais m'empêcher de me demander pourquoi il en mettait tant. Il y a un contrat signé en bonne et due forme et des factures réelles. J'étais convaincu. Je laissais tomber l'affaire. Il n'y avait pas de fraude, seulement une stratégie douteuse, mais légale. Maintenant, voici qu'il déterre la photo de famille. Il a gâté la sauce en en faisant trop. Trop beau pour être vrai. Essayait-il de protéger son patron ?

Je n'avais qu'une façon de le savoir. Aller voir par moi-même, sur place. Il me reste une quantité astronomique de points de compagnies aériennes, accumulés dans ma vie antérieure. Aussi bien en utiliser un peu maintenant que j'ai le temps d'en profiter.

Je dois admettre que ce scénario était loin de me déplaire. Bien au contraire, plus je considérais l'idée, plus je m'enthousiasmais. J'ai des fourmis dans les jambes depuis que j'ai quitté le monde des affaires. J'ai besoin de défis qui me font oublier mes propres malheurs et en prime j'aide ma sœur. D'une pierre deux coups.

Me voici maintenant entre ciel et mer, en direction de Singapour.

CHAPITRE 14
Montréal, mardi 22 octobre, fin d'après-midi

Mat a toujours très bien tiré son épingle du jeu dans sa carrière. Grâce à son professionnalisme, sa persévérance et son sens de l'initiative, il s'est démarqué de ses collègues. Il est connu pour aller au-delà des sentiers battus. C'est lui qui retourne un problème dans l'autre sens pour redémarrer une enquête qui n'aboutit pas. C'est lui qui trouve la question que personne n'a posée. C'est encore lui qui refuse de clore un dossier que tous pensent sans issue. Il croit qu'il est toujours possible de recadrer une situation, des faits ou des hypothèses, afin d'en explorer un autre angle. Pas étonnant qu'on ait pensé à lui pour cette mutation aux crimes économiques.

Mais voilà, cette affectation le déstabilise plus qu'il ne l'aurait cru. Oui, ce n'est pas la première fois qu'il fait face à de nouveaux défis professionnels, mais plus il avance en grade, plus les nominations le stressent. Il connaît trop bien le principe de Peter qui prétend que l'on progresse dans une organisation jusqu'à atteindre son niveau d'incompétence. Il a peur d'en être une autre victime. Pourtant, sa raison lui dicte de ne pas s'en faire. Il a été choisi parce qu'on lui fait confiance. Personne ne s'attend à ce qu'il soit parfait les premiers mois.

Mais voilà, sa raison a un ennemi : lui-même. Depuis quelques jours, il ressent de plus en plus de nervosité à l'approche du jour « J ». Il n'a pas encore débuté dans ses nouvelles fonctions qu'il commence à mal dormir. Il s'impatiente pour des riens, a doublé sa dose quotidienne de café et a de la difficulté à se concentrer sur ses tâches actuelles, tâches qu'il connaît pourtant très bien. Sa tête peine à prendre le dessus. Sa raison est assiégée par les doutes et l'anxiété. La hantise de ne pas réussir s'est installée.

Pas étonnant que Mat fasse peu confiance à sa logique quand il s'acharne sur le cas d'ING Solution. Il s'est persuadé qu'il y avait anguille sous roche dans l'affaire de Singapour. Tout ceci a commencé avec presque rien : le mandat incongru de son ami chez l'employeur d'Anouk déclenché, il le sait maintenant, par une facture abandonnée sur une imprimante. Depuis quelques jours, sa tête lui dicte de laisser tomber et de se concentrer à mieux comprendre ce que seront ses nouvelles tâches. Mais ses émotions, ou son orgueil l'incitent à arriver en poste avec une affaire de crime économique déjà résolue ou en voie de l'être. Quelle crédibilité cela lui conférerait auprès de ses futurs employés ! Il serait vu comme l'un des leurs. On ne le verra pas comme un « has been[2] » dont la carrière est derrière lui ni comme un cadre poussiéreux parachuté d'un autre département, mais comme un professionnel digne d'être leur supérieur.

Plus la date d'entrée en fonction approche, plus la nervosité le gagne. On lui a annoncé vendredi dernier qu'il occuperait son nouveau poste le lundi suivant, le vingt-huit octobre. Plus que quatre jours dans son poste actuel, plus que quatre jours dans ses vieilles pantoufles.

---

[2] Démodé professionnellement

Son équipe s'est faite à l'idée que Mathieu ne sera plus leur patron. Elle se réfère maintenant à celui qui occupera sa chaise lundi prochain. Facile puisqu'il est basé sur le même étage qu'eux. Mat se sent sur la voie d'évitement, car sa nouvelle équipe à lui est logée dans l'immeuble d'en face. Il se retrouve en quelque sorte sans équipe.

Il ne lui reste que cet os à se mettre sous la dent : l'affaire de la facture de Singapour. Insidieusement, ce dossier est devenu sa carte d'embarquement avec laquelle il aimerait entrer en poste lundi prochain. *Me voici, je suis votre nouveau patron, mais voilà, je ne suis pas n'importe qui, j'ai fait mes preuves...*

C'est dans cet état d'esprit que ce matin, Mat travaille à son ordinateur, à scruter, encore une fois, tout ce qui s'est écrit sur ING Solution. Aurait-il manqué quelque chose, aurait-il sous-estimé un fait ou une information qui serait de nature à le mettre sur une piste ? Il a bien lu et relu l'histoire des deux firmes qui ont entamé des poursuites. Toutes les deux alléguaient que, pour des attributions de contrats différents, le client a choisi ING Solution alors que leurs soumissions correspondaient en tout point aux devis, tout en proposant un meilleur prix. Ce n'est pas la première fois ni la dernière, que des soumissionnaires se sentent lésés lors de l'attribution de contrats. Est-ce que ces deux cas sont dans la catégorie : soumissionnaires frustrés ? Ou y a-t-il anguille sous roche ?

Mat s'est convaincu qu'ING Solution n'était pas nette dans les deux affaires. Il s'est persuadé, en recoupant ces articles avec ce qu'il a appris à propos de la facture retrouvée par Anouk, qu'ING Solution était impliquée dans une affaire louche. Tout ce qui lui manque maintenant, c'est la preuve et le coupable.

Même s'il est près de dix-huit heures trente, il décide de prendre contact avec les deux entreprises identifiées sur

Internet. Peut-être trouvera-t-il d'autres indices. Les présidents ne quittent sûrement pas le bureau avant dix-neuf heures.

Le policier n'a pas de succès auprès de la première firme, EHB et associés, une entreprise québécoise. Le président, Michel Lavoie, est en voyage de pêche et hors réseau donc impossible à rejoindre. Il a dû se contenter de laisser ses coordonnées à l'assistante administrative. Il doit se résoudre à attendre son retour vendredi prochain, persuadé qu'il le rappellera dès lors. Les gens en général sont très curieux de savoir ce que la Sûreté du Québec leur veut. Le policier veut comprendre pourquoi EHB prétendait être le plus bas soumissionnaire pour un contrat de préparation de devis pour l'agrandissement d'un petit aéroport en Thaïlande l'année dernière. Pourquoi a-t-il déposé une plainte et pourquoi l'a-t-il retirée deux mois plus tard ?

La chance lui sourit avec l'autre entreprise, Harrison, basée à Albany, New York. Son anglais est plutôt rouillé, enfin il n'a jamais été très brillant, mais il n'a pas perdu le peu qu'il sait. Le président, Tom Harrison lui-même, lui répond. Mat, qui a l'habitude de répondre aussi lui-même, se trouve immédiatement une affinité avec son interlocuteur. À cela, rajoutons-le : « Hi, Tom speaking[3] » et voici que Mat a l'impression de parler à son meilleur ami. Après s'être présenté et décliné une formule de politesse simplifiée, Mat entre dans le vif du sujet.

- Vous avez déposé une plainte au bureau de la concurrence du Canada au sujet d'un contrat accordé à la firme ING Solution, pour la production de devis techniques d'un petit barrage au nord du Cambodge, il y a huit mois.

______

[3] « Bonjour, Tom à l'appareil. »

Tom ne prend pas deux secondes pour y réfléchir, comme si on lui parlait de sa soirée d'hier.

- Pourquoi me posez-vous cette question ? Avez-vous trouvé des preuves contre ce type, Biron ?

Wow ! Mat se redresse de son fauteuil, il exulte. Il croit avoir frappé le gros lot. Il se sent rassuré dans ses soupçons. Son anglais lui revient plus facilement maintenant.

- Non, pas encore, mais nous y arriverons. Dites-moi, pourquoi avoir retiré votre plainte ? Elle me semblait bien fondée. Selon ce que j'ai trouvé, vous étiez le plus bas soumissionnaire conforme. Quelqu'un vous annonce le vendredi matin que vous êtes en tête de liste parmi les quatre autres concurrents. Que la décision devrait être entérinée par le comité de sélection en fin de semaine et que vous devez vous préparer à venir signer le contrat la semaine suivante. Dans votre plainte, vous avez mentionné que le lundi, vous avez reçu l'annonce qu'un compétiteur, ING Solution, vous avait subtilisé le contrat au cours de la fin de semaine. Comment expliquez-vous cela ?

- D'après vous ?

- J'ai besoin de votre aide. J'ai bien ma petite idée, mais je veux savoir ce qui vous est arrivé, comment cela s'est-il passé ? Comment justifiez-vous ce revirement ?

- Ils ont été achetés. Je ne vois que cette explication. Le vendredi, nous sommes les meilleurs qualitativement et de plus, nous offrons le plus bas prix. Nous n'avons pas encore le contrat officiellement, mais nous savons que nous sommes en tête du peloton. Le lundi, nous ne sommes plus les meilleurs qualitativement, à ce qu'on nous a dit, alors que nous l'étions le vendredi précédent.

- Comment ont-ils expliqué ce revirement ?

- Erreur de la part du comité technique.

Tom s'arrête. Mat le relance.

- Vous aviez le meilleur score sur les critères qualitatifs ou non ?

- Vendredi, oui. Lundi, non.

- Y a-t-il moyen de vérifier cela ?

- Non.

- Je ne vous suis pas

- C'est simple. Dans ce genre de soumission, il y a une part de l'évaluation qui est qualitative, donc subjective. La compétence des ingénieurs et des administrateurs que vous avez l'intention d'attitrer au projet, la crédibilité de vos références, le degré d'innovation technologique, etc., en sont des exemples.

- Je vois, continuez, vous m'intéressez.

- Donc, cela peut se jouer de deux façons. Premièrement, un membre du comité peut influencer ses collègues en faisant valoir le haut degré d'atteinte de tel ou tel critère par un ou l'autre des soumissionnaires. Deuxièmement, il n'a qu'à noter un neuf sur dix ou un dix sur dix contre ce critère pour augmenter la moyenne. Quelqu'un du comité de sélection change son appréciation sur un critère ou l'autre et voilà, le tour est joué.

Mat considère la question.

- Combien étaient-ils sur le comité de sélection ?

- Quatre.

- Ce n'est pas beaucoup. Probablement facile à influencer.

Mat disait ceci pour lui-même, sans attendre une réponse.

Tom, impatient, le relance.

- L'avez-vous coincé sur une autre affaire ?

Trop absorbé dans ses pensées, Mat ignore sa question pour se concentrer sur la sienne.

- Pourquoi avez-vous retiré votre plainte ?

- Allez prouver la manigance. Je n'avais rien à mettre sous la dent du bureau de la concurrence. Et puis, d'une façon très pratique, on m'a fait savoir que si je voulais un jour avoir la possibilité de soumissionner de nouveau au Cambodge, il était préférable que je ne poursuive pas le client cambodgien.

- Hum !

- Comme je suis une petite firme de génie-conseil et que j'ai très peu de contrats à l'international, je ne peux me permettre de me mettre à dos qui que ce soit. Vous comprenez. Enfin, moi, on me l'a fait comprendre.

Tom revient sur sa question.

- Vous l'avez coincé ou non ?

- Euh ! Non. Pas encore. Nous sommes sur l'affaire. Nous vous tiendrons au courant.

- Get him, the bastard ! [4].

____

[4] « Attrapez-le, le salaud ! »

Enfin une bonne nouvelle, se dit Mat. Pour fermer la boucle, il doit maintenant connaître comment sera évaluée la soumission pour Singapour. C'est à ce moment qu'il décide de contacter Anouk pour en savoir plus sur la facture douteuse venant du consultant de Singapour. Il est conscient que ce sera admettre que son frère lui a confié son secret, mais il lui faut plus d'éléments, il ne pourra pas arrêter Albert Biron avec des ouï-dire.

Il laisse sonner à cinq reprises. Pas de réponse. Elle doit être au travail. Elle est le genre à en donner plus que le client en demande. Merde ! Il aurait aimé lui parler maintenant. Il doit comprendre les critères de sélection. La décision sera-t-elle basée uniquement sur le prix ou également sur des aspects subjectifs ? Si c'est le deuxième cas, ce scénario rend plausible une malversation de la part d'ING Solution pour obtenir le contrat tant convoité.

Il la rappellera plus tard ce soir.

* * *

Mardi, en ce début de soirée, je ne suis pas à la veille d'atterrir à Singapour. Très long vol à partir de Toronto, mais quelle sensation familière ! Dans ces vols, tout tourne au ralenti. Nous prenons le temps. En fait, nous avons trop de temps. Trop de temps à attendre, trop de temps pour lire, trop de temps pour dormir, trop de temps pour manger et trop de temps pour penser.

C'est étrange. Est-ce le fait de me sentir vulnérable dans un tube de métal à dix mille mètres d'altitude, là où la rareté de l'air et la température glaciale tueraient toute vie humaine ?

Je ne sais pas. Mais quand je me retrouve dans un interminable vol, inévitablement, ce sont mes amis qui s'infiltrent dans mes pensées, nos bons soupers des premiers lundis du mois, nos discussions rarement banales, sans compter les peines de l'un ou les joies de l'autre, qui ne manquent pas de cimenter le groupe. *Bon sang, je m'attendris !*

Ce n'est pas la longue nuit à mal dormir qui est la source de ma sensiblerie. Le phénomène s'est installé depuis bien avant ce vol. La cause, je la connais. C'est la vie, ma vie, ma vie sans elle. Seul depuis deux ans, Marie disparue, ma vie est à l'envers.

Anouk a son travail dans lequel elle se donne corps et âme. Elle a maintenant Geneviève. Elle n'est jamais vraiment demeurée très longtemps sans attache. En ce domaine, elle a plus d'aptitude que moi. Mat a sa famille et son travail, avec une belle réaffectation en prime. Damien ? Lui, il a un rêve. Il a fait le premier pas il y a trois semaines avec son exposition collective. Il est sur la bonne pente.

Moi, je ne rêve plus. Je prends la vie au jour le jour. Je ne lui demande plus rien. Elle ne me demande rien en retour. Voilà, c'est très clair. Nous déambulons côte à côte, sans vraiment nous croiser ; la vie d'un côté, moi de l'autre. Oui, j'ai des champs d'intérêt, comme on le dit. Je joue du piano, mais soyons réalistes, j'essaie de ne pas trop massacrer les grands compositeurs. Je vois Annie de temps à autre, il n'y aura probablement jamais rien de plus entre nous. Quoi d'autre ? Ma sœur, mes amis. Ils seront toujours là ; même si j'ai tout fait pour me rendre désagréable après la disparition de Marie. Deux ans déjà. Plus de sept cents jours. Plus de sept cents nuits.

Bon, j'entre encore là-dedans. Assez d'apitoiement sur mon sort. Je ne suis pas le seul à vivre un drame. À part ma rechute de la semaine dernière, je maîtrise assez bien ma consommation. Je vais mieux depuis quelques mois, son absence me fait moins mal, enfin, elle est moins intolérable.

Il y a peut-être un an, Anouk m'a dit quelque chose qui vient tout juste de refaire surface. Elle m'a suggéré, lors de l'une de nos longues discussions pour essayer de comprendre ce qui est incompréhensible, d'écrire un livre. Un livre sur les sauterelles, sur Marie, ou bien sur comment réussir en affaire et tiens, pourquoi pas, a-t-elle rajouté, des poèmes. Je me rappelle maintenant, elle me disait qu'écrire c'est créer et que l'homme est fait pour créer. Que mon problème était là, je ne créais plus, je n'espérais plus, je n'avais plus de projets, faute de muse.

C'est surprenant, tout d'un coup l'idée me plaît. Écrire. Quand on me demandera ce que je fais dans la vie, je ne raconterai plus que je suis une âme en peine en quête d'une femme qui ne reviendra jamais. Je leur répondrai que j'écris. Je ne dirai plus que je suis un « has been » qui vit de ses rentes, mais un écrivain. Je n'admettrai plus que je vis en marge de la vie, mais que je vis, la preuve : j'écris sur la vie.

Tout à coup, j'ai hâte d'entreprendre mon projet. C'est bien la première fois depuis deux ans que j'ai hâte d'entreprendre quelque chose.

Mon voisin doit se demander ce que j'ai à sourire pour rien. Je ne lis pas et mon système vidéo est éteint. Moi je sais pourquoi je souris et je ne m'en prive pas.

Il ne me reste qu'à trouver un sujet d'écriture. J'ai hâte d'un parler à Anouk, dès que je rentre.

CHAPITRE 15
Montréal, mardi 22 octobre, début soirée

Elle a mis sa robe noire, celle qui boutonne en avant et qui est si bien ajustée aux hanches. Généralement, quand elle la porte, Anouk sent les regards des hommes et de certaines femmes. Ces petits moments, qu'elle est consciente de produire, ajoutent du piment dans sa journée. Tout le monde en profite. Elle se disait qu'un peu de piquant ne faisait de mal à personne ni à elle-même d'ailleurs.

Aujourd'hui, elle se sent toute nue en la portant. Elle a l'impression que les gens voient au travers la robe. Elle longe les murs, détourne la tête de tout regard et passe autant de temps que possible dans son bureau, la porte close. Elle voudrait être invisible. Elle souhaiterait être morte.

Elle n'est pas descendue à la cantine à l'heure du dîner, prétextant un surcroît de travail, ce qui dans son cas est loin d'être faux. Elle n'a rien mangé de la journée. La veille, elle n'a pas dormi non plus. L'appel de son frère, laissé sur le répondeur, lui a résonné dans la tête toute la nuit : « J'arriverai mercredi ». Trop tard.

Après l'heure du dîner, à la rencontre de coordination avec son patron John Beck et les représentants des autres départements, elle n'a pas dit un mot. On a constaté sa pâleur, mais elle n'a pas relevé la remarque. Au bout de la table ovale, du côté opposé, siégeait un Robert Lemay agité et nerveux, qui n'a vraisemblablement pas très bien dormi lui non plus, mais pour des raisons différentes.

Les joues écarlates, il l'observait le plus subtilement possible, comme un adolescent boutonneux devant la fille la plus convoitée de l'école.

Lui non plus n'a pas dit un mot. Il semblait perdu dans ses rêves, totalement obnubilé par une seule pensée.

La rencontre dura jusqu'au milieu de l'après-midi. Anouk aurait aimé qu'elle se poursuivre toute l'éternité. À la fin de la réunion, Robert Lemay a fait en sorte d'être juste derrière elle. Il a laissé le dos de sa main lui frôler discrètement la hanche quand elle s'est faufilée entre lui et la porte. Elle a tressailli et s'est faite la plus petite possible en se frottant anormalement sur le cadre de la porte. Puis, il l'a regardé marcher devant lui, la toisant lentement, de haut en bas et de bas en haut, jusqu'à ce qu'elle et sa petite robe noire disparaissent de sa vue, au bout du corridor.

En arrivant à son bureau, Anouk a immédiatement refermé la porte, comme si un loup lui courait après, ce qui était pourtant la terrible réalité. Elle ne s'y sentait pas plus en sécurité.

Qu'est-ce qui m'arrive ?

Soudainement, cela lui apparut très clairement. Il ne lui restait qu'une chose à faire, donner sa démission. Elle se sauve de ce type. Elle fuit ses responsabilités. Sans y penser plus longtemps, elle décroche et compose les quatre chiffres pour parler au président. C'est à lui qu'elle devait l'annoncer, à personne d'autre.

L'assistante répond immédiatement, décline son message d'accueil, mais doit la décevoir.

- Malheureusement, il sera au bureau seulement demain matin, Anouk. Il est en avion et arrivera en début de soirée. Est-ce que je peux lui laisser un message ?

Anouk ne se souvient plus si elle a remercié l'assistante ou si elle a bêtement raccroché.

C'est un signe, se dit-elle. *Je dois affronter mon châtiment. C'est de ma faute, et uniquement de la mienne. Je me suis mis dans ce pétrin absurde, je m'en sortirai. J'ai été idiote de ne rien déclarer au moment opportun. Je pâtirai pour mon erreur. Je dois être forte, faire face.*

Montréal, mardi 22 octobre, début soirée

Le temps s'est écoulé instantanément. Anouk n'a pas vu le reste de l'après-midi. Il est déjà dix-huit heures. Elle a beau regarder sa montre et son ordinateur à répétition, il n'y a rien à faire, il est dix-huit heures, pas une minute de moins. Elle doit sortir de sa tanière pour aller vers son destin.

De son côté, Robert Lemay ne cessa de consulter l'heure durant tout le long après-midi. L'éternité a pris fin. Il est sur le trottoir, en face de l'entrée du bureau, scrutant tous ceux qui sortent. Il n'y croit pas encore. Il faut qu'elle vienne. *Mon Dieu, faites qu'elle arrive, faites qu'elle ne change pas d'idée.*

Juste au moment où il commence à penser que son plan est peut-être tombé à l'eau, Robert voit apparaître sa silhouette. Imprécise d'abord, puis, au rythme de ses pas très lents, il peut enfin reconnaître le visage qui se rapproche de lui. Son cœur veut sortir de sa poitrine. *Merci mon Dieu.*

Ce matin, Robert est arrivé très tôt afin de garer sa voiture tout près de l'entrée.

Il lui fait signe de le suivre puis marche devant elle. Il fixe le sol durant le court trajet vers sa voiture. Il préfère éviter le regard de ses pairs. Enfin rendu, il lui ouvre la portière. Anouk, paralysée, se laisse tomber sur le siège. Elle ne bronche pas, son regard est vide. Son calvaire ne fait que débuter.

Durant le court trajet vers le motel, pas un mot ne se dit ; pas plus qu'en n'entrant dans la chambre du Riviera. La réservation avait bien été faite, il a pris soin de vérifier une troisième fois, juste avant son départ du bureau. L'un et l'autre, pour des raisons totalement opposées, ne peuvent prononcer un mot.

Robert n'a pas lésiné sur le prix de la chambre, ce moment est trop important pour lui. Elle est spacieuse et bien décorée avec une peinture qui semble vraie au-dessus du lit, une commode moderne, une table à café avec service de verrerie, un divan en cuir et surtout, un grand lit.

En refermant la porte, faute de mots, Robert prend la main d'Anouk pour l'inviter à s'asseoir sur le divan attenant au lit. Anouk la repousse brusquement, mais obtempère. Une fois cette dernière assise, il lui caresse délicatement la joue et approche ses lèvres des siennes.

- Pas tout de suite. J'ai besoin de ceci avant.

Elle lui montre le magnum de Champagne qu'il avait pris soin d'amener avec lui. Robert ne laisse rien au hasard, surtout pour ce qui s'annonce être la plus belle soirée de sa vie.

Sourire aux lèvres, il s'exécute et lui en verse une coupe, trouvée dans les accessoires qu'offre la suite.

Elle boit d'un trait puis la lui tend à nouveau. Il répète l'opération, le cœur battant, trop heureux de la tournure des évènements. Il y était. Il était avec elle. Enfin.

Il se sert à son tour et du même coup, en rajoute dans la sienne. La soirée s'annonce très bien.

Après avoir avalé plusieurs fois pour tenter de dessécher sa gorge. Lemay croit maintenant qu'il a la force de parler.

- Tu es tellement belle !

Il se sentit idiot immédiatement après avoir prononcé ces paroles, mais bon, là n'est pas le point, il n'a pas à avoir l'air intelligent. Il n'a pas à la conquérir, elle est déjà à lui. Il n'a qu'à savourer le moment présent. À la déguster.

Il se tourne à nouveau vers elle. Ses yeux rougissent sous l'effet de l'alcool absorbé assez rapidement. La proie est elle aussi amortie. Il profite de sa fragilité pour approcher sa main de la robe de tous ses désirs et commence à la déboutonner. Le moment dont il rêve depuis si longtemps est enfin arrivé. Elle sursaute d'abord, puis résignée, le laisse faire, bouton après bouton. Elle endure le supplice. Une suite interminable de boutons qu'il s'ingénie à défaire lentement, cruellement lentement, laissant traîner çà et là sa main sur son corps blanc et chaud, ce, jusqu'à ce que son torse soit dégagé.

Il lui fait signe de se lever, ce qu'elle fait avec le même sentiment de capitulation, tout en essayant de demeurer digne malgré les circonstances. Il pourra ainsi voir le vêtement de tous ses fantasmes glisser d'une épaule à l'autre, puis sur ses hanches, et enfin jusqu'à ses pieds. Le moment est encore plus beau que dans ses rêves les plus fous. La vue de la femme en sous-vêtements l'excite à la limite du possible. Le spectacle qui s'offre à ses yeux est extraordinaire. La femme est si belle et tellement désirable. Robert est dans tous ses états, il n'y croit pas encore. *Merci mon Dieu.*

Il ne veut pas perdre une minute pour se déshabiller, le moment est trop important. C'est elle qui compte, c'est elle qu'il veut voir nue ; le reste viendra en temps et lieu.

- Je peux te l'enlever à présent.

Il regarde directement son soutien-gorge. Aucune ambiguïté de ce côté.

Anouk savait que cette étape arriverait, elle s'y était préparée. C'est comme si elle avait réussi à anesthésier son corps. Elle a l'impression de se voir à travers les yeux d'un autre. Ce n'est pas elle qui est là en ce moment, c'est une autre femme, qu'Anouk observe de loin. Ce n'est pas son corps, ce n'est pas sa tête, c'est le corps d'une autre, la tête d'une autre. C'est une autre qui vit le cauchemar, ce n'est pas elle. *Ce sera bientôt terminé.*

- J'ai besoin de plus de ceci pour y arriver, elle lui montre le Champagne.

Alors qu'elle s'assied sur le lit, il s'empresse de lui verser une autre coupe. Le fond de la bouteille apparaît, il vient pour la vider dans son verre à lui, mais s'y résigne, faisant le calcul que l'investissement lui rapportera davantage si c'est elle qui le boit, plutôt que lui.

Une fois assise, Anouk réalise la position précaire dans laquelle elle se trouve, presque nue sur un lit de motel avec ce type. Elle se lève d'un coup, enfin aussi vite que son état lui permet de le faire, et retourne s'asseoir près de l'homme, ce qui lui paraît, dans les circonstances, une option moins menaçante pour l'instant.

Triomphant, il approche sa main de ses épaules. Elle frissonne à nouveau, mais se laisse toucher. Comme pour une injection d'anesthésiant chez le dentiste, elle doit passer par là, si elle veut en finir avec le traitement.

L'homme est au comble du bonheur et de l'excitation. Il ne peut s'empêcher de se répéter « *Merci, mon Dieu* ».

Quand il commence à jouer avec la fermeture de son soutien-gorge, Anouk prend sa main, assez fermement malgré son état, et la repousse. Elle se lève, puis se retourne vers lui. Ses mains s'affairent derrière son dos, prêtes à tout enlever, pour en finir au plus vite. C'est le seul contrôle qu'elle a sur la situation. Honorablement, elle veut au moins garder cette parcelle de fierté, en prenant l'initiative pour la suite. C'est elle qui le fera, cela fera ça de moins pour lui, se dit-elle. Viendra bien assez tôt le moment où ses mains qu'elle trouve dégoûtantes prendront possession d'elle. Le Champagne l'a amortie juste ce qu'il faut pour lui donner la force de passer au travers de la prochaine étape.

Robert est immobile. Ses yeux sont rouges de désir. La plus belle femme au monde est là, devant lui, presque entièrement nue. Elle est non seulement extrêmement jolie et séduisante, elle est intelligente, ingénieure et chef de département en plus. Un trophée, une déesse. Jamais il n'a imaginé avoir une telle femme dans son lit.

Il a peine à croire qu'elle sera à lui dans un instant, un tout petit instant. Que son corps lui appartiendra. Que ses lèvres seront sur les siennes. Que ses mains la caresseront partout où il le voudra, et qu'il la goûtera jusqu'à l'extase.

C'est lui qui l'a entendu le premier. À la deuxième sonnerie, elle s'arrêta, n'étant pas encore parvenue à dénuder sa poitrine. À la troisième, elle reconnut le son de son cellulaire. D'un mouvement précipité et désespéré, elle vide le contenu de sa sacoche sur le sol. À la quatrième sonnerie, elle le trouve enfin, sur le tapis, entre son sac à maquillage et son porte-monnaie.

- Oui, crie la femme fragilisée, prise au piège, à moitié nue et complètement vulnérable.

- Albert Biron à l'appareil. Je m'excuse de vous déranger, Anouk. Mon assistante m'a laissé un message sur ma boîte vocale m'indiquant que vous cherchiez à me contacter et, si je puis dire, elle m'a aussi mentionné que vous sembliez très préoccupée. Je viens tout juste d'atterrir, et j'ai cru bon de vous rappeler tout de suite plutôt que d'attendre à demain.

Silence à l'autre bout du fil. Albert Biron se sent maintenant mal d'avoir importuné son employée à cette heure tardive.

- J'espère que j'ai bien agi, Anouk. Si vous le voulez, nous nous en reparlerons demain, tout simplement, je sais qu'il est tard.

Albert Biron croit entendre des pleurs à l'autre bout du fil. Il n'insiste pas, même intrigué, et préfère attendre une réponse.

C'est à ce moment qu'elle explose. Elle ne parle pas, elle crie.

- J'ai vu quelque chose, monsieur Biron. J'ai trouvé cette facture sur l'imprimante. Je n'en ai pas parlé. J'aurais dû le faire. Je m'excuse. Je m'excuse infiniment. Je suis désolée. Vous pouvez me congédier si vous le voulez. Je l'ai mérité. J'ai peut-être été complice d'un grave manquement à l'éthique, monsieur Biron. J'aurais dû aller vous voir aussitôt. Je ne l'ai pas fait. Je suis désolée, monsieur Biron.

Elle cesse de crier, faute de pouvoir ajouter un mot, les sanglots ayant pris le dessus. Maintenant, elle frissonne de froid et de honte.

Surpris par l'hystérie de l'ingénieure, normalement maître de ses moyens, Albert Biron considère sérieusement les angoisses d'Anouk.

- Mes rendez-vous commencent à huit-heures trente demain matin. Venez me voir avant, à huit heures, sans faute. Je ne saisis pas exactement votre préoccupation, mais vous me laissez l'impression que nous devions nous rencontrer au plus tôt. Est-ce que cela vous convient, demain à huit heures, à mon bureau ?

Elle fait un signe de tête puis réalise qu'il ne la voit pas. Elle rassemble le peu d'énergie qu'il lui reste.

- J'y serai, monsieur, puis elle raccroche.

En se retournant, elle fait face à Robert Lemay, debout devant elle, les yeux hagards. Il ne comprend plus rien. Il la fixe bêtement. Anouk suit le regard vicieux de l'homme qui descend vers sa poitrine, encore partiellement recouverte.

C'est là que le coup est parti. D'une traite, sans amorce, sans prévenir, sans pitié. Son professeur de karaté aurait dit un coup balistique. Son poing l'atteint directement à l'œil droit. La fille sait frapper quand il le faut. Et là, il le fallait. Elle ne l'a pas manqué.

Décrochée momentanément de l'emprise de l'homme, elle peut écouter son instinct de survie, qu'elle avait dû mettre en veille. Le type est tombé à la renverse, directement sur le sol, sa tête évitant de peu la table à café. Il se tord de douleur et a les deux mains sur son œil maintenant. Il est incapable de réagir, la douleur, le Champagne et la surprise mobilisent toutes ses énergies. La déception suivra bien assez vite.

Elle, elle se sent revivre. Bien qu'amortie par le vin, le stress, la faim et le manque de sommeil, elle peut enfin respirer à pleins poumons, ce qu'elle n'a pas réussi à faire depuis les deux dernières semaines. L'immense poids qui l'oppressait en permanence vient de l'abandonner.

Je dois faire vite.

En ramassant ses affaires, elle réalise que sa main droite lui fait très mal. Tant pis, l'important c'est de partir d'ici, quitter cet endroit sordide. Elle se rhabille en vitesse.

Rendue à la réception du motel, elle se commande un taxi. Une attente interminable durant laquelle elle craint l'apparition de son persécuteur. La réceptionniste la voit ajuster sa robe. Une autre chicane de couple, conclut-elle. Lui ne veut pas laisser sa femme, ils se sont brouillés, la pauvre, elle repart, déçue. Combien de fois la réceptionniste a-t-elle assisté à ce genre de scène ?

CHAPITRE 16
Singapour, mercredi après-midi 23 octobre

Je m'étais promis d'aller voir monsieur Yew, le responsable de l'agence ici, à Singapour dès ma descente d'avion. Une fois arrivé à ma chambre d'hôtel, mon lit, qui n'a pourtant dit mot, m'a présenté des arguments si convaincants, qu'ils ont eu raison de ma volonté.

J'ai été sa victime conciliante. Mon nouveau métier d'écrivain m'a tenu éveillé durant tout le vol. J'en paie le prix aujourd'hui. C'est bien de décider d'écrire, mais faut-il avoir des choses à raconter ? Qu'est-ce que j'ai à raconter, moi ? J'ai fait des affaires, j'ai rencontré Marie, j'ai perdu Marie, ma vie s'est arrêtée. Qui peut souhaiter lire cette banale histoire triste à en mourir.

Il est quatorze heures à présent, je peine à me sortir des couvertures. Pas pour moi le métier d'écrivain.

Je n'ai pas pris soin de prévenir l'agence Wong Yew de mon arrivée. L'effet de surprise aidera le témoin à parler. Enfin, je crois que c'est Mat qui m'a déjà dit quelque chose du genre. Où l'ai-je lu dans un roman policier ? Mais bon, je ne voulais surtout pas trouver un prétexte qui m'aurait empêché de venir ici, j'y tenais trop. Quitte à ne rien découvrir et quitte à ce que Wong ne soit même pas à Singapour aujourd'hui. Il devrait y avoir quand même quelqu'un à qui parler à ses bureaux, enfin je l'espère. Le pire qui pourrait m'arriver, c'est de retourner bredouille à la maison et même là, j'aurai réussi à sécréter un peu d'adrénaline, ce qui me fait si cruellement défaut ces temps-ci.

La vue de la fenêtre de ma chambre au Marina Bay Sands est imprenable. J'avoue que les musées Guggenheim, les œuvres de Gaudi et maintenant cet hôtel grandiose, sont dans une catégorie architecturale à part.

Bon, me voilà un peu ragaillardi ! Une bonne douche fera le reste. Mon nouvel ami, Wong machin truc n'a qu'à bien se tenir, j'arrive, le grand Gabriel Beauregard en personne, futur grand écrivain.

Montréal, mardi soir 22 octobre

Mat tombe finalement sur Anouk.

- Te voilà enfin toi, je t'ai appelée à plusieurs reprises dans la journée, pas de réponse. On se permet des escapades.

Anouk n'offre aucune réplique.

Mat se rend compte qu'elle n'est pas dans son assiette. À travailler comme elle le fait ces temps-ci, pas étonnant qu'elle ne soit pas d'humeur à la fête, se dit le policier.

Sans toutefois aller jusqu'à la prendre avec des pincettes, Mat repositionne son intervention. Il réalise qu'elle est certainement exténuée et prête à se coucher. Il va donc droit au but.

- Voici, Anouk, j'ai une question pour toi. Tu n'aimeras peut-être pas que je sois au courant, mais je dois te dire qu'on m'a parlé de la facture louche que tu as trouvée. Crois-moi, je dois te demander quelque chose à propos de la soumission sur laquelle tu travailles, celle du port de Singapour.

À ce moment, Mat tient l'appareil loin de ses oreilles, prêt à recevoir toute une litanie de bêtises pour s'être immiscé dans ses affaires. Elle réalisera que son frère n'a pas gardé son secret. Elle comprendra aussi qu'il l'a trahie. Elle conclura enfin que Mat ajoute l'injure à l'insulte en lui posant des questions sur cette affaire qu'elle voulait tenir secrète.

En ce moment, Mat s'attend au pire.

Rien.

Puis, venu de nulle part :

- Pose là ta question.

Du coup, Mat ne sait plus que dire. Doit-il renchérir sur le fait qu'il fait cela pour l'aider ou insister pour comprendre ce qu'elle a ? Il n'opte pour ni l'une ni l'autre de ces options. Il pose directement sa question, un peu décontenancé tout de même.

- Pourrais-tu me dire comment la soumission Singapour sera jugée ? L'évaluation sera-t-elle uniquement basée sur des critères rigides, tels que le prix ou les délais de livraison, ou comprendra-t-elle aussi des critères plus subjectifs d'appréciation, tels que la qualité du personnel, l'innovation dans les plans, etc. ? Vois-tu ce que j'essaie de te dire ?

- Que veux-tu dire ?

Bon, elle semble s'en tenir à l'essence de la discussion. Pas de : « Comment vas-tu ? » Pas de : « Comment es-tu au courant de cette facture, toi ? » et surtout pas de : « De quoi te mêles-tu ? » Simplement, un « Que veux-tu dire ? »

Mat encore un peu tendu, profite de l'accalmie qu'il croit temporaire.

- Si par exemple un soumissionnaire a le plus bas prix et le meilleur échéancier de livraison, est-ce que le contrat pour la préparation des plans et devis lui est automatiquement attribué ? Y a-t-il d'autres critères qualitatifs, donc très difficiles à mesurer, dont le comité de sélection doit tenir compte ? De telle sorte que personne ne puisse contester quoi que ce soit, la preuve de favoritisme, à tort ou à raison, étant impossible à démontrer.

Mat attend un instant. Quand il vient pour préciser sa question, Anouk le coupe.

- C'est le deuxième cas. Soixante pour cent sont attribués pour les critères qualitatifs et quarante pour cent pour le prix. As-tu d'autres questions ?

Conforté dans ses soupçons, Mat se sent néanmoins troublé par la réaction de son amie. Cette manière d'être ne lui ressemble pas.

- Est-ce que je peux t'être utile, Anouk ? Ton attitude m'inquiète. Y a-t-il quelque chose qui cloche ?

Court silence, puis arrive la réponse.

- Tu ne peux rien faire pour moi. Je me suis débrouillée toute seule. Est-ce qu'il y a autre chose ?

Elle ne lui donne que deux secondes pour réagir. Il ne le fait pas assez rapidement à son goût. Tant pis pour lui.

- Je te laisse, je suis fatiguée, je vais me coucher.

Comme un idiot, Mat est sans voix à l'autre bout de la ligne qui est maintenant muette. Il a l'impression qu'elle et lui se trouvaient sur deux planètes différentes. Anouk est soit frustrée que son frère ait trahi son secret, soit, elle a un ennui. Soit, elle a un ennui. Ce dernier scénario inquiète Mat beaucoup plus que la première hypothèse.

Pour le moment, il n'y peut rien.

Ce soir, lui et sa conjointe Hélène, à qui il a relaté sa conversation avec Anouk, arriveront à la même conclusion. Mat la rappellera demain pour en avoir le cœur net et lui offrir son aide, si elle en veut bien. Pour ce soir, il ne voit rien d'autre à faire. De toute manière, elle doit dormir à l'heure qu'il est.

Singapour, mercredi après-midi 23 octobre

Les bureaux de Wong Yew sont beaucoup plus petits que ce à quoi je m'attendais. La rue par contre est prestigieuse, Orchard Road. À en juger de l'extérieur, l'espace ne doit contenir qu'une pièce. Un peu étroit pour loger les douze personnes facturées à ING Solution, sans parler des autres contrats, que Wong Yew doit gérer de front pour d'autres clients. Cette adresse ne doit être qu'un pied-à-terre, son siège social. Le reste des troupes doit travailler dans un endroit plus spacieux et probablement moins dispendieux au mètre carré.

Juste au moment de sonner, je me sens vraiment comme un amateur, ce que je suis d'ailleurs. Je n'ai pas de plan. Aucune stratégie. Qu'est-ce que je lui dis, au type ? Aucune idée. Je m'en veux d'avoir perdu mon temps dans l'avion, à rêvasser de poésie qui ne verra jamais le jour, au lieu de me concentrer sur ma mission.

J'aurais dû attendre encore un peu avant d'appuyer sur la sonnette. Me voici maintenant devant un type tout sourire qui me tend la main. Je n'ai toujours pas de plan d'attaque. *Grand enquêteur, mon œil !*

Il est venu m'accueillir lui-même.

- Vous désirez ? Monsieur ?

Son anglais est parfait, il aura vu à ma tête que je ne suis pas de la place. Je réponds à sa deuxième question et me garde la première pour plus tard.

- Gabriel Beau… Bédard.

Je fais celui qui s'étouffe légèrement. Il m'est soudainement apparu que je devrais utiliser un nom d'emprunt pour protéger Anouk, à tout hasard. Celui utilisé lors de ma semaine chez ING Solution m'est venu spontanément en tête.

- Wong Yew, enchanté.

Il est dans la quarantaine, élancé, bien habillé et visiblement de bonne famille. C'est le type que l'on s'attend à trouver dans un beau bureau branché d'Orchard Road à Singapour.

Nous nous serrons poliment la main. Voilà, c'était la partie facile de ma visite. Reste l'autre partie.

- Que puis-je faire pour vous, monsieur Bédard ?

Nous y voici !

Je décide sur le coup de la jouer sur la grandeur de son bureau, qui n'est effectivement que d'une seule pièce, sans secrétaire. Cela me semble une bonne idée. Il faut dire que c'est aussi la seule que j'ai.

- Voici, je représente une petite boîte d'ingénierie de Montréal. En fait, c'est une très petite firme de quatre employés, en m'incluant, bien sûr. Voyez-vous ce que je veux dire ?

- Oui, très bien, me répond mon hôte en me faisant signe de m'asseoir, pendant qu'il contourne son bureau pour y retrouver sa place.

Je garde le cap.

- J'adore voyager. Même si nous sommes petits, je cherche des occasions d'affaires à l'étranger. Je fais ce que j'aime : faire progresser ma firme et voyager. Pourquoi pas ?

Mon hôte est extrêmement empathique à mon égard, comme si nous étions faits pour nous entendre depuis toujours.

- Vous avez bien raison, ils sont rares les gens que je côtoie qui ont le souci de profiter de la vie, tout en travaillant. La plupart ne pensent qu'à travailler, rien de plus, rien de moins. Vous êtes l'exception, monsieur Bédard.

Il s'arrête là. Il doit trouver bien belle mon histoire de voyage, mais ce n'est pas ce qui l'enrichira. Je comprends qu'il est temps maintenant de lui en donner un peu plus. Je poursuis mon improvisation sur le même thème.

- Alors voici, je cherche un petit bureau à Singapour qui pourra nous assister dans la préparation de certaines soumissions et éventuellement sur certains contrats. Vous déduirez qu'étant donné la taille de ma firme, nous parlons ici de prestations modestes, tout au moins au début. Après, nous verrons.

- Les gros ne sont gros que parce qu'ils ont été petits un jour.

Pas certain de la comprendre, mais je crois qu'il a saisi le principe.

Il poursuit, heureusement. J'étais un peu à court pour la suite des choses. Je me garde de l'interrompre.

- Vous avez frappé à la bonne adresse, monsieur Bédard. Comme vous le voyez, je suis pour l'instant seul à bord. De temps à autre, je fais affaire avec un ou deux pigistes à temps partiel, tout dépendant des mandats, mais rien de plus. Je n'ai pas de gros clients, j'attends que les petits deviennent gros.

Il prend un moment pour savourer sa belle répartie, puis il poursuit.

- Nous sommes faits pour nous entendre, monsieur Bédard. De toute façon, les boîtes de plus grande envergure préfèrent faire affaire avec des agences plus importantes. Tous mes clients sont dans votre situation, ils débutent, donc ils n'ont pas les moyens financiers de se payer des agences plus imposantes. De plus, un joueur majeur n'a pas vraiment d'intérêt à s'associer avec les plus petits. Je ne représenterais qu'une goutte d'eau dans leur stratégie commerciale.

Je ne sais pas comment réagir face à la tournure des évènements. D'un côté, ce gars-là n'emploie pas les douze personnes indiquées sur la facture d'Anouk, soi-disant pour exécuter de quelconques mandats. D'un autre côté, qu'est-ce que je fais, là, maintenant ?

Il vient de me dire haut et fort, que sa firme est à des lieues d'avoir la capacité de facturer le demi-million par mois, ce qu'il charge pourtant à ING Solution. Je n'avais pas de plan en arrivant ici, j'en ai encore moins pour la suite des choses, mais je sens maintenant que j'ai frappé dans le mille.

Je le confronte ou pas.

Je suis venu quelques fois à Singapour, mais je ne connais pas le système juridique. Puis-je aller cogner à un poste de police et leur expliquer qu'il me semble que la firme de Wong Yew produit vraisemblablement de fausses factures à une boîte canadienne ? Je ne suis pas certain que ce soit si facile.

Il y a pourtant ce contrat entre Albert Biron et lui. Je l'ai vu, ainsi que la photo prise lors de la signature. Difficile à nier. Le gars sur la photo est bel et bien devant moi. ING Solution paie mensuellement un demi-million depuis maintenant neuf mois. Il ne reste que la facture d'octobre à régler pour faire un total de cinq millions. Du travail doit se faire quelque part. On ne paie pas cinq millions pour rien.

À moins, évidemment qu'il n'y a rien qui se fasse !

Albert Biron frauderait donc sa propre boîte ! Anouk n'est pas tenue à l'écart de la stratégie de l'entreprise, elle est tenue à l'écart de la fraude. Wow ! Ce que je viens de découvrir est très gros. Mat avait raison dans ses soupçons, ING Solution n'est pas nette. Son président se sert dans la caisse.

Suis-je naïf à ce point ? Jamais je n'aurais cru que de telles pratiques pouvaient se mettre en place d'une façon si naturelle, si je puis dire. Je n'avais jamais été personnellement impliqué dans une situation semblable. Dans ma carrière, j'ai douté de certaines indemnités de frais de voyages d'employés parce que je les trouvais louches. Mais une escroquerie orchestrée de cinq millions de dollars ! Je rêve.

Je me suis agité dans tous les sens pour découvrir la vérité. Qu'est-ce que j'en fais maintenant ?

- Je vous offre un thé.

J'essaie de me sortir de mes pensées. J'espère que mon air déstabilisé ne paraît pas trop. Je me demande sur quel pied danser. Ce type trop poli devant moi, qui est en fait un escroc et un complice d'Albert Biron, m'offre gentiment une tasse de thé. Je ne sais plus comment agir. Je crois que je me contenterai de relater le tout à Mat. Lui saura quelle suite donner au dossier.

- Vous êtes pressé peut-être ?

Mon comportement doit lui dicter cette conclusion. Du coup, sans s'en rendre compte, il vient de me lancer une bouée de sauvetage inespérée.

- Vous avez raison, monsieur Yew. Je voulais établir un premier contact. Avec le décalage, je vous avoue que j'ai de la difficulté à reprendre mon rythme. Si vous êtes libre cette semaine, nous pourrions discuter plus longuement.

- Cela me convient, monsieur Bédard. Je sais quel effet le décalage horaire peut avoir sur les gens, je suis bien placé pour vous en parler. Vous avez mes coordonnées. Vous connaissez maintenant l'endroit. Il y aura toujours un bon thé qui vous attendra.

Il prend son iPad.

- Si nous nous revoyons, disons, vendredi, cela vous conviendrait-il ? Vous serez encore en ville, n'est-ce pas ?

Sans y penser, j'acquiesce, trop heureux de trouver une façon de fuir l'endroit.

Il fait le tour de son bureau, me fait signe de le suivre, comme si je pouvais m'y perdre et il me tend la main.

- Ah oui, vous excuserez ma curiosité, mais, dites-moi, monsieur Bédard, comment avez-vous entendu parler de ma petite boîte ?

Bang. À défaut d'un plan, que j'aurais tellement apprécié à ce moment-ci de ma vie, je fonce tête première. La perche est trop belle. Advienne que pourra. Je sais maintenant ce que j'ai besoin de savoir. Je n'ai rien à perdre, il n'y a plus aucun risque.

- Nous avons un ami commun, monsieur Yew.

Il semble surpris. Je crois qu'il n'aime pas l'idée. Je le vois se refaire une posture.

- Je suis vraiment curieux. Dites-moi qui, monsieur Bédard, me répond l'homme d'un air faussement ravi, je devrai le remercier.

Ma pression est au maximum, comme si je venais de décider, à l'instant même, de quitter ma plateforme de trente mètres de hauteur pour faire mon premier saut en benji. Je ne dégage aucune expression particulière, sinon peut-être, une légère rougeur. Je ne sens plus aucune trace de décalage horaire. Je le regarde droit dans les yeux, sans candeur ni malice.

- Albert Biron. Vous connaissez peut-être, ING Solution, le port de Singapour, entre autres.

Le visage de l'homme s'allonge. Il a mille ans. Son sourire tombe par terre, en même temps que son iPad. Sa posture entière crie défaite.

Il se trahit. On ne peut obtenir meilleurs aveux. Son air décomposé vient de tout admettre. Son tout petit bureau où il opère seul, ou peut-être avec un ou deux pigistes occasionnels facture un demi-million par mois, depuis presque dix mois, à une grosse boîte. Donc, les prétendus coûts chargés à ING Solution, les douze employés et autres frais, sont bidon. Wong Yew n'est qu'une courroie de transmission. Tout cet argent ne sert pas à acheter des services. La seule explication qui m'apparaît maintenant très clairement est qu'ING Solution soudoie un membre du comité de sélection par l'entremise de cette agence. Pathétique.

Je tourne les talons et me retrouve l'instant d'après sur Orchard Road, sous un soleil de plomb. Je me mets immédiatement à la recherche d'un peu d'ombre ou d'une terrasse. Mieux, les deux à la fois. Il est trop tard pour appeler Mat ou Anouk. Laissons-les dormir, demain je leur annoncerai la nouvelle ; bonne ou mauvaise, je ne sais pas encore. Sûrement pas très bonne pour ING Solution, la firme en souffrira assurément, même si cela est l'œuvre d'un seul homme. Je suis mi-figue mi-raisin en ce qui concerne ma sœur. Elle n'a pas été exclue de la stratégie de son employeur, bonne nouvelle, mais ce dernier est un fraudeur, mauvaise nouvelle. Mat saura la direction à donner pour la suite des choses. En quelque sorte, je lui offre son cadeau de bienvenue à son nouveau poste.

Je me sens très nerveux et complètement vidé. Je n'ai pas l'habitude de ce genre de confrontation. Cela a été plus pénible que je ne le pensais. Débusquer un méchant c'est bien beau dans les livres, mais beaucoup plus difficile émotionnellement que je ne le croyais. Ce type me fait presque pitié. Mat saura me dire si ce sentiment s'atténue avec le temps.

En ce qui me concerne, je peux déclarer « mission accomplie », je ne serai pas venu ici pour rien.

CHAPITRE 17
Montréal, mercredi matin 23 octobre

Pendant que son frère joue les apprentis Sherlock Holmes à Singapour, Anouk vit des heures angoissantes qu'elle ne peut partager avec lui.

Elle est devant la porte du bureau d'Albert Biron, le grand patron. Elle n'a presque pas dormi et ne pouvait plus attendre. Il n'est pourtant que sept heures trente. Elle ne veut pas rater son rendez-vous.

Encore trente minutes à patienter.

Après sa soirée d'horreur de la veille et sa deuxième nuit sans sommeil, Anouk se sent comme une condamnée à mort, qui se résigne à son sort, encore une fois. Elle a spontanément tout avoué hier soir, trouvant, in extremis, ce scénario moins humiliant que ce qui l'attendait avec Robert Lemay. Sans l'appel du président, elle aurait choisi l'autre solution, celle où sa réputation aurait été préservée, au prix de son honneur bafoué. Depuis cet appel inespéré, elle voit sa réputation ternie et son honneur sali par Robert Lemay. Son état de turpitude l'amène à trouver l'attente dans ce corridor de la honte moins pénible que la confrontation qui l'attend dans quelques minutes.

Voilà qu'elle entend son pas, au loin. Son cœur s'arrête. Il arrive avant Marthe, son assistante, ce qui est aussi bien ainsi, se dit-elle. L'humiliation en sera un peu moins publique. Elle se retourne pour lui faire face.

Il paraît ses quarante-cinq ans, pas d'avantage. Costume impeccable, sans cravate, il a les yeux brun très foncé ce qui lui donne un air encore plus crédible.

- Désolé de vous avoir fait attendre, Anouk. Entrez, je mets en marche la cafetière et je suis à vous à l'instant.

Il l'invite à s'asseoir, enlève son veston et va s'occuper du café dans la salle de conférence attenante. En revenant, il prend le fauteuil à côté d'elle.

- Vous sembliez très agitée hier soir. Marthe a eu la même impression quand vous avez tenté de me contacter. Si nous reprenions depuis le début.

Son allure paternelle redonne confiance à Anouk. Elle en a vraiment besoin.

Pendant qu'elle cherche ses mots, il décide de lui faciliter la vie.

- Vous avez vu une facture sur une imprimante.

Anouk rougit, elle se sent tellement coupable.

- J'aurais dû vous en parler immédiatement, cela fait presque trois semaines maintenant.

- Pourquoi ? Qu'avait-elle de si particulier, cette facture ?

Il l'abandonne une minute, le temps d'aller chercher les deux tasses de café, temps qu'elle utilise pour reprendre ses sens.

C'est alors qu'elle entend la sonnerie du téléphone, ce qui ne manque pas de faire sursauter la femme, déjà à bout de nerfs. Monsieur Biron ignore l'appel. Il ne veut pas interrompre le fragile moment.

- Marthe s'en occupe.

Le téléphone poursuit de plus belle. Le président se rend compte que son assistante n'est pas encore arrivée.

- Désolé, Anouk, je dois le prendre.

Elle ne répond rien, mais semble contrariée.

- Albert Biron à l'appareil.

Silence.

- Eh, oui ! Je crois que cela est possible, en effet. Est-ce urgent ?

Silence.

- Je demande à Marthe de vous contacter à son arrivée, elle planifiera le rendez-vous à ta convenance.

Silence.

- Très bien, Robert. À plus tard.

Il revient à la table en regardant sa montre, huit heures quinze. Il réagit par une petite moue.

Anouk est sidérée. Clouée sur sa chaise. Incapable de se concentrer.

- Robert Lemay ?

Monsieur Biron comprend au ton, qu'il s'agit là d'une question.

- Oui, votre collègue, le chef de section de l'architecture.

Elle est blême. Ne bouge pas. Son cœur veut s'arrêter à présent. Elle est raide comme une statue, les mains moites. *Que lui veut-il, celui-là ? Qu'est-ce qu'il vient faire ici ?*

Albert Biron se redresse sur sa chaise, l'air intrigué.

- Bon, Anouk, parlez-moi de cette facture maintenant.

Elle a du mal à retrouver le peu de contenance qu'elle s'était forgée, à son arrivée. Elle répond machinalement, comme le ferait un automate.

- C'était une facture au montant d'un demi-million de dollars pour les services d'une firme de consultation basée à Singapour. J'ai su après coup qu'au total, il y en aura dix, pour un montant de cinq millions.

Albert Biron trahit sa curiosité par sa posture, mais ne dit rien. Anouk poursuit.

- Cette soumission c'est mon projet, monsieur Biron, enfin la partie génie civil, j'entends. Nous n'avons pas de consultant à Singapour, à ce que je sache.

Le : « à ce que je sache » d'Anouk est sorti de sa bouche d'une manière plus provocante, qu'elle ne l'avait anticipée.

Sans avoir l'air tracassé de quelque façon que ce soit, le président lui répond d'une voix tranquille.

- En effet, nous n'avons pas de consultant à Singapour, toute la préparation de la soumission se fait à nos bureaux, à Montréal. Il s'agit certainement d'un malentendu.

- Vous n'avez pas signé de contrat avec Singapour.

- Je vous le dis. Tout se passe ici.

Puis il ajoute, avec le même calme :

- Vous avez bien agi en venant me voir, Anouk. Bon, effectivement, il aurait été préférable que vous m'en avisiez immédiatement, nous aurions gagné du temps. J'y pense, en avez-vous parlé à vos collègues ?

- Non, pas du tout !

Elle réalise qu'elle a surréagi à la question. Trop tard.

Albert Biron sent le temps filer. Son prochain rendez-vous doit maintenant attendre derrière la porte.

- Cinq millions ce n'est pas rien, même au regard de cette importante soumission. Je vais faire mon enquête. On trouvera certainement une explication.

Anouk, visiblement sur ses gardes, renchérit. Cette fois-ci, sur un ton plus incrédule qu'interrogatif.

- Vous n'avez pas de consultants à Singapour.

- Non, aucunement. Croyez-moi, je n'aurais jamais fait une telle chose sans inclure mes employés dans le processus. Vous savez comme j'accorde beaucoup de valeur au travail d'équipe !

Il la regarde d'une étrange façon, comme s'il venait de se rendre compte de sa fragilité.

- Dites donc, Anouk, pourquoi ne prenez-vous pas le restant de la journée, vous m'avez l'air épuisé. Ah oui ! Profitez-en pour soigner cette main, elle me paraît mal en point, bleue et enflée, on dirait que vous avez un os de brisé ou quelque chose du genre.

Puis il ajoute presque laconiquement :

- Je vous tiens au courant, Anouk. Merci !

Anouk se lève les jambes chancelantes et omet de serrer la main tendue devant elle, omission qui n'a rien à voir avec sa blessure. Sans dire un mot, elle sort du bureau comme un zombi, plus embrouillée qu'à son arrivée. *Escroc ! Demain, tu auras ma démission.*

Singapour, jeudi 24 octobre

Dès que j'ai joint Mat au téléphone, c'est à peine s'il a pris le temps de me saluer. Il a tout de suite cherché à savoir si j'avais rencontré monsieur Yew et m'a demandé, sans attendre la réponse à sa première question, comment s'était déroulé notre entretien. Il a insisté pour que je lui relate, mot à mot, ce qui s'était dit. Il prenait des notes, me faisant répéter au besoin certains passages. Aucune gêne à propos de la durée de l'appel de son côté. C'est moi qui paie l'interurbain. Pourquoi s'en priverait-il ?

Je lui ai souligné que j'ai trouvé Wong Yew très ressemblant par rapport à la photo de famille que John Beck m'a montrée lundi dernier. Mat était surpris et très intéressé par cette photo. Je n'avais pas eu le temps de lui en parler, avant de partir précipitamment pour Singapour.

De son côté, il m'a mis au parfum de ses recherches, particulièrement de l'appel qu'il a fait à cette compagnie aux États-Unis. J'ai trouvé le compte rendu de sa discussion avec Tom Harrison très intéressant. Je ne savais pas que ce dernier en voulait autant à Albert Biron. Évidemment, il n'y a rien dans cet entretien qui est de nature à démontrer sa culpabilité.

Par contre, une bribe par ici une autre par là et maintenant ce contrat bidon de cinq millions avec Wong Yew, tout cela commence à ressembler à une preuve.

Mat, qui ne débute dans son poste aux crimes économiques que lundi prochain, voit cette affaire comme une dot, qu'il offrira à sa nouvelle organisation en guise de cadeau de bienvenue. Il n'arrivera pas les mains vides. Il sera pris au sérieux. Il se sent de plus en plus assuré d'être digne de ce poste. Ses appréhensions s'estompent à mesure que ses soupçons se concrétisent au sujet d'Albert Biron.

- Demain vendredi, j'attends un appel d'EHB et associés. Selon ce que j'ai glané sur Internet, ils prétendent avoir proposé le meilleur prix, mais le contrat leur a glissé des mains au profit d'ING Solution. Ils ne répondaient pas à certains critères qualitatifs apparemment, enfin, c'est ce que j'ai compris en lisant le rapport de leur poursuite. Eux aussi d'ailleurs, l'ont retirée, faute de preuves.

- Wow. Qu'est-ce que tu vas faire avec tout cela ?

- Si EHB me confirme l'histoire, je crois que j'irai interroger ce monsieur Biron. Tiens ! Lundi, ce sera la première mission de ma première journée dans mon nouveau poste. De toute manière, il est temps que nous fassions connaissance lui et moi. Toi, quand comptes-tu revenir à Montréal ?

Je sens Mat rassasié, il se permet un retour aux affaires privées.

- Bonne question, je n'y ai pas vraiment pensé. J'ai pris un billet ouvert. Le plus logique et le plus agréable je l'avoue, ce serait de passer quelques jours ici. Tout compte fait, je crois que je reviendrai à Montréal dimanche ou lundi prochain. C'est la première fois que je viens à Singapour pour le plaisir, en ce sens que je n'ai pas d'emploi du temps qui me tient prisonnier du matin au soir, comme c'était habituellement le cas dans ma vie professionnelle antérieure. J'avais une chose à faire, je l'ai faite et bien faite si j'ose me vanter un peu. Je n'irai évidemment pas à notre rencontre prévue pour vendredi. Pas plus qu'il ne s'attend à voir poindre le bout de mon nez dans son beau petit bureau d'Orchard Road.

- Tu n'as pas peur de t'ennuyer.

Mat s'arrête en laissant échapper un petit oups ! Il tente de se reprendre.

- Ce n'est pas ce que je veux dire…

Il réalise, juste un peu trop tard, que sa question pourrait porter à confusion. Je crois qu'il appréhende que s'ennuyer, dans mon cas, rime avec s'ennuyer de Marie, donc, peur que je sombre dans la mélancolie et que je boive un peu trop.

Je sens son inquiétude et décide de prendre sa question au premier degré, la meilleure façon de le réconforter à mon sujet.

- Je n'ai pas l'intention de m'ennuyer, Mat. Merci de me le demander. J'hésite entre les petits restos asiatiques, les musées, le zoo, le Jardin botanique, la marina, ou tout simplement me perdre dans la ville. J'ai l'embarras du choix. Ici, tout est neuf, à un point tel où le gouvernement doit faire attention à l'héritage culturel qui en prend pour son rhume. Tu sais que cette ville est aussi un pays, une cité État comme on le dit ici.

- On voit que tu aimes l'endroit, enfin, ce pays ! Tu ne mâches pas tes mots pour en parler.

- Je ne mâche pas de gomme non plus. C'est trop salissant pour les autorités qui te rédigent une contravention si tu la laisses tomber par terre.

- Très drôle.

- Mais vrai et surtout très efficace, pour garder la ville dans un état impeccable.

Mat semble maintenant chercher ses mots. Je l'entends presque penser à ce bout-ci du fil. D'habitude, cela ne regarde pas bien. Je ne fais rien pour l'interrompre, mais je sens ma pression qui monte.

- J'oubliais…

Je n'en suis pas certain du tout. On ne réfléchit pas une éternité pour soudainement dire « j'oubliais ». Son incertitude ressemble plutôt à une annonce qu'il hésite à me faire. Je n'aime pas la situation. Ma tension bondit encore d'un cran.

- J'ai dû parler à Anouk, mardi soir.

- Oui. Tu as parlé à Anouk, mardi soir.

Il sent par mon ton que je ne saisis pas encore sur quel territoire il m'amène.

- Je veux dire que je lui ai dit que j'étais au courant de l'histoire.

Je viens de comprendre. D'un coup, je bous en dedans.

- Tu veux dire que tu lui as parlé de notre histoire. Enfin, de son histoire à elle ?

- Je veux dire parler de notre histoire, de son histoire, si tu le veux, oui. Celle de la facture, celle du consultant de

Singapour, celle qui t'a conduit là où tu es en ce moment, celle qui t'a amené à t'infiltrer dans sa boîte, celle…

Mat s'impatiente à mesure qu'il parle. Il est nerveux ou il emploie une stratégie pour contrer ma réaction.

- Ça va, j'ai compris. N'en mets pas plus. Tu lui as simplement confirmé que j'ai trahi son secret, comme je t'avais spécifiquement demandé de ne pas le faire. Bravo. Mille bravos, Mat. Tu as le chic pour provoquer des chicanes de famille, toi. Je t'en remercie beaucoup. On repassera pour la discrétion.

Je ne décolère pas. *Mon Dieu qu'il est con. Il me reprendra à lui faire des confidences celui-là.*

- Pourquoi es-tu allé t'ouvrir la trappe ? Tu n'aurais pas…

- Et toi, pourquoi m'en as-tu parlé en premier lieu ? C'est toi qui as trahi son secret, ce n'est pas moi.

- Parce que j'avais besoin de toi pour m'aider à l'aider. Ce n'est pourtant pas difficile à comprendre.

Mat à son tour monte le ton à un niveau supérieur.

- Et moi, j'avais besoin d'elle pour m'aider à l'aider. Monsieur l'offusqué n'était pas libre. Il était en avion, probablement en première classe avec une petite coupe de Champagne dans une main et un filet mignon dans l'autre.

Silence.

Après un moment, je réalise l'absurdité de ce qu'il vient de me dire.

- Tu as bien dit : un filet mignon dans l'autre main.

Silence.

Finalement, d'une voix hésitante, Mat admet du bout des lèvres.

- Eh ! Peut-être, oui.

Puis surgit la tempête de fous rires. Je ne sais si c'est Mat ou moi qui a commencé le bal, mais nous ne pouvons plus nous arrêter. De beaux gros rires, qui vous font monter les larmes et qui effacent instantanément toutes traces de colère. Des rires qui inhibent toute rancœur. Des rires qui vous disent : « Qu'est-ce que vous faites là, les amis ? »

Je ne sais pas combien de temps ce moment magique a duré, mais c'était bon. Tellement bon. Nous nous étions tout dit par ces rires. Nous nous étions excusés, réconciliés et dit que l'on s'aimait.

Au diable mes frais d'interurbain.

Montréal, jeudi matin 24 octobre

Anouk a suivi les conseils de son grand patron. Elle a pris le restant de la journée d'hier en congé, pour soigner sa main et son mal à l'âme. Au contraire de mardi, Anouk a trouvé préférable que son frère ne soit pas là. Elle a eu son appartement pour elle toute seule. Elle ne se serait pas vue devoir répondre à ses questions. Elle avait et a toujours trop honte. Pas tout de suite. Elle a donc débranché le téléphone et mis son cellulaire en sourdine pendant tout l'après-midi d'hier.

Ce jeudi matin, elle ne s'est pas levée au son du réveil, elle avait trop de sommeil à récupérer. En bonne ingénieure qu'elle est, elle ne prend pas de décisions sur un coup de tête. Elle s'est donné la nuit pour valider ses intentions. La nuit est passée, le verdict demeure le même. Elle démissionne. Tant pis pour Singapour, tant pis pour ING Solution et surtout, tant pis pour Albert Biron.

Elle se rendra au bureau tout à l'heure, quand elle sera prête, pour leur annoncer la nouvelle et prendre ses effets personnels. Pas question qu'elle reste une journée de plus dans cette boîte. Elle verra pour la suite.

Son grand frère et Mat sauront quoi faire avec ce qu'elle sait maintenant à propos du refus d'Albert Biron d'admettre qu'il a signé le contrat avec le consultant de Singapour.

D'autre part, elle a aussi décidé de ne pas parler de Robert Lemay à son frère ni à qui que ce soit. Elle sait que ses amis ne la jugeraient pas, mais elle ne se sent pas capable de subir un deuxième déshonneur.

CHAPITRE 18

Montréal, vendredi matin 25 octobre

Il n'a pas mis de temps. Dès neuf heures et quart, son premier « Sergent Mathieu Smith à l'appareil » a été pour répondre à Michel Lavoie, d'EHB & associés. On lui aura assurément fait le message lui demandant de rappeler la Sûreté du Québec, au retour de sa semaine de pêche.

Mat le met au courant de ses recherches sur les agissements douteux d'ING Solution, qu'il qualifie de très préliminaires. Il lui demande de l'éclairer sur les raisons qui ont amené EHB & associés à se plaindre sur l'octroi d'une soumission pour l'agrandissement d'un petit aéroport en Thaïlande, puis à se désister deux mois plus tard. Il veut connaître les éléments qu'on ne retrouve pas sur Internet.

Autant l'Américain, Tom Harrison, a été loquace, autant Michel Lavoie a besoin que Mat insiste pour qu'il lui raconte les détails de leur poursuite avortée.

Normalement, quand le sergent Mathieu Smith questionne un témoin, il s'assure d'être extrêmement neutre et évite de dévoiler ce que d'autres lui ont divulgué. Évidemment, cette approche s'applique aux affaires criminelles qu'il connaît bien. Il sait que ce sera aussi le cas aux affaires économiques, nouveau domaine pour lui. Dans ce cas-ci, il s'accumule tellement de présomptions et de dépositions, que dans son esprit, Mat ne fait que recruter un témoin supplémentaire.

- Monsieur Lavoie, je pense avoir assez de témoignages pour faire enfermer le président d'ING Solution pour les prochaines dix ans. Ce que je vous demande, c'est de corroborer certains faits. Vous savez comment sont les avocats de la défense, si vous n'avez pas filmé un voleur la main dans le sac, on ne peut l'accuser. Même dans ce cas, nous devons démontrer que le film est authentique et que le voleur a bien eu l'intention de voler.

En réalité, monsieur Lavoie ne sait pas comment sont les avocats de la défense. Il n'en a jamais eu besoin. Il n'en connaît aucun. Mais il n'a aucun mal à adhérer à la théorie du policier.

- Vous avez raison, sergent, ces gens-là ne sont pas faciles à vivre.

Petits rires complices et nerveux, de part et d'autre.

- Ce qui m'aiderait, monsieur Lavoie, c'est que vous me disiez, si vous le savez évidemment, comment ING Solution s'y est prise pour gagner ce contrat, alors que vous avez prétendu qu'il aurait dû vous être accordé.

Le missile est lancé. Mat ne peut que patienter. Heureusement, l'attente est de courte durée.

- Nous avons dépensé une petite fortune sur cette soumission et presque autant pour le coincer.

- Qui ? Albert Biron ?

- Qui d'autre ? Celui qui nous a ravi le contrat par un point, alors que nous avions l'avantage sur le prix et sur les critères qualitatifs.

Mat est ivre de joie. Il essaie de dissimuler sa satisfaction. Quoi de mieux que de faire l'incrédule ?

- Je ne suis pas certain de bien comprendre.

- C'est très simple, en fait, c'est ridiculement simple. Pendant la préparation de la soumission, nous avions beaucoup de contacts avec le comité de sélection. Nous connaissions personnellement certains des membres ; assez intimement pour apprendre que nous étions favorisés par quelques points sur les critères qualitatifs et que nous n'avions qu'à proposer un bon prix pour gagner.

Il s'arrête.

- Continuer, cela m'intéresse. Que s'est-il passé alors ?

- Nous avons perdu le contrat par un seul point et le prix du compétiteur est devenu par magie égal au nôtre.

Par son ton, Mat constate que la colère de son interlocuteur monte. Plus la discussion avance, plus Michel Lavoie revit les évènements qui ont dû marquer son entreprise et lui aussi par le fait même.

- Comment cela est-il arrivé ?

- Un membre influent du comité de sélection est revenu sur son pointage et comme je viens de vous le dire, le prix d'ING Solution a égalisé le nôtre.

- Et puis ? Qu'avez-vous fait ?

- Nous avons embauché un détective privé pour qu'il remonte le cours des évènements.

Mat est sur le qui-vive. Il n'ose pas interrompe son interlocuteur qui heureusement ne le fait pas languir.

- Il est allé sur les lieux, à Bangkok, a fait son enquête, a parlé à l'un et à l'autre et a creusé dans les registres d'hôtel. Albert Biron a été vu sur place. Ça, c'est normal, j'y suis allé moi aussi. De plus, il appert qu'ING Solution avait embauché une firme de supposés consultants, Yew ou quelque chose du genre pour faire valoir la qualité de leur offre. Le détective n'a pas eu accès au contrat. Il a appris par contre qu'il a été signé exactement la journée où Albert Biron était sur place. Pour moi, un et un ça fait deux. Et pour vous ?

- La même chose. Mais n'est-ce pas normal comme façon de procéder ? Ce n'est pas illégal de recourir à une agence et de faire signer le contrat par le président, à ce que je sache.

- Pas illégal, tant que la firme est payée à un taux décent, sergent.

- Cela n'a-t-il pas été le cas ?

- Notre enquêteur s'y est pris par des moyens détournés, si vous voyez ce que je veux dire...

- Par des moyens difficilement admissibles en cour, vous voulez dire ?

- C'est ce que je veux dire, en effet. Donc, le privé a découvert que le compte bancaire des consultants, basé à Singapour, a grossi de deux millions en dollars canadiens, la veille de l'ouverture des soumissions. La provenance est sans équivoque : ING Solution. Assez bien payé pour qu'une personne parle des grandes qualités d'ING Solution à un membre du comité de sélection, le temps d'une soirée seulement ! Ne trouvez-vous pas, sergent ?

- Je crois que je ne suis pas dans le bon domaine. Je passe à côté d'une fortune en faisant ce travail de policier.

Mat regrette instantanément sa mauvaise plaisanterie. Pas le bon moment, se dit-il, mais trop tard. Michel Lavoie poursuit, il n'a heureusement pas la tête à relever sa remarque déplacée.

- Alors vos conclusions sont les miennes, sergent. Une bonne partie des honoraires du prétendu agent ou lobbyiste ou consultant, appelez-le comme vous le voulez, a dû se retrouver dans les poches d'un membre influent du comité de sélection. Il aurait fait part de notre prix à Albert Biron et aurait amélioré l'évaluation qualitative d'une manière telle, que le vote a privilégié ING Solution.

- C'est tout !

- Je vous l'ai dit, c'est ridiculement simple et je dois l'admettre très efficace.

- Mais, vous avez porté plainte au bureau de la concurrence, n'est-ce pas ?

- Oui, en bon citoyen.

Mat sent l'amertume chez son interlocuteur.

- Je ne suis pas certain d'aimer votre ton.

- Vous avez raison, sergent. Le principe du bon citoyen ne nous a menés nulle part. Nous avons perdu la soumission quand même et gaspillé l'argent dépensé pour le travail du détective. Nous n'avons rien à présenter devant une cour. Nous ne pouvons utiliser le virement de deux millions au compte de l'agent et vous savez pourquoi.

Mat essaie de trouver rapidement de nouvelles avenues. Il a la preuve que pour la soumission de fourniture de plans et devis pour l'agrandissement du port de Singapour, ING Solution a bien versé cinq millions à un consultant-agent qui n'offre aucune prestation de travail concret. Il sait depuis hier, que cet agent ne peut dépenser cette somme par lui-même, que vraisemblablement, une bonne partie des cinq millions va dans les poches d'un membre du comité de sélection. Il semble que ce soit le même scénario que celui utilisé pour la soumission qu'a perdue Michel Lavoie. L'Américain, Tom Harrison, a probablement été victime du stratagème lui aussi. L'étau se resserre, Mat ne peut s'empêcher de sourire, il se sent très près du but. Il poursuit la validation de sa thèse en poussant son interrogatoire un peu plus loin.

- Tout de même, si vous aviez maintenu votre plainte, nous aurions pu légalement réétudier les comptes de l'agence. Nous aurions pu présenter un mandat à leur banque et ainsi obtenir une preuve acceptable pour la cour. Je ne comprends pas pourquoi vous avez baissé les bras si rapidement.

- Nous sommes une petite firme, sergent.

Il se sent attaqué. Il poursuit sur un ton plus dur, à présent.

- D'un côté, j'ai réalisé que je n'ai ni l'argent, ni le temps, ni l'énergie pour me battre en cour pendant des années. De l'autre côté, on nous a fait comprendre que si nous voulions garder notre droit de faire affaire avec ce pays, nous devrions éviter de faire des esclandres chaque fois que l'on perdait un contrat.

- Vous vous êtes laissés faire.

La remarque est instinctivement sortie de sa bouche. Comme s'il était en train de parler à un ami dans une brasserie.

- Facile à dire pour vous, sergent, votre salaire est garanti, de même que votre retraite. Moi j'ai ma petite firme d'ingénierie. Je vis ou meurs avec elle.

- Désolé, ce n'est pas ce que je voulais dire. Je me demandais simplement ce qu'il serait arrivé si vous aviez maintenu la poursuite, pour en finir une fois pour toutes avec ING Solution.

- Vous en finissez, pour reprendre votre expression, avec une firme comme ING Solution et il en repoussera une autre demain matin.

Mat ne peut s'empêcher de sympathiser avec monsieur Lavoie. C'est le genre de crime qu'il voulait prévenir en s'engageant dans les forces de l'ordre. Visiblement, ils ont échoué dans ce cas présent.

- Monsieur Lavoie, je vous remercie infiniment de votre témoignage. Soyez assuré que nous prenons cette affaire très au sérieux.

- Je ne vois qu'une façon de me remercier, sergent, mettez Albert Biron en prison pour au moins vingt ans.

Après une profonde inspiration, Mat emprunte le ton le plus professionnel qu'il connaît.

- Ce sera fait, monsieur Lavoie. Nous vous contacterons pour étayer la preuve dès que le mandat d'arrêt sera lancé.

Sans trop chercher à en savoir plus, Michel Lavoie raccroche. Il se sera au moins défoulé.

Vancouver, il y a environ deux ans et demi

Peut-on affirmer que Charles s'est bien adapté à Vancouver ?
Question de point de vue sans doute.

Son ami Fred, sorti de prison un peu avant lui et avec qui il
est monté sur le pouce il y a presque huit ans de cela, lui a
présenté sa connaissance à lui, John, la relation. Le commerce
de ce dernier justifiait un ajout de main-d'œuvre, pour faire
suite à une augmentation de sa clientèle. Au début, le coin
attitré de Charles se trouvait dans le sud de la ville. Depuis
trois ans, il est localisé aux alentours de l'horloge à vapeur
dans le quartier de Gastown. Endroit stratégique pour les
clients réguliers et touristes occasionnels.

Mais voilà, depuis deux ou trois ans, la présence policière se
fait encore plus constante. Le Frenchy, comme on l'appelle
ici, puisqu'il n'a pu apprendre que les quelques mots
d'anglais indispensables à son travail, fait face à une
comparution à la cour et attend une date pour une autre affaire
similaire. Charles est en liberté sous caution. Revendeur de
drogue, pour quelqu'un comme lui, de petite envergure, est
un métier dangereux. Ce sont les gens dans sa situation qui
se font arrêter et qui écopent pour les gros joueurs, comme
John, l'ami de son copain Fred, qui demeure tranquillement
à l'abri en comptant son argent.

C'est lui, Charles, qui prend tous les risques. C'est lui qui se
fait harceler par la police. C'est encore lui qui travaille pour
les miettes que John lui laisse.

Charles est de plus en plus conscient que la situation ne peut
plus durer. D'accord, il n'a plus « monsieur je sais tout », son
emmerdeur de frère sur le dos, mais en ce tournant de vie, il
se prend par moments à regretter qu'Einstein ne soit pas dans
les parages. Il aimerait qu'il lui dise quoi faire, parce que lui,

il ne le sait plus. Il constate que depuis ces années, il n'a pas un sou de côté. Les promesses qu'on lui a faites ne sont que du vent. Il n'aura jamais plus qu'il n'a en ce moment, c'est-à-dire presque rien. S'il passait huit autres années sur le même coin de rue, sa situation ne ferait que se dégrader.

Pourtant très loin de son frère, il a perdu, encore une fois. Einstein aura eu le dessus sur toute la ligne.

C'est à ce moment-là, il y a environ deux ans et demi, que le miracle se produisit. Charles a toujours su que dans la vie, on ne peut compter que sur soi. Sa mère et son frère lui ont tellement répété la même ritournelle qu'il a fini par comprendre. Depuis qu'il est à Vancouver, il le réalise encore plus. Personne ne lui donnera rien.

Cela, c'était avant qu'il ne rencontre ce type.

Un jour, à l'heure du dîner, Charles a senti que quelqu'un l'observait. Bon, un autre enquêteur qui a décidé d'être sur mon dos, s'était-il dit alors. Il se résigna donc à flâner le restant de l'après-midi, évidemment, en évitant tout commerce. Puis, le lendemain, le même homme apparut, en début de matinée cette fois-ci. En plus de l'observer, Charles surprit le type à le prendre en photos. Trop bien habillé pour être un policier, en ce domaine Charles est devenu un expert, la présence de l'homme commençait à lui tomber sur les nerfs. Comme il n'avait rien à se reprocher, enfin depuis hier midi, il alla le voir pour lui demander de partir, de le laisser tranquille, que sa présence nuisait à ses affaires.

Trois jours passèrent sans que Charles revoie l'homme. C'était trop beau pour durer. Il réapparut, la quatrième journée. Il l'observait avec plus d'insistance que les autres fois, sans même essayer de se cacher derrière un journal. Il le traquait du regard avec encore plus d'acharnement. Sa présence faisait peur aux clients potentiels qui n'aiment pas les témoins. Rien à faire, ce dernier demeurait sur ses positions et l'observait maintenant à partir de la terrasse du resto d'en face. En fait, il semblait captivé par Charles. Il ne le regardait pas comme on le fait généralement, il le dévisageait avec insistance, comme fasciné par lui.

Tout d'un coup, Charles comprit. Il a un esprit lent, mais quand il réalise enfin ce qui se passe, il ne perd pas de temps à tergiverser. Il alla vers lui, rouge de colère, traversa la rue, enjamba le petit parapet qui fait le pourtour de la terrasse, le dévisagea, puis, sans prévenir, lui mit son poing au visage.

- Je ne suis pas comme ça, moi. Tu te trompes, je ne veux rien savoir des hommes. Va chercher ailleurs. Si je te retrouve dans le coin, tu verras à qui tu auras à faire.

Charles lui tourna le dos avant que le pauvre inconnu n'ait le temps de réagir. L'escarmouche créa un petit émoi qui s'étendit aux tables avoisinantes. L'homme, se sentant l'attraction de la place, a vite fait de se ressaisir, de se forger un beau sourire artificiel et de lever la main pour signifier que tout cela n'était rien. Il ne termina pas son café et sortit aussitôt en prenant soin de ne pas se frotter la joue, pour ne pas montrer que cela lui faisait vraiment mal.

Charles croyait bien être débarrassé de l'intrus, pour de bon cette fois-ci. En arrivant sur son coin de rue, le lendemain matin, il examina chaque visage qu'il pouvait discerner devant, sur les côtés et derrière lui. Il n'était pas là. *Il a compris.*

Charles n'a pas gagné beaucoup de victoires dans sa vie. Les quelques succès qu'il a eus se comptent sur les doigts de la main. Il ne peut donc refréner le sourire qui s'installe sur son visage, à chacun des matins suivants, quand l'inspection de son coin ne décèle rien d'anormal. Il aura eu gain de cause sur le pervers.

Malheureusement, alors qu'il croyait le cas réglé, le cinquième matin, il revit l'inconnu, sur le trottoir d'en face, la joue enflée. Dès que l'homme l'aperçut, au lieu de fuir, ce qu'aurait espéré Charles, il a plutôt traversé la rue pour venir à sa rencontre.

- Eh, monsieur ! Je ne vous veux aucun mal. Croyez-moi, je suis marié et je n'ai aucune attirance pour les hommes.

Avant d'être rendu à portée de son bras, l'homme eut la sagesse de s'arrêter, pour évaluer la réaction du revendeur. Ce dernier ne savait visiblement plus que faire. L'homme en profita pour avancer d'un pas.

- Croyez-vous à la chance, monsieur...

Le ton du « monsieur » était sans équivoque. Il encourageait Charles à se nommer, ce qu'il ne fit pas, sans doute, faute d'avoir saisi la subtilité de la demande.

- Qu'est-ce que vous me voulez ? Je n'ai rien fait et je n'ai rien à vous vendre. Allez-vous-en.

L'homme montra son plus beau sourire, asymétrique, vu l'enflure, et lui répondit :

- Je veux vous donner de l'argent, monsieur.

Cette fois-ci, pas de hausse de tonalité sur le « monsieur ». Il avait déjà conclu que s'il désirait connaître son nom, il lui demanderait haut et fort, sans subtilité.

- Me prenez-vous pour un con ? Allez-vous-en.

- Voici, mille dollars en beaux billets de vingt. Tenez, ils sont à vous. Sans condition. Je vous l'ai dit, c'est votre jour de chance.

Charles ne regardait plus l'homme, il fixait bêtement l'argent. Cela faisait une belle pile.

Charles s'empressa de le prendre et ne posa la question qu'ensuite. Pas malin, mais très prudent.

- Pourquoi ?

Question simple, directe et pourtant très efficace.

- Considérez cet argent comme un acompte.

L'homme poursuivit en prenant le ton qu'utiliserait un prédicateur devant une brebis égarée.

- Je vois que l'on ne vous a jamais donné votre chance, monsieur. Vous méritez mieux. Je peux faire de vous une personne importante et riche.

Charles tout d'un coup oublia le principe de sa mère et de son frère. Quelqu'un veut l'aider réellement. Il en a la preuve entre les mains. Il n'a jamais eu tant d'argent en sa possession. En plus, il est tout à lui, il n'a pas besoin d'en donner les trois quarts à John.

Son premier réflexe a été de s'enfuir avec l'argent. Personne ne crache sur mille dollars. Aussi bien partir avec la cagnotte, tout de suite, avant que l'homme ne change d'avis. Charles se ravisa pourtant. L'idée que lui fait miroiter l'inconnu, celle de devenir important et riche, le retient sur place. Il n'a rien à perdre. L'argent est bien à l'abri dans ses poches maintenant. Il plaint celui qui voudra essayer de le lui reprendre.

- Qu'est-ce que je dois faire ?

Toujours avec le même sourire condescendant, l'homme lui en dit juste assez pour capter son attention, pour le garder au frais d'ici à ce que débute son entraînement.

- Je vais vous acheter un beau costume et vous montrer comment agir en tant que personne importante. Si vous apprenez bien, vous deviendrez riche.

Le pauvre Charles cherchait l'erreur. Tout ceci est trop beau pour être vrai.

- Pourquoi moi ?

- Disons que vous avez le physique de l'emploi. Cela vous convient-il ?

La bouche ouverte de Charles est une réponse sans équivoque aux yeux de l'homme. La proie est bien harponnée, son plan fonctionne bien, même mieux qu'il ne l'espérait, si ce n'est de l'enflure de sa joue qui elle, n'avait pas été prévue.

- Je reviendrai ici dans deux semaines. Je vous en dirai plus à ce moment-là. Entre-temps, s'il vous plaît, pas un mot sur notre marché. Personne ne doit être au courant sinon notre entente prendra fin immédiatement. Ah oui, j'aurai mille autres dollars pour vous.

Charles ne répondit rien.

- Comment vous appelez-vous ?

Charles lui donne son nom.

- Je savais, murmura l'homme, ravi.

Il lui serra la main avec insistance, son grand sourire, inégal, ne l'ayant jamais quitté.

CHAPITRE 19

Entre Singapour et Montréal, nuit du dimanche 27 octobre

Je me souviens de la première fois où Marie est montée sur mon petit voilier au lac Saint-François. Elle vivait sa première expérience de voile. Bien qu'un peu craintive, je détectais toute l'effervescence que son regard trahissait.

Nous nous connaissions depuis six mois.

Elle avait emprunté mon chapeau de capitaine, trop grand pour elle, mais qui lui allait tellement bien. Je lui ai donné un cours sur le maniement de l'écoute de grande voile. En fait, le cours consistait à exécuter ce que je lui dirai de faire. Sa moue m'indiquait clairement qu'elle en ferait à sa tête dès qu'elle se sentira assez à l'aise pour se le permettre.

Son chemisier court et blanc, par-dessus son maillot, n'avait rien pour aider ma concentration en tant que grand capitaine. Et cela, c'est avant même qu'elle ne soit détrempée à la suite d'une manœuvre un peu trop serrée.

Pour sortir de la baie, nous avons exécuté quelques changements de cap puis nous nous sommes laissés glisser, entre l'île et la péninsule. Et puis vlan ! Nous voici dans les tourments des vagues abreuvés par le vent du large. J'épie tes réactions. Tu es merveilleuse. Tu te déplaces d'un bord à l'autre avec tellement d'aisance et de sensualité. De temps à autre, nos regards se croisent. Tu es tellement belle. Que je t'aime…

C'est de la merde. Qui peut s'intéresser à une histoire d'amour aussi ridicule ?

Je murmure peut-être un peu fort. Mon voisin de siège ne fait semblant de rien, mais je constate qu'il essaie de dissimuler un sourire.

Que je suis bête ! On n'écrit pas des histoires d'amour en avion. Pas en première entre Singapour et Montréal, entouré de gens d'affaires qui sont aux antipodes de donner dans le larmoiement, comme seul un con comme moi peut le faire. Le voisin d'à côté doit me prendre pour un idiot. Ce que je suis en réalité. De toute façon, quel récit banal ! Un gars aime une fille, la fille disparaît, le gars n'est plus que l'ombre de lui-même. L'invincible Gabriel Beauregard, en personne, mord la poussière. À mourir d'ennui.

Le métier d'écrivain, ce n'est vraiment pas pour moi, surtout pas en avion.

Montréal, lundi matin 28 octobre

En ce lundi matin, je m'attendais à me retrouver seul en arrivant chez moi. Je m'étais fait à l'idée de m'offrir une petite sieste puis une fois reposé, à investir une heure ou deux dans Liszt, si je veux venir à bout, un jour, de son Liebestraum. Mais voilà, je suis maintenant face à face avec ma sœur, visiblement aussi surprise que moi. Elle a sa brosse à dents à la main et essuie sa bouche avec l'autre.

- Qu'est-ce que tu fais ici ?

J'admets que ma question manque un peu de chaleur, mais mon étonnement et le décalage horaire l'ont emporté sur la délicatesse. Je m'empresse de me racheter avec un deuxième essai.

- Ce que je veux dire, c'est que tu ne travailles pas aujourd'hui. Es-tu malade ?

Anouk met sa main devant sa bouche pleine de dentifrice et me répond tant bien que mal d'une voix peu assurée.

- Je ne suis plus chez ING Solution.

Elle me tourne le dos et repart vers la salle de bain. Moi, je demeure immobile, dans l'entrée, ma valise à la main. J'ai certainement mal compris. Je la relance.

- Je ne te suis pas, Anouk. Qu'est-ce que tu viens de me dire ?

Elle se rince la bouche maintenant. Cela n'en finit plus. Moi, comme un idiot, je la rejoins. Je suis appuyé sur le cadre de porte de la salle de bain et attends que madame daigne me répondre.

- Qu'est-ce que tu fais ? As-tu l'idée de me répondre un jour ?

Je sais que je suis anormalement brusque, j'ai presque envie de m'en excuser, mais je suis inquiet. Son silence ne me laisse présager rien de bon. Puis elle, elle se rince la bouche, sans verre, directement à partir du robinet. Si notre pauvre mère la voyait faire, encore à son âge, elle qui n'en finissait plus de lui dire : « Prends un verre, Anouk, tu n'es pas dans le bois, nous sommes dans un pays civilisé ici. »

Mon ton s'adoucit, je pressens qu'elle ne va pas bien du tout. Instinctivement, je lui répète ces paroles venues de loin, sur un ton que prendrait notre mère si elle était avec nous en ce moment.

- Prends un verre, Anouk, tu n'es pas dans le bois, nous sommes dans un pays civilisé ici.

Elle ferme le robinet, mais garde la tête dans l'évier. Elle pleure maintenant. Mes craintes se confirment, quelque chose de grave lui est arrivé.

* * *

Je fais le deuil de ma sieste. Je ne peux fermer l'œil de toute manière. J'oublie aussi Liszt pour aujourd'hui.

Une fois calmée, devant un bon café, Anouk m'a relaté sa rencontre avec Albert Biron et sa démission, qu'elle a présentée à John Beck jeudi dernier.

De mon côté, je lui ai confirmé ce que je lui avais annoncé au téléphone jeudi, alors qu'elle, elle omettait de me dire qu'elle n'était plus pour ING Solution. Le contrat avec l'agence de Singapour est bel et bien réel, donc Albert Biron lui a bien menti. Le contrat avec Singapour existe bien et est fort probablement frauduleux. Elle a pleuré de plus belle.

La démission d'Anouk d'ING Solution, firme pour laquelle elle s'est tellement investie, me met à l'envers. Les circonstances dans lesquelles elle l'a fait sont vraiment injustes. À cause de son intégrité, c'est elle qui encaisse. Le président Albert Biron fait des manœuvres plus que douteuses, et c'est elle qui démissionne.

La seule bonne nouvelle est que son patron immédiat, John Beck, est de son côté. L'unique moment où elle a souri ce matin, c'est lorsqu'elle m'a raconté que jeudi dernier, quand elle lui a donné sa démission à lui, ne voulant plus faire affaire avec le président, il a tout fait pour la retenir. Honnêtement, elle ne pouvait lui donner tort, c'est un des pires moments pour ING Solution. Ils doivent remettre la soumission pour le port de Singapour à la fin de la semaine, soit ce vendredi premier novembre. À mon avis, il prêchait, à raison, pour sa paroisse parce qu'à ce moment crucial, il ne peut absolument pas se permettre de perdre sa chef de section génie civil.

John s'était montré à la hauteur. Il lui a dit qu'il se chargerait lui-même de confronter le grand patron pour comprendre pourquoi il n'avait pas dit la vérité à Anouk. Il sait que le président ne veut pas mettre tous ses œufs dans le même panier. De là le contrat avec cette firme de Singapour, que lui aussi devait tenir secret. Jamais il ne lui est passé par la tête que ce contrat pouvait être frauduleux. John Beck fut aussi offusqué qu'elle, d'apprendre qu'il s'était peut-être fait manipuler, en exécutant un contrat signé et géré par son patron. Par contre, il croyait toujours à un malentendu. Il a dit et redit à Anouk qu'il ne pensait pas que le président ait pu tremper dans une affaire aussi louche. Sa théorie est qu'Albert Biron aura été pris par surprise par les questions d'Anouk et aura préféré nier l'existence du contrat plutôt que de lui dire la vérité.

Anouk et moi savons maintenant, à la suite de ma visite à Singapour, qu'il est bel et bien frauduleux.

L'entente que John Beck a décrite à Anouk était pourtant bien simple. Lui approuvait les factures et Albert Biron recevait les informations directement de Wong Yew. Le meilleur des deux mondes. Deux approches en parallèles, deux fois plus de chance de produire une soumission gagnante. Albert Biron pouvait prendre le meilleur de chacun des deux groupes. John Beck a aussi avoué à Anouk que ce n'était pas la première fois, que cette tactique était utilisée et que les équipes ne devaient pas être mises au courant. Albert Biron ne voulait pas nuire au moral de ses troupes.

Il a même confié à Anouk que force lui était d'admettre que cette approche a été plutôt bénéfique pour la firme, les signatures de contrats étant à la hausse. Il s'est aussi excusé auprès d'Anouk pour l'avoir maintenue, elle et les autres équipes, en dehors de cette stratégie. Le grand patron voulait garder le stratagème entre eux deux seulement, il devait s'y conformer. Durant leur conversation, Anouk m'a dit que John Beck a répété à maintes reprises : « J'espère que je ne me suis pas fait avoir. »

Il lui a recommandé d'être patiente, qu'il irait au fond des choses avec le président. Il a accepté sa lettre de démission, voyant qu'il ne pouvait rien faire d'autre, mais lui a dit qu'il la garderait dans son tiroir pour quelques jours. Si elle venait à changer d'idée, il considérerait son absence comme des journées de maladies, bien normal après toute l'énergie qu'elle a déployée ces dernières semaines.

Je sens que cette affaire touche profondément ma sœur, au-delà du fait que son président est un menteur, qu'elle a été tenue à l'écart des stratégies de sa boîte et qu'elle a perdu son emploi. Elle tremble comme une feuille quand elle me parle d'ING Solution. Puis, venue de nulle part, elle me lance : « Nous les aurons, ces salauds. »

* * *

La matinée coule sans que nous sentions le besoin de nous parler. Anouk est perdue dans ses pensées et moi, j'essaie de gérer, plutôt mal, les effets du décalage horaire, les contrecoups de ma découverte à Singapour et la peine que je sens chez ma sœur. Machinalement, je joue sur ma tablette numérique. À défaut d'avoir une pensée structurée, celle-ci m'occupe l'esprit, enfin, elle crée une certaine activité. La seule que je peux me permettre dans mon état. C'est à ce moment qu'il apparaît, probablement à l'instant où il a été diffusé sur le web.

- Anouk, viens voir.

Elle sort de sa chambre, enfin, de ma chambre d'amie, l'air intrigué.

- Je viens de trouver cet article. Il vaut la peine d'être lu. Regarde.

Elle sourit pour la deuxième fois de la matinée.

Lundi 28 octobre

Une autre firme d'ingénierie se fait prendre !

Ce matin, à onze heures trente, une équipe de l'escouade des crimes économiques a investi le siège social d'ING Solution. Ils ont saisi le matériel informatique et des caisses de documents. Nous avons appris que le bureau du président était notamment visé.

Du côté de la Sûreté du Québec, on demeure avare de commentaires. La SQ aurait accumulé les dépositions nécessaires pour interroger Albert Biron, le président, sur une possible fraude à l'étranger.

Ce dernier n'était pas sur les lieux au moment de la perquisition. Nous avons appris, d'une source anonyme, qu'un mandat serait lancé contre lui dès aujourd'hui.

Du côté d'ING Solution, il nous a été impossible d'interviewer qui que ce soit. Tous semblaient sous le choc. La consigne interne était de ne faire aucune déclaration. Toutefois, sous le couvert de l'anonymat, nous avons appris qu'ING Solution est en préparation

```
d'une      soumission   qui
s'avérerait     la    plus
importante de leur histoire,
pour un contrat à Singapour.
Est-ce que la perquisition de
ce matin a un lien avec cette
soumission? Il ne nous est
pas possible de l'affirmer
pour l'instant.

On se souvient que ce n'est
pas la première fois qu'une
firme  d'ingénierie  serait
impliquée dans une affaire de
fraude. Il y a le cas de...
```

Anouk n'en revient pas.

- Mat n'a pas perdu de temps. John Beck a peut-être déjà confronté Albert Biron. Ou il n'en aura peut-être pas eu l'occasion, après tout.

Elle a la bouche ouverte, visiblement ébranlée. Je la comprends, c'est sa boîte qui est sous les projecteurs et pas pour les bonnes raisons. Elle doit être inquiète pour ses anciens collègues. Elle demeure secrète dans ses pensées, sauf pour ce qui vient de lui passer par la tête à propos de Mat :

- Tu sais que c'est aujourd'hui qu'il entre officiellement en poste au sein de son nouveau département, aux crimes économiques. Il démarre sur les chapeaux de roues, notre ami.

- Qu'est-ce que ce sera dans un mois ?

Anouk esquisse un petit rire. Un rire éphémère, assombri par quelque chose de triste que je décèle dans ses yeux, mais que je ne peux identifier.

La seule bonne nouvelle de la matinée, pour ce qui me concerne, c'est le fait qu'Anouk ne soit pas revenue sur son secret que j'ai trahi en parlant de ses affaires à Mat. Ouf !

CHAPITRE 20
Montréal, mardi matin 29 octobre

Le téléphone sonne sans arrêt depuis hier. Quand l'un répond, c'est pour l'autre et vice-versa ; sauf pour les amis Mat et Damien, ceux-là parlent au premier qui répond.

Hier, c'est moi qui suis tombé sur Mat. Il n'avait pas encore parlé à ma sœur depuis leur courte discussion de mardi soir dernier. Je l'ai mis au courant des circonstances entourant sa démission, faisant suite à sa confrontation avec son président. Je crois que cette information a été un élément supplémentaire pour justifier sa perquisition.

Je l'ai amené à réaliser qu'Anouk n'avait pas prévu ce dénouement, bien pire que celui qu'elle avait envisagé. Ce n'est pas l'un ou l'autre des mauvais scénarios qui se matérialisent, mais bien les deux à la fois. On l'a mise à l'écart et l'on a fraudé l'entreprise.

Après cinq minutes, j'ai compris que Mat m'appelait surtout pour se faire dire comment il a été extraordinaire et perspicace dans sa façon de gérer le dossier. À partir de très peu d'éléments, il a attrapé son premier méchant en cravate, et ce, dès son premier jour en poste. Évidemment, je lui en ai attribué tout le crédit. Cela lui aura permis de jouer, soi-disant à son corps défendant, la carte de la fausse modestie.

Sentant que mon ami policier devait être à présent rassasié de mes beaux compliments, je suis revenu sur un terrain plus concret.

- Alors, Albert Biron a-t-il avoué ?

Mat retombe sur terre.

- Rien. Nada. Nous l'avons rencontré brièvement pour obtenir une déposition. Il a joué au surpris sur toute la ligne. Rien à en tirer. Le pauvre président déchu est innocent de tout. Amnésique profond. Il ne reconnaît aucun fait. Il n'a jamais parlé au type de l'agence à Singapour, il n'a rien à se reprocher. Point. Nous avons arrêté un autre innocent !

- Wow, tu as du travail sur la planche. La procédure serait simplifiée s'il voulait collaborer. Non ?

- Bien oui, mais ne t'inquiète pas, nous l'aurons, avec ou sans aveux.

J'ai déjà vu Mat plus convaincant dans ses propos, mais bon, il sait ce qu'il fait.

- Quelle est la suite des évènements ?

Juste à ce moment précis, Mat n'a plus le temps de me parler. Il doit raccrocher. Des choses importantes à faire, immédiatement, paraît-il.

Après l'appel, je n'ai pas eu de grandes révélations à faire à ma sœur. La pauvre, elle a attendu que je termine en se dandinant sur sa chaise, pour ne rien apprendre de nouveau. Elle et moi en savons autant que Mat.

* * *

Aujourd'hui mardi, Mat n'a pas appelé. Il doit en avoir par-dessus la tête. Personne au Québec n'ignore plus cette affaire. Elle est étalée dans les journaux, les réseaux sociaux, les radios, absolument partout. C'est la grosse nouvelle de la semaine, du bonbon pour le milieu des communications. Anouk et moi lisons tout et écoutons tout ce qui s'écrit et se dit sur les évènements. Nous savons tous les deux que nous ne pouvons plus rien, mais nous demeurons accrochés au déroulement de l'affaire. L'un comme l'autre, nous avons de la difficulté à nous concentrer sur autre chose, tant pis pour ma carrière littéraire et Liszt.

À la suite du premier choc ressenti hier, les journaux se tournent à présent vers les spéculations. On déterre les experts, venus de nulle part, qui se prononcent sur ceci ou cela. Les émissions de lignes ouvertes sont en folie, le public rage ou exulte. On se fait un plaisir collectif à relater les autres cas de malversations mises à jour récemment. Certains se réjouissent du malheur d'ING Solution, la dernière firme en lice à se faire prendre en défaut. D'autres, plus magnanimes, célèbrent le fait qu'on ait arrêté le coupable.

Entre-temps, on a relâché Albert Biron sous caution et contre la promesse de comparaître. Et voilà que la machine à spéculation est repartie de plus belle, au grand plaisir des journalistes.

La première affaire de Mat aux crimes économiques est loin de passer inaperçue. Il a refusé toutes les demandes d'entrevues, préférant s'en remettre à l'expertise des gens des relations publiques. Heureusement, s'il s'était adonné au jeu des questions-réponses des journalistes, il n'aurait pas pu travailler de la semaine.

Des collègues d'Anouk ont appelé, s'étonnant de ne pas la voir au bureau depuis quelques jours et se demandant si cela avait un lien avec la terrible nouvelle qui venait de faire surface. Elle leur a dit la vérité. Elle suspectait le grand patron, elle l'a confronté, il n'a pas passé le test, elle a largué la compagnie. Point. Bien qu'abasourdis, ses collègues ont tous reconnu son courage. Certains lui ont avoué ouvertement qu'ils se questionnaient eux aussi sur leur propre avenir dans la boîte. Tous les chefs de service des autres départements, son cercle professionnel rapproché, enfin, son ancien cercle l'ont aussi appelée entre hier et aujourd'hui. Sauf Robert Lemay.

Ce n'est qu'à la fin de la matinée que Damien appela. Il est tombé sur Anouk. Très empathique, elle a eu du mal à terminer son histoire entrecoupée de : « Ah oui, comment as-tu fait ? » « Pas vrai ! Cela a dû être terrible. » « Pauvre Anouk, tu dois être très déçue de ton président. » Et ainsi de suite, durant tout son récit. C'est lui qui sait le mieux lui faire sentir qu'il est là pour elle. Damien n'appelle pas par curiosité, ou pour courir après une rumeur, il le fait pour réconforter les gens. J'aurais pu répondre, mais bon, c'est elle qui a eu la chance de décrocher. J'admets que ces jours-ci, elle a plus besoin des attentions de Damien que moi.

C'est aussi le seul qui lui a demandé ce qu'elle fera de son temps, à présent. Question prématurée, elle n'avait pas de réponses précises à lui donner pour le moment. Puis tout d'un coup, comme un lapin sorti d'un chapeau, il l'a prise par surprise :

- Quand vont-ils t'interroger ?

Cette question, Anouk ne l'avait pas vue venir. Elle démissionne quatre jours avant que l'histoire ne sorte au grand public et n'a pas hésité à raconter sa mésaventure avec

Albert Biron à ses collègues. Ce n'est qu'une question de temps avant que l'on ne la convoque.

- Mon Dieu ! Est-ce que je devrais parler tout de suite à la police ?

- He ! Du calme. Mat en sait probablement beaucoup plus que toi sur ce dossier. Il a la chance d'avoir son amie qui est directement reliée à l'affaire. Il en profitera sûrement pour corroborer une partie de l'histoire avec toi. Pas plus.

Anouk ne peut s'empêcher de faire le lien avec l'affreuse soirée au motel avec Robert Lemay, gravée là, dans sa mémoire, sans possibilité d'oubli. Elle a eu tellement peur. Comment fera-t-elle pour ne pas en parler ? On saura tout de suite qu'elle ne dit pas tout. On la cuisinera jusqu'à ce qu'elle divulgue les circonstances de la découverte de la facture sur l'imprimante. On devinera, à son air piteux, qu'elle cache quelque chose. Elle devra parler de Robert Lemay, de son implication à lui aussi. Elle ne pourra garder son fardeau pour elle ; les gens de la SQ en ont vu d'autres. Son secret ne fera pas long feu. Elle ne pense pas survivre à une autre humiliation.

Elle répond, plus pour se convaincre elle-même que lui.

- Non, je ne veux pas leur parler.

Damien perçoit son désespoir, sans en comprendre la cause.

- Ne t'inquiète pas. Ce seront des questions très simples, Anouk. Tu n'as qu'à leur raconter ce que tu viens de me dire. Tu as eu connaissance de quelque chose qui t'a semblée louche, ton frère t'a même aidée, tu en as avisé le président, tu n'as pas aimé ses réponses et tu as démissionné. Rien de plus simple, non ?

- Mais je lui en ai parlé seulement trois semaines plus tard.

Anouk parle pour elle-même, non pas à l'intention de Damien. Il a tout de même saisi l'essentiel.

- Tu n'as qu'à leur dire pourquoi tu as attendu trois semaines avant de confronter ce salaud, mercredi dernier.

Toujours tout bas, d'une voix mécanique.

- Pourquoi ai-je attendu et pourquoi ai-je choisi mercredi dernier pour le confronter ?

- Que se passe-t-il, Anouk ? Tu me parais très distante tout à coup. Ai-je dit quelque chose ?

Elle le coupe.

- Non. Ça va. Tout va très bien. Merci, Damien. Je dois te laisser.

Elle raccroche, sans attendre une quelconque riposte. Il comprendra. Damien comprend toujours tout.

Pas cette fois-ci, semble-t-il. Le téléphone se remet à sonner. Il n'aura malheureusement pas compris qu'elle veut la paix.

- Oui, Damien. Tu vois, je suis un peu fatiguée. Peut-être pourrions-nous reprendre notre conversation plus tard ?

- Madame Beauregard ?

Anouk ne l'a pas vu venir celle-là.

- Oui.

Sa voix est mal assurée.

- Pierre Taillon du Journal de Montréal. J'ai appris d'une source sûre que vous avez quitté d'ING Solution la semaine dernière. Est-ce lié au scandale qui secoue la firme en ce moment ?

Pas un mot ne peut sortir de sa bouche.

- Étiez-vous au courant qu'Albert Biron graissait la patte d'un membre du comité de sélection pour le port de Singapour ?

Il connaît toute l'histoire, celui-là. Qu'est-ce que je vais faire ?

- Madame Beauregard, est-ce que vous êtes impliquée ?

Le récepteur lui glisse presque des mains.

- Madame Beauregard, êtes-vous encore là. J'aimerais avoir votre version avant de publier l'article.

- Ma version. L'article.

Le journaliste lui lance à la tête son argument massue qui généralement fonctionne très bien. C'est-à-dire donner la chance au coureur de rectifier les faits, avant que l'on publie.

- Je trouve bien étrange votre départ quelques jours avant que l'on arrête Albert Biron. Mes lecteurs auront du mal à n'y voir qu'une coïncidence. Ne croyez-vous pas ? Est-ce lui qui vous a congédiée ?

Je fais celui qui ne prête pas attention, mais ma sœur à l'autre bout du salon semble très mal prise dans sa conversation, qui ressemble plutôt à des balbutiements de son côté à elle. Je lui fais un signe sans équivoque du menton. Elle me répond, à voix basse, en plaçant sa main sur le récepteur.

- Un journaliste.

- Comment a-t-il eu mon numéro ?

Je me ravise, elle n'a pas besoin de mes questions en plus du stress qu'elle vit en ce moment avec ce type. J'essaie d'être plus proactif.

- Raccroche tout de suite. Réfère-le à Mat.

Elle me prend au mot.

- Je ne peux rien vous dire, monsieur...

- Taillon, répond sèchement le journaliste.

- Je ne peux rien vous dire. Voyez avec le sergent Mathieu Smith de la SQ.

Anouk a l'impression d'enregistrer une petite victoire en ne reprenant pas le nom de son interlocuteur, comme pour lui montrer qu'elle a le dessus.

- Connaissez-vous ce policier ?

Anouk me regarde. Je n'entends évidemment pas la question qui lui est posée, mais je me demande pourquoi elle ne raccroche pas tout de suite.

- Raccroche.

- Je ne peux rien vous dire. Je dois raccrocher. Désolée.

Ce qu'elle fait immédiatement, sans en être pour autant « désolée ».

Ce fut le début des appels de journalistes, d'intervieweurs et de chroniqueurs. À partir de ce moment-là, c'est moi qui répondrai au téléphone. Anouk ne sera plus jamais libre pour prendre la ligne. En fait, je vais lui trouver une bonne raison de ne pas être accessible. Je me lève déterminé et saisis mon manteau.

- Où vas-tu ? Tu me laisses seule.

Anouk a son air des mauvais jours.

- Tu viens avec moi.

- Je ne comprends pas.

- Nous n'avons rien à faire ici, le téléphone ne s'arrêtera pas aujourd'hui. Aussi bien faire quelque chose d'utile.

- Comme ?

- Comme d'aller à la clinique. Ta main ne s'arrange pas. C'est aussi enflé qu'hier et qu'avant-hier. Cela fait une semaine que tu t'es fermé la porte sur la main. Si cela n'avait pas été grave, tout serait résorbé. Je veux qu'un médecin la regarde de plus près. À la clinique, au moins, il n'y a pas de journalistes ; sinon, seulement ceux qui sont trop amochés pour avoir l'envie de poser des questions à d'autres malheureux patients comme eux.

En guise de réponse, elle prend son manteau. Je crois qu'elle ne trouve pas l'idée mauvaise. Je ne lui demande pas pour laquelle des deux raisons, sa main ou les journalistes.

Vancouver, il y a environ deux ans et demi

L'homme n'eut pas de difficulté à retrouver Charles, toujours posté au même coin de rue, à regarder les gens passer. De temps à autre, un piéton ralentit le pas, Charles entre et sort sa main de sa poche, ils se disent deux mots, se donnent la main, puis Charles la remet dans sa poche et regarde ailleurs.

Quand il vit l'homme s'approcher de lui, instinctivement, Charles vint pour mettre la main dans sa poche, puis il le reconnut et se ravisa.

Dès qu'il fut assez près de Charles, il s'empressa de s'informer s'il avait parlé de leur affaire à qui que ce soit.

- Vous me prenez pour un idiot. Personne ne m'aurait cru et vous savez ce qui me serait arrivé. On aurait trouvé le moyen de m'arrêter et l'on m'aurait collé je ne sais quel vol de station-service sur le dos.

L'homme sourit, la spontanéité de Charles le rassura.

- J'aimerais que tu essaies ceci.

- Qu'est-ce que c'est ?

- Un beau costume.

- Hein !

- Voici la première leçon, mon ami. Pour faire de l'argent, il faut avoir l'air d'avoir de l'argent. À l'inverse, quand on a l'air pauvre, on fait fuir l'argent. Me comprends-tu ?

Charles hésite.

- Ah oui, voici un acompte de cinq cents dollars. Si l'habit te fait, je te donne les autres cinq cents.

Charles venait de tout comprendre. Il était prêt à se dévêtir immédiatement, ici, sur la rue pour essayer le costume.

- Oh ! Pas si vite. Il y a un Mac Donald sur le coin, là-bas. Je t'attendrai devant la porte.

- Avec encore cinq cents dollars ?

- Oui, avec cinq cents autres dollars.

Quand Charles ressortit du restaurant, il n'était plus le même. D'accord, il avait la barbe longue de quelques jours, les cheveux en broussailles et une démarche pas très raffinée, mais l'effet était exactement ce qu'espérait l'homme, encore mieux, comme si cela avait été possible. Ses projets devenaient réalisables. Souriant, il remit les autres cinq cents dollars à son nouvel ami.

- Tu as gagné le gros lot, Charles.

Bien que ravi, Charles ne saisissait pas bien ce qui lui arrivait. Il comprenait par contre qu'il était plus riche de mille dollars. Cela, il le comprenait très bien.

- Il reste encore beaucoup de travail à faire, mon ami.

Heureusement que l'habit fait le moine, mais je devrai le faire parler le moins possible, le moine.

- Je suis prêt.

Quel contraste avec sa réticence d'il y a deux semaines ! Charles voit toutes ses peurs s'envoler. Il a l'assurance de celui qui sait qu'il va gagner au casino. En fait, il a déjà commencé à empocher.

- Tu as un endroit pour entreposer l'habit.

- J'ai une bonne cachette à l'abri des regards. Personne n'ose s'y aventurer de toute façon.

L'homme ne chercha pas à en savoir plus.

- Je dois encore revenir à Vancouver dans deux semaines, alors voici : nous nous retrouvons exactement ici, dans deux semaines, à la même heure. Il y a un bon restaurant dans le coin, nous irons dîner et tu commenceras ta formation.

Charles mobilise toute son attention sur ce que dit son bienfaiteur pendant que ce dernier poursuit l'exposé de son plan.

- Mais avant, voici ce que tu auras à faire.

Charles est au garde-à-vous, inquiet de ce que l'homme lui demandera. Il sait qu'on ne lance pas son argent par les fenêtres pour rien. Il est soudainement très nerveux.

L'homme poursuit.

- Je veux que tu te rases et que tu te fasses couper les cheveux comme ceci.

Il sort une photo de magazine de sa poche et la lui tend. L'homme observe l'air ébahi de Charles.

- Tu ne poses pas de questions. C'est la première règle. Me comprends-tu bien ?

Charles répond que oui, mais l'homme n'en est pas convaincu. Il renchérit.

- C'est très important, Charles. Pas de questions et pas un mot à personne, sinon fini l'argent.

À voir l'air résolu que projette maintenant le revendeur, l'homme en déduit qu'il peut lui faire confiance. Du moins pour l'instant.

- Tu vas devoir te procurer un passeport.

- Un passeport ?

- Voici le formulaire, je l'ai complété pour toi, il ne te reste qu'à signer aux endroits indiqués.

Il s'arrête un moment.

- J'y pense, tu as une copie de ton certificat de naissance.

- J'ai une boîte de souvenir qui me suit partout. J'ai un tas de papier dedans, il doit s'y trouver.

- Parfait, n'oublie pas de l'inclure dans l'enveloppe.

Charles, abasourdi, revient sur le document que lui tend l'inconnu. Il essaie de le lire péniblement à haute voix, en hésitant sur les mots de plus de deux syllabes. L'homme l'arrête.

- Tu signes ici et là. Fais attention. Dans cette case, ta signature ne doit pas dépasser le rectangle. Tu vois, juste là. Pratique-toi d'abord. Une fois complété, tu places le document dans cette enveloppe déjà affranchie avec ton certificat de naissance et tu y inclus un mandat poste de cent vingt dollars que tu iras chercher au coin là-bas. Tu le postes dès demain matin.

- Mais pourquoi ?

Il se fait couper la parole.

- Qu'est-ce que je viens de te dire à propos de tes questions ?

- Excusez, monsieur.

- Dans deux semaines, ici, pour le début de ta formation.

Charles est jongleur, il n'ose pas poser sa question. Le voyant se dandiner, l'homme lui facilite la tâche.

- Qu'est-ce qu'il y a ?

- Qui va payer pour les cheveux et le passeport ?

Pas si fou que cela, son nouvel ami. En quelque sorte, son avidité rassure l'homme.

- Voici deux cents dollars de plus. Ce montant suffira pour le passeport et les cheveux.

Comme pour le montant précédent, il s'empresse de le prendre et de le placer nerveusement en lieu sûr. Ses craintes s'estompent à mesure que ses poches se remplissaient.

Charles n'avait plus de questions. Il n'a même pas demandé s'il aurait droit à mille autres dollars dans deux semaines. Trop d'émotion, sans doute.

CHAPITRE 21

Montréal, mardi après-midi 29 octobre

Ce qui tracasse le plus Mat, c'est l'absence d'aveux de la part d'Albert Biron. Il est novice, même très novice, aux crimes économiques, mais pas dans la profession. Il sait que généralement, quand quelqu'un se fait attraper la main dans le sac, il nie d'abord puis très rapidement, par l'entremise de son avocat, il essaie de limiter les dégâts. Ce n'est pas ce qui arrive dans le cas présent. Albert Biron a pris un avocat, certes, mais demeure très ambigu sur son implication dans la fraude. Il n'a pas signé de contrat avec Wong Yew. Il n'a pas donné un sou à cette agence de Singapour et n'a pas reçu de rapports non plus. Il n'a pas essayé de soudoyer un membre du comité de sélection par l'entremise de l'agence. Il n'a rien fait. Il ne comprend rien à ce qui lui arrive.

Le policier réalise que son premier cas dans ses nouvelles fonctions ne sera pas si facile à éluder après tout. Sa preuve est en béton, mais il devra reconstituer tout le scénario depuis le début. Oublier la piste existante et refaire le chemin par une autre route, puis comparer les deux résultats.

* * *

Je vois Anouk qui saute sur son cellulaire.

- Ne réponds pas.

Trop tard, elle a le cellulaire, à l'oreille. Machinalement, même si nous sommes dans la salle d'attente d'une clinique où le téléphone est interdit et bien que la moitié des journalistes du Québec soit à sa poursuite, Anouk dégaine quand son cellulaire sonne. Le mal est fait, trop tard.

Je scrute, anxieux, l'expression qu'elle projette.

Je vois tout son visage se détendre d'un coup. Le mien en fait autant. Ouf, ce n'est sûrement pas un journaliste.

Un grand frère sait quand se faire discret, je viens pour me lever et la laisser seule, mais vu l'endroit où nous nous trouvons, je me ravise et lui fais signe de la tête de sortir de la salle avec son bruyant cellulaire de malheur.

Cinq minutes plus tard, elle revient le visage illuminé, en même temps qu'on appelle son numéro, attribué à son arrivée. Dans un endroit comme ici, on ne laisse pas passer son numéro quand enfin arrive son tour de voir le médecin.

Je ne lui pose pas de questions. Par contre, même si ce ne sont pas de mes affaires, elle sent à mon allure sans doute, que je meurs d'envie de savoir qui l'a transformée de la sorte. Elle ne me fait pas languir plus que nécessaire.

- Geneviève.

- Hum ! « La » Geneviève ?

- « La » Geneviève, comme tu le dis.

Je souris. Elle aussi. Mais elle, elle a les joues rouges.

- Elle m'appelle la vedette.

- Vedette ! Toi ?

- Apparemment, mon nom est écrit dans le journal. Mais ne crains rien, elle m'a lu l'article au complet. Rien de très grave, on mentionne plusieurs autres noms. En fait, on a cité tous les chefs de section de la boîte. On n'en dit pas plus sur moi que sur les autres.

- Pauvres journalistes, tout le monde veut les lire, mais personne ne veut leur parler.

- Qu'est-ce qui se passe avec toi ? Tu donnes dans la grande réflexion maintenant !

- Je donne dans ce que je peux.

- Oh wow ! Quels propos sérieux à présent !

Je ne réponds pas à son commentaire. Tout d'un coup, je réalise que ma mission, si l'on peut le voir ainsi, est vraiment terminée. Je me suis fait passer pour comptable au bureau d'Anouk, je suis allé au bout du monde pour mon enquête et maintenant que l'affaire est close, boum, je me retrouve sans utilité !

Elle me sort de ma bulle.

- Ah oui, j'ai trouvé un autre bon moyen d'éviter les journalistes ce soir. Je vais chez Geneviève en sortant d'ici.

Je ne pourrai même pas jouer au gardien de ma sœur, ce soir.

Elle poursuit.

- Toi, je sais aussi ce que tu feras.

Elle pique ma curiosité. Je ne peux faire autrement que de lui sourire et lui demander des yeux.

- Tu appelles Annie.

Voilà que ma petite sœur se mêle de mes affaires sentimentales.

- Tu l'invites à souper dans un bon restaurant, puis tu l'amènes chez toi ou mieux, tu vas chez elle. Et là, tu lui fais ce que j'ai l'idée de faire avec Geneviève, même un peu plus en tant que mâle. Tu vois ce que je veux dire ?

Je vois très bien ce à quoi elle fait allusion.

Je ne reconnais plus ma sœur.

C'est à mon tour de rougir.

Heureusement, le médecin nous attend !

Montréal, mercredi matin 30 octobre

Depuis son vernissage, Damien ne porte plus sur terre. On lui aurait remis le prix Nobel qu'il n'aurait pas été plus satisfait de lui-même. Dès le lendemain de sa mémorable exposition collective, il a entrepris de produire une nouvelle collection de toiles. Gonflée à bloc, son inspiration n'attend plus que son rendez-vous quotidien, le soir, après sa trop longue journée au Zèbre. Ces moments sont devenus pour lui sa raison de vivre. Il fait ses appels personnels au travail, entre deux clients, pour ne pas hypothéquer d'une minute son tête-à-tête avec ses pinceaux et sa toile.

Depuis cette journée mémorable, et pour la première fois, il s'estime aussi heureux, si non plus, que ses amis. Il trouve cette sensation grisante. Il n'envie plus leurs vies. Damien ne ferait le travail de Mat pour rien au monde, avec les risques et la pression que son nouveau poste lui amène. Anouk a peu de loisirs et ne semble vivre que pour sa carrière. Quant à son ami Gabriel, le plus fort et à la fois le plus faible des quatre, depuis deux ans, personne ne prendrait sa place.

Trop de joie lui donne le goût d'aider les autres. Il y a de ces âmes qui ne peuvent garder pour elles seules un petit bonheur, alors qu'elles le font si bien lorsqu'il s'agit d'un malheur.

La journée s'annonce tranquille, comme la plupart des mercredis d'ailleurs. Sa conversation d'hier avec Anouk le préoccupe, particulièrement le fait qu'elle lui a pratiquement raccroché la ligne au nez. Un autre aurait été vexé ou furieux. Lui, il a décelé de la détresse. Il n'aime pas ressentir cette peine chez son amie.

À dix heures et quart, une fois assuré que la boutique est bien déserte, il compose le numéro de Gabriel. Rien, peut-être ne réquisitionne-t-elle plus sa chambre d'ami. Il essaie donc chez elle. Toujours sans réponse. Bon, il rappelle chez son ami et se résigne à lui laisser un message.

- Bonjour, Gabriel. Bonjour, Anouk. C'est Damien. Est-ce que tu peux me rappeler, Anouk ? J'aimerais parler de quelque chose avec toi. C'est à propos d'un petit truc qui me tracasse, pour faire suite à notre conversation d'hier. Appelle-moi quand tu arriveras. Merci. À plus tard.

* * *

Ce matin, Albert Biron est convoqué au centre opérationnel de la Sûreté du Québec. Mat procédera à l'interrogatoire lui-même. C'est son affaire à lui, c'est lui qui veut la traiter jusqu'au bout. Il sera accompagné d'un agent, mais c'est lui-même qui mènera la discussion avec le prévenu. Il tient à ce que ce soit fait rondement. Pas question de prendre des mois avant de déposer formellement des accusations. Sous sa gouverne, les résultats doivent être au rendez-vous. La population doit savoir que la police est efficace et qu'elle ne tolère plus les bandits en cravates.

Les deux derniers jours, il a amassé une foule de données supplémentaires et s'estime fin prêt à confronter Albert Biron pour le faire finalement avouer. Lors de sa première et brève rencontre lundi dernier, celui-ci s'est contenté de clamer son innocence. Il aura eu le temps de réfléchir. Mat espère qu'il sera plus coopératif.

Le policier est plus ou moins surpris de l'état de l'homme atterré, qu'il retrouve dans la salle d'interrogatoire numéro 3. Il est assis sur une chaise de métal, de l'autre côté de la table, elle aussi faite de métal, le dos courbé, la barbe mal rasée. Il a l'air de ce qu'un fraudeur à l'air, lorsque pris la main dans le sac. Mat en a vu d'autres. Il n'a pas amené d'avocat avec lui, c'est son choix.

Il lui présente son collègue, lui dit qu'il est ici pour connaître sa version des faits et lui rappelle qu'il peut être accompagné d'un avocat, ce qu'il a déjà refusé quand il a été convoqué. Après lui avoir lu ses droits encore une fois, Mat laisse tomber un dossier sur la table. Pas de trop haut pour ne pas le voir s'éparpiller, mais d'une bonne hauteur tout de même, pour créer un gros bruit sourd, qui généralement produit en bel effet de surprise. Encore une fois, le coup a fonctionné à merveille. Albert Biron a sursauté. Mat veut la faire vite et bien. Il n'a pas l'intention de tourner autour du pot. Albert Biron saura rapidement à qui il a à faire.

- Nous savons que monsieur Wong Yew, excusez-moi si je ne prononce pas son nom correctement, a perçu de votre firme des honoraires fictifs depuis janvier de cette année.

Pause pour mesurer l'effet. Albert Biron est très attentif, ne conteste pas et ne laisse filtrer aucune réaction.

- À raison d'un demi-million par mois, pendant dix mois consécutifs, pour un montant total qui s'élève à cinq millions de dollars.

Mat insiste sur les cinq millions.

Pause stratégique. Toujours pas de réaction.

- Nous savons que ces cinq millions de dollars ont dû servir en bonne partie à verser un pot-de-vin à un membre du comité de sélection, pour favoriser l'offre d'ING Solution.

Maintenant, le prévenu s'agite et fait non de la tête, sans pourtant dire un mot. Il semble incapable de parler. Rien pour désarçonner Mat.

- Vous n'êtes pas sur les rangs pour cette soumission.

- Oui, enfin, non. Je veux dire oui, ING Solution prépare une soumission, mais croyez-moi, sergent, tout se fait dans les règles. Nous ne buvons pas de cette eau, monsieur. ING Solution a une solide réputation et…

- Gardez vos verbiages pour la cour, monsieur Biron. Ici, je ne veux que la vérité. La simple vérité. Me comprenez-vous bien ?

- C'est ce que je vous dis. Nous…

- Assez, monsieur Biron. Nous en avons la preuve.

La mâchoire de l'accusé s'allonge d'un mètre. Mat savoure le moment.

- Nous savons que vous avez signé un contrat fictif avec cette agence, à Singapour même. Votre signature le prouve.

Biron rassemble ses esprits.

- Vous me montez un bateau, sergent. Vous n'avez rien.

Albert Biron semble assez fier de lui. Sa riposte lui donne un tonus inattendu. Il se redresse, prêt à attaquer de nouveau, si besoin est.

Le sergent Mathieu Smith ne se laisse pas désarçonner si facilement.

- Alors, montrez-moi les rapports que vous avez reçus de l'agence, si le contrat n'est pas faux.

- Je n'ai aucun rapport, monsieur l'agent. Pas plus que de contrat. Vous le savez bien.

- Vous avez versé cinq millions pour rien. Comment appelez-vous cela si ce n'est pas de la fraude ?

Albert Biron semble exaspéré.

- Je vous le dis à nouveau, je n'ai rien signé avec cette agence de Singapour.

C'est ce moment que choisit Mat pour lui glisser la photo sous le nez. Bang, Albert Biron est hors de combat, il est complètement déstabilisé. Mat est aux oiseaux. Enfin, il sent l'accusé prêt à passer aux aveux.

* * *

Convoqué la veille, Mat a rencontré John Beck à neuf heures ce matin, à titre de témoin à charge. Lui aussi était démoli par la trahison de son patron envers lui et l'entreprise. Tout ceci se passe à deux jours de la remise de la soumission. John Beck paraissait, à raison, dévasté.

À la requête du sergent qui lui a demandé s'il pouvait fournir une autre preuve qu'Albert Biron avait bel et bien signé le contrat, John Beck a amené la photo qui le montre avec Albert Biron et Wong Yew lors de la signature. Mat a arboré son plus beau sourire. La description qu'il avait eue de la photo par son ami était exacte. Mat a donc en sa possession le contrat signé et la photo comme preuve.

Il a quand même interrogé John Beck sur le fait qu'il approuvait les factures sans avoir vérifié si le service avait été effectivement rendu. Cela ne lui semblait pas une procédure très normale, bien qu'il soit encore tout nouveau dans le monde de la finance.

John Beck lui a répété en gros ce qu'il a déjà dû expliquer à Anouk jeudi dernier. Pour la préparation de la soumission de Singapour, la stratégie d'Albert Biron était de s'abreuver à différentes sources. Ils avaient mis en place une approche appelée de « mur de Chine ». C'est-à-dire que John Beck et ses équipes ne devaient pas avoir accès aux informations et travaux faits par le consultant de Singapour. Le seul rôle de John Beck était d'approuver les factures mensuelles, en tant que vice-président à l'international. De cette façon, en bout de piste, Albert Biron pouvait recouper les analyses développées de manière indépendante et ainsi produire une soumission gagnante, sans qu'une équipe tienne pour acquis ce que l'autre avait fait. Enfin, c'est ce qu'Albert Biron faisait croire à John Beck. Le seul qui avait soi-disant accès aux deux versions était Albert Biron. Voilà pourquoi il n'a rien décelé des manigances de son patron. Le président lui a joué dans le dos. John Beck se mordait les doigts.

* * *

- Vous reconnaissez-vous sur la photo, monsieur Biron ?

Il ne répond pas. Mat le voit bien, l'homme est pris au piège. Si une photo vaut mille mots, celle-là équivaut à mille aveux. Albert Biron a les yeux fixés sur la photo. Mat et son collègue affichent un air vainqueur. Pour quelqu'un qui dit n'avoir jamais rencontré Wong Yew, cette photo est un dur retour à la réalité.

S'il ne s'agissait pas d'un fraudeur, Albert Biron aurait fait pitié. Il n'a plus aucune expression. Son regard est dans le vague. Il ne bouge plus, figé comme une statue de sel, comme s'il venait de réaliser qu'il s'était fait prendre.

Mat sait qu'Albert Biron vient de comprendre qu'il n'a plus d'échappatoires. Si ce n'était du moment solennel et filmé par surcroît, il se mettrait à rire. Sa première affaire aux crimes économiques, un premier gros poisson capturé. Quelle entrée triomphale pour souligner son arrivée en poste !

- Vous n'avez pas répondu à la question, monsieur Biron. J'attends toujours que vous me confirmiez que vous vous reconnaissez.

Mat déduit qu'il n'a pas besoin de sa réponse. La photo et sa réaction devant celle-ci sont deux éléments sans équivoque. Il est coincé. C'est une cause perdue pour son futur avocat. Il poursuit son interrogatoire par un autre chemin.

- Où étiez-vous le quinze décembre dernier, monsieur Biron ?

La question ne trouve pas preneur. Mat s'enflamme. Il n'aime pas les personnes entêtées qui nient l'évidence, même pris la main dans le sac.

- Je vais vous le dire, moi, où vous étiez le quinze décembre dernier. Vous étiez à Singapour avec votre complice, Wong Yew. Vous sabriez le champagne pour fêter l'achat d'un membre du comité d'évaluation. Un beau placement pour obtenir la certitude de vous voir attribuer le contrat pour l'agrandissement du port de Singapour. Après tout, qu'est-ce que cinq millions, en regard de la valeur du contrat convoité et du prestige que vous en auriez tiré ? Cela se fête, non ?

Sur son élan, Mat en profite pour pousser un peu plus loin.

- Connaissez-vous Michel Lavoie d'EHB et associés ?

Sans lever les yeux de la photo, il répond par l'affirmative en faisant un petit signe de tête.

- Est-ce que vous avez eu affaire à un agent, du genre Wong Yew, pour obtenir le contrat de l'agrandissement d'un aéroport en Thaïlande ? C'est ce que pense le président d'EHB, Michel Lavoie. Vous, qu'avez-vous à me dire sur cette affaire ?

Silence.

- Je n'ai pas bien compris votre réponse, monsieur Biron.

- Non, aucun consultant. Pourquoi me posez-vous cette question ?

Mat ignore la réplique du prévenu.

- Est-ce que vous connaissez Tom Harrison, président de Tom Harrison, à Albany ?

Albert Biron lâche enfin la photo pour regarder fixement Mat, mais il ne répond pas.

- Est-ce que vous avez eu affaire à un agent, encore une fois, du genre fraudeur à la Wong Yew, pour obtenir le contrat de devis pour le barrage au Cambodge ? Je vais vous donner un indice : Tom Harrison lui est de cet avis.

Albert Biron jette encore un regard incrédule sur la photo, toujours sur la table devant lui, puis reprend sa posture.

- Je ne sais pas où vous voulez en venir, sergent.

- Enfin, voilà un bon commentaire. Je vais vous le dire où je veux en venir, monsieur Biron.

Mat sent sa pression monter.

- Nous avons plus de preuves qu'il en faut pour vous appréhender sur l'affaire de Singapour.

Mat sait qu'il exagère un peu, il n'a pas encore reçu le résultat officiel de l'enquête de Singapour sur Wong Yew, mais c'est comme si c'était déjà fait.

- Votre modus operandi est mis# à jour. J'ai eu des conversations très intéressantes avec Tom Harrison et Michel Lavoie. Ils en ont beaucoup à nous raconter sur vos pratiques. Nous avons même rencontré monsieur Wong Yew à Singapour. - Mat ne donne pas plus de précisions sur ce chapitre de Singapour. - Alors soit vous collaborez sur ces affaires, soit vous en subirez les conséquences. Voilà où je veux en venir, monsieur Biron. Vous coopérez pour Singapour et sur les autres cas, ou vous ne croirez pas jusqu'où nous pouvons aller pour déterrer tout ce que vous pouvez avoir sur la conscience, depuis que vous êtes né.

Albert Biron ne tente même pas de se défendre. Les tuiles lui tombent dessus les unes après les autres. Il aura atteint un point de saturation. Plus de réaction.

- Monsieur Biron, ce n'est pas compliqué comme question. Dites-nous simplement que vous nous avez menti. Je ne vois pas comment un homme, pourtant sensé comme vous l'êtes, peut nier l'évidence. Nous pourrons repartir sur une meilleure base. Aidez-nous, nous vous aiderons à limiter les dégâts. Vous devez bien cela à vos employés et à vos clients. Avouez, agissez en personne responsable. Arrêtez de nous faire perdre notre temps.

Mat est maintenant debout, pour impressionner physiquement l'homme assis et courbé.

- Peut-être.

Les deux policiers se regardent. Le ton de Mat est à l'exaspération.

- Comment, peut-être ?

- Je dois faire des appels.

- Non, je veux savoir ce que vous entendez par « peut-être ».

Albert Biron est revenu à sa position fixe, les yeux sur la table.

- Peut-être. C'est tout ce que vous aurez pour l'instant.

Mat se fait beaucoup plus incisif.

- Selon moi, votre peut-être veut dire ni oui, ni non ou les deux.

- Vous avez tout compris, sergent.

Du regard et de la main, le collègue de Mat lui fait discrètement signe de se calmer. Ce qu'il fait, non sans peine, en faisant quelques pas dans la petite pièce.

- Albert Biron, vous êtes accusé de fraude financière, malversation et usage de pot-de-vin. Je vous suggère fortement de vous faire accompagner de votre avocat à l'avenir. J'espère qu'il est spécialiste des causes perdues. Nous n'en avons pas terminé avec vous.

Puis, en se retournant vers son collègue,

- Vous pouvez le faire sortir.

CHAPITRE 22
Singapour, mercredi 30 octobre, au petit matin

La nouvelle n'est pas passée à la télévision, ni même à la radio. Seulement un entrefilet dans un journal local. On est venu appréhender monsieur Wong Yew, aux petites heures ce matin. Une voiture de patrouille et une voiture banalisée. Quatre agents, deux en uniforme, deux en civil. Il n'a pas cherché à fuir et n'a pas résisté à son arrestation.

Depuis la visite de Gabriel Bédard, il savait qu'ils arriveraient d'un moment à l'autre. Il les attendait. Tout ce qu'il espérait c'était que ce soit à une heure où les voisins ne sont pas encore debout. Il a été exaucé. Wong Yew a honte. Il a pris un chemin très risqué, il s'en mord les doigts. Il a l'intention de collaborer avec la police, pour expier ses fautes, pour se faire pardonner l'impardonnable. Il ne pourra jamais plus regarder sa famille en face. Sa vie est détruite.

Montréal, mercredi 30 octobre, matinée

Je suis arrivé le premier à mon appartement, la tête encore dans les nuages, mais quels beaux cumulus ! Heureux d'être seul, je me serais senti gêné de croiser le regard d'Anouk. Le genre de soirée que j'ai passée avec Annie ne se discute pas avec sa sœur. Nous avons finalement choisi l'appartement d'Annie, loin des probables appels des journalistes.

Anouk me suit de quinze minutes, soit vers les onze heures, à croire que l'on s'était synchronisés. C'est elle qui a droit à mon regard, que je m'efforce pourtant de garder le plus distant possible. Je ne sais comment le calibrer. Il est ce qu'il est. Je la regarde, c'est tout. Je ne suis tout de même pas pour fixer le mur ou le plafond.

Je sais que c'est ridicule, mais je me sens comme un adolescent. Elle aussi, probablement. À notre âge, ma sœur et moi ne devrions plus être gênés l'un envers l'autre pour ce genre de chose. Mais voilà, nous regardons sottement par terre, puis nous nous examinons brièvement, et l'instant d'après, nous contemplons de nouveau la moquette.

C'est elle qui a commencé à rire, moi je la suis, sans me faire prier. Nous rions maintenant comme des fous. De vrais larrons en foire, comme nous savons l'être entre frère et sœur. Nous nous sommes tous les deux manifestement et indiscutablement rassasiés de vin et de sexe. Fatigués, les joues écarlates, nos regards ont conclu un pacte. Le non-dit restera ce qu'il est : non-dit.

Comme pour marquer l'entente, je brise la chaîne de rire.

- Café ?

- Ah ! Oui, s'il te plaît. Je prends ma douche pendant que tu le prépares.

Pourquoi ai-je toujours l'impression de me faire avoir à ce jeu-là ?

Le clignotant du répondeur attire mon attention. Trente et un messages. Rien de moins. De quoi me faire regretter de m'être lancé dans cette aventure. Que des appels de journalistes qui se sont tous échangé mon numéro de téléphone, comme on se partage de bons tuyaux entre copains. Étant donné que c'est ma voix et que je me nomme sur le message d'introduction, on demande à parler à ma conjointe, Anouk Beauregard. C'est à croire qu'ils ont appelé toute la nuit, il n'est que onze heures trente du matin. Je saute la plupart d'entre eux pour m'éviter d'endurer les mêmes litanies.

Ah tiens ! Il y en a un de Damien. Il s'inquiète pour Anouk.

J'en termine avec les autres messages des journalistes, puis j'attends qu'Anouk sorte de la douche en entamant mon café. Je n'ai pas longtemps à patienter, elle n'est pas la fille à s'éterniser sous l'eau chaude.

Elle porte ma robe de chambre. Pourquoi se gênerait-elle cette fois-ci, alors qu'à chacun de ses autres passages, pour me chaperonner ou pour se remettre d'une peine d'amour, elle ne s'est jamais privée de la porter ? D'autant plus qu'à la suite de ses nombreux séjours chez moi, elle estime avoir atteint le niveau VIP.

- Qu'est-ce que Damien veut dire par ce « petit truc qui le tracasse », en se référant à ta conversation d'hier ?

Avant qu'elle n'ouvre la bouche, je sens que nous ne parlons pas de ce que Damien appelle un « petit truc ». Tout dans son expression me dit que, quel que soit ce « petit truc », elle en est affectée plus qu'elle ne voudrait le laisser paraître. À un point tel, que je me demande si j'ai bien fait de fouler ce terrain.

- Je ne comprends pas.

Mais oui, tu comprends très bien, Anouk !

- Ah bon, Damien m'a semblé pourtant passablement préoccupé. Tu le connais autant que moi, avec ses radars, ses détecteurs et son sixième ou septième sens. Quand il décèle quelque chose, même si personne d'autre ne le perçoit, il est généralement sur une bonne piste.

- Je pense qu'il s'inquiète pour mon travail. Enfin, pour mon non-travail. Je le rappellerai tout à l'heure. Ne t'en fais pas.

Je fais semblant de la croire. Damien se moque du travail des gens, sa spécialité, c'est ce qui a trait aux âmes. Ce qu'il a dû voir chez Anouk est sûrement autre chose que son nouvel état de professionnelle sans emploi. Damien vient de me communiquer son inquiétude. J'aurai tout le temps de lui en reparler. Je respecte le choix de ma sœur et joue le jeu pour l'instant.

- Toi, cela ne t'ennuie-t-il pas de te retrouver sans emploi ?

Elle semble soulagée. Ses couleurs reviennent. Elle peut enfin reprendre le contrôle. Je la connais, elle est plus à l'aise dans un registre plus terre-à-terre que personnel, du moins avec moi.

- Non.

Un peu bref, mais bon. C'est ce à quoi j'ai droit ce matin, des réponses trop évasives ou trop courtes à mon goût. Pendant qu'elle ajoute le lait à son café, j'en profite pour faire mon travail de grand frère et mentor, c'est le même prix.

- Il ne faudrait pas que tu perdes trop de temps. Il est souhaitable que tu t'attelles à la recherche d'un autre emploi dès que possible. Rien de plus dommageable pour le moral que de se laisser aller à ne rien faire.

Elle me regarde en voulant dire : « De quoi te mêles-tu ! » J'encaisse et poursuis mon sermon, j'ai le pied dans la porte.

- Premièrement, refais ton CV, en ajoutant ton parcours chez ING Solution et en insistant sur ta promotion comme chef de la section du génie civil. Puis, tu dois travailler sur ta préparation mentale. Qu'est-ce que tu veux dans la vie, qu'est-ce que tu aimes faire, qu'est-ce que tu n'aimes pas faire ? Pour quels types d'entreprises veux-tu travailler ? En quoi es-tu bonne ou moins bonne ? Où te vois-tu dans cinq ans ? Tes qualités, tes défauts. Pourquoi est-ce toi qui devrais obtenir un poste donné en regard des autres candidats ?

Elle met les deux mains sur ses oreilles.

- Arrête, arrête. J'ai compris. Ne trouves-tu pas qu'il est un peu tôt le matin pour me faire la morale ? Je n'ai pas ton expérience, Gabriel, mais je suis déjà passée par là. Laisse-moi respirer. Il faut d'abord que je fasse mon deuil d'ING Solution. Et que je guérisse ma main.

- Excuse-moi, je ne vois pas le rapport avec ta main.

- Moi non plus, rassure-toi, mais c'est ce qui m'est passé par la tête. Ce que je veux dire c'est : laisse-moi guérir mes plaies avant.

- Tes plaies ?

- Bon, vas-tu arrêter de me psychanalyser ? Je peux prendre mon café dans ma chambre, si tu le veux.

- Reste ici, idiote. Termine ton café.

Moment de silence, pendant lequel chacun de notre côté, nous en profitons pour jouer avec nos tasses qui se demandent ce qui se passe.

- Ils ne te remplaceront jamais à temps pour la soumission. Impossible. Elle est due pour après-demain. Ils doivent être tous paniqués à l'heure qu'il est.

Beau sujet neutre. Anouk enterre la hache de guerre. Elle réintègre sa zone de confort.

- De mon côté, enfin, du côté du génie civil, le gros du travail est presque entièrement fait. J'aurais bien aimé parfaire l'offre, ici et là, mais bon, ils l'auront voulu. À deux jours de la remise de la plus importante soumission de notre histoire - elle se reprend - enfin de l'histoire d'ING Solution, il faut encore peaufiner la qualité de l'offre et réviser pour une énième fois les principaux centres de coûts. Finalement, il faut établir les marges bénéficiaires, tout en protégeant la compétitivité d'ING Solution au regard de la concurrence.

Anouk est sortie d'ING Solution, mais pas l'inverse, ING Solution est encore en elle. Je lève ma tasse.

- Vive la concurrence !

Montréal, mercredi midi 30 octobre

En répondant, Anouk se dit qu'elle n'aurait pas dû le faire. Instinctivement, elle avait pensé que ce devait être le grand frère, parti il y a dix minutes pour une rencontre mensuelle du conseil d'administration d'Atlas, auquel il siège depuis quelques mois. Il aurait appelé pour lui dire une dernière chose ou lui donner un autre avertissement, du genre : « Ne réponds pas au téléphone. »

En portant l'écouteur à l'oreille, elle craint de faire face à un journaliste. Elle s'en veut déjà d'avoir décroché. Elle a tellement hâte que cet épisode soit derrière elle. Tant pis pour moi, se dit-elle, j'aurais dû me trouver une raison, même mauvaise, pour fuir l'appartement.

- Est-ce que ça va, Anouk ?

Elle sursaute. Sa pression monte au plafond. Sa bouche devient atrocement sèche.

- N'es-tu pas heureuse de me parler ?

Elle ne réussit pas à émettre un son.

- C'est de cette façon que tu dis bonjour à un vieil ami.

Raccroche, Anouk. Raccroche. Rien à faire, elle est glacée, son corps ne répond plus.

- Dis donc, à tout hasard, es-tu libre pour casser la croûte là, tout de suite ?

Toujours rien ne peut sortir de sa bouche, faute d'une pensée cohérente. Elle est au pilori, vulnérable, prise au piège.

- Bon, je proposais ce dîner pour rire. Tu me connais, j'aime badiner. Tu dois être très occupée à te trouver un nouvel emploi.

L'homme n'attend rien de son interlocutrice. Qu'elle n'ait pas raccroché est déjà inespéré.

- Tu sais, certains journalistes m'ont interrogé sur ce qu'ils appellent maintenant l'affaire Singapour. On cherche entre autres, à comprendre comment la chose est venue aux oreilles de la police. Tu n'as pas idée du nombre de jeunes et talentueux journalistes qui se voient avec un prix national de journalisme. Ils sont agressifs, tu sais. Je crois qu'ils recherchent des détails croustillants. T'ont-ils parlé, à toi ?

Il décode le silence d'Anouk comme étant un non.

- C'est aussi bien ainsi. Je n'aimerais pas voir nos petites affaires sur la place publique, on pourrait mal interpréter. Vois-tu ce que je veux dire ?

Faute de réactions, il poursuit son monologue.

- Ah oui, je dois te dire, j'ai bien aimé notre charmante rencontre au motel l'autre jour, même si je n'ai pas apprécié la fin. Si tu savais les belles images qui me trottent dans la tête depuis notre soirée.

Il croit avoir entendu un son étouffé, qu'il ne peut identifier.

- Tu sais, la photo que j'ai prise de toi, debout, juste à un mètre devant moi, dans ton mini-slip noir. Elle m'aide beaucoup à supporter ton absence. Je me demande si je ne devrais pas être si égoïste et en faire profiter, anonymement, les réseaux sociaux.

Anouk raccroche.

Si Robert Lemay voulait passer un message, il est passé.

CHAPITRE 23
Montréal, mercredi après-midi 30 octobre

Mat est rassuré. Il respire mieux. Ses collègues de Singapour viennent de lui faire parvenir une note indiquant que Wong Yew a tout avoué. Lui au moins il sait reconnaître quand il a perdu, se dit le policier. Mat a rarement entendu parler d'un suspect aussi collaboratif. La honte est un outil puissant dans certains coins du monde. Ce type veut expier le déshonneur qu'il a occasionné et qui jaillira inévitablement sur toute sa famille et ses amis.

Monsieur Yew a signé une déclaration sans ambiguïté confirmant qu'il a touché la somme de cinq millions de dollars canadiens, de la firme ING Solution, payée en versements étalés sur dix mois. Il ne restait plus que le dernier paiement à recevoir. Ces montants n'étaient pas pour produire un travail quelconque. L'argent servait uniquement à soudoyer un membre influent du comité de sélection par son intermédiaire, afin de favoriser ING Solution pour l'obtention du contrat d'ingénierie pour l'agrandissement du port de Singapour. Yew a conservé un million pour ses services, tandis que les quatre autres ont été donnés, tel qu'entendu avec ING Solution. Wong Yew a servi de courroie de transmission. Le contrat avec l'agent a bel et bien été signé par Albert Biron.

Le cas est clair et limpide. Mat s'en frotte les mains. Sa nouvelle équipe a déjà commencé à le féliciter pour sa première affaire résolue aux crimes économiques. Du jamais vu. Mat avait bonne réputation avant d'entrer en poste, mais là, il a su éblouir la galerie. Dans sa première semaine, il ferme un dossier qui aurait pu prendre des mois, en supposant que l'on ait eu un début de piste pour commencer. Dans ce cas-ci, on lui met la puce à l'oreille et grâce à ses recherches, et à l'apport personnel et bénévole d'un autre ami, Mat conclut l'affaire en un temps record.

Son nouveau grand patron l'a fait venir à son bureau ce matin, dans le but de le complimenter en personne sur la manière dont il a résolu son premier cas. Il se félicite d'ailleurs de l'avoir choisi pour ce poste. Après tout, c'est un peu comme s'il se complimentait lui-même, sur sa capacité à s'entourer des meilleures personnes. Les raisons du grand patron ne préoccupent pas vraiment Mat. Le succès est une denrée qui se partage tellement bien, sans que la part de l'un réduise la part de l'autre. Son ego est au plafond. Son entrée en poste est réussie. Ses employés le respecteront encore plus. Il est devenu l'un des leurs en un temps record. Ouf ! Ses doutes sur ses capacités à pouvoir assumer ce nouveau rôle, qui le hantaient depuis qu'on lui a annoncé sa promotion, se volatilisent enfin. Il respire mieux. Il dormira très bien à partir de maintenant.

Évidemment, il doit compléter la paperasse et surtout obtenir les aveux d'Albert Biron, qui n'a plus aucune chance de s'en sortir. Reconstituer ses allées et venues entre Montréal et Singapour, s'assurer qu'il n'a pas d'autres complices dans la boîte et commencer à accumuler les preuves pour les autres affaires antérieures à celle-ci. Mat ne veut pas perdre l'initiative de l'action et tient à en terminer avec la paperasse aussi rapidement qu'il a mis à trouver le coupable. Il perçoit que son équipe s'attend de lui qu'il fasse bonne figure aussi bien dans le volet administratif.

Personne n'est donc surpris quand il demande à rencontrer l'accusé à nouveau. Les aveux de l'agent de Singapour lui donnent maintenant un net avantage qu'il n'avait pas encore ce matin. Avec un aveu d'Albert Biron entre les mains, la procédure sera tellement plus expéditive. C'est ce que Mat espère obtenir cet après-midi.

* * *

C'est dans la même petite salle numéro 3 et sur la même chaise de métal, que le sergent Mathieu Smith confronte le prévenu Albert Biron, pour la deuxième fois aujourd'hui. Le ton de Mat est plus assuré, il a l'intention d'obtenir les réponses qui lui manquent.

- Monsieur Biron, vous savez que votre liberté sous caution peut prendre fin très rapidement.

Albert Biron préfère ne pas relever la menace du policier. Il est déjà assez furieux de se retrouver encore une fois dans cette salle.

- Vous n'auriez pas pu me poser toutes vos questions ce matin au lieu de me faire revenir ici, monsieur l'agent.

- Oh ! Pardonnez-moi, monsieur le président. Votre horaire est très rempli, mais ne vous en faites pas, cela est appelé à changer sous peu.

Albert Biron sait qu'il n'a pas le bon bout du bâton. L'arrogance du sergent ne présage rien de bon. Il choisit d'éviter de poursuivre dans cette voie, il n'est pas sur son territoire.

- Vous voilà plus raisonnable. Dites-moi, vous n'avez pas amené votre avocat.

- Si vous m'aviez donné un délai de quelques jours, il aurait peut-être pu m'accompagner. Mais voilà, en ce moment, il est en dehors de la ville.

- Vous prenez un avocat qui s'amuse à faire de petits voyages pendant que son client est sur la sellette.

- Très amusant, monsieur l'agent. C'est moi qui lui ai demandé de faire ce voyage.

- Ah tiens ! Peut-on savoir où et pourquoi ?

- Non et non. C'est entre lui et moi.

Albert Biron gagne lui aussi en confiance. Ce matin, il a été pris par surprise. Depuis, il a eu le temps de jongler à la situation. Il a retenu les services de l'un des meilleurs avocats de la ville, qu'il connaît depuis qu'ils ont fait leurs études de droit ensemble. Ce dernier a accepté sa cause immédiatement. Le fait de discuter de son cas avec son ami avocat après sa comparution de ce matin l'a apaisé. Il n'a pas perdu de temps, il a pris les choses en main. Albert Biron et lui savaient par où commencer. Ils doivent en avoir le cœur net.

Bien que Mat trouve la situation bizarre, il n'a pas à intervenir dans la relation du fraudeur avec son avocat. Se sachant en terrain glissant à son tour, il fait prendre une autre tangente à son interrogatoire. Il doit tout de même demeurer très prudent, car l'avocat d'Albert Biron pourrait invoquer un vice de procédure dans sa façon de convoquer un accusé sur-le-champ, sans lui donner la possibilité de joindre son avocat.

D'autant plus que Mat est conscient qu'Albert Biron connaît aussi très bien le droit et donc, ses droits.

- Êtes-vous au courant que monsieur Wong Yew a tout avoué, lui ?

Mat met l'accent sur le « lui ». Il est très fier de pouvoir jouer cette pièce maîtresse qu'il n'avait pas en main ce matin. Plus besoin de patiner maintenant, il a les bonnes cartes.

Albert Biron ne bronche pas, comme s'il s'en moquait.

- Allez, monsieur Biron, je ne vous demande pas de signer un document, nous attendrons votre avocat pour le faire. Soyez bon joueur, vous pouvez quand même vous épargner du temps et faire économiser le nôtre, en nous expliquant comment vous procédiez.

- Comment je procédais ?

- Ne me faites pas répéter, monsieur Biron, vous comprenez très bien ce que je veux dire.

- Pas vraiment, non.

L'enthousiasme de Mat pâlit. Il ne croyait pas en être encore à ce point avec l'escroc. *Depuis ce matin, il a pris de l'assurance celui-là. Qu'est-ce que son avocat lui a raconté ?*

Mat modifie son approche.

- Où étiez-vous, le quinze décembre dernier ?

Albert Biron se tourne lentement vers Mat.

- Vous m'avez déjà posé la question, monsieur l'agent.

Mat ne relève pas la petite tactique de l'inculpé. Il a compris que lorsque le prévenu est offusqué, il a droit à du « monsieur l'agent » plutôt qu'à du « sergent ».

- Vous ne m'avez pas encore répondu, monsieur Biron.

Albert Biron lui offre son plus beau sourire.

- Vous n'avez qu'à consulter mon agenda. Vous ne vous souvenez plus, c'est vous qui l'avez saisi à mes bureaux lundi midi, avec toutes les boîtes de dossiers. Alors, dites-moi ce qui est inscrit pour le quinze décembre dernier ?

Mat est ébranlé. C'est vrai qu'il a fait saisir le matériel informatique et plusieurs dossiers avant-hier. Une équipe est à éplucher les milliers de documents, ce qui risque de prendre encore quelques jours. Quand il a interrogé le prévenu ce matin, il s'est dit qu'en effet il irait voir dans l'agenda du président déchu. Dans le feu de l'action, il en a honte maintenant, l'idée lui a échappé. Mat n'est pas fier de lui. Il n'ose pas regarder son collègue dans les yeux. Il tente de se contenir, de sauver les apparences.

- Allez me trouver cet agenda, ordonne-t-il à ce dernier d'une voix qui se veut assurée.

Pendant ce temps, Mat tourne en rond dans la pièce.

Albert Biron en profite pour le narguer discrètement. Il réalise que le policier n'a pas encore fouillé dans son agenda. Il trouve qu'il fait un peu amateur. Alors, sur un ton qui s'apparente à la confidence, il tourne le fer dans la plaie.

- Je ne me souviens évidemment plus où j'étais sergent, mais vous allez constater que le quinze décembre dernier, je n'étais pas à Singapour. J'y suis allé à deux reprises. La première en octobre de l'année dernière et la seconde en avril ou en mai de cette année. Vous n'avez qu'à vérifier auprès de mon assistante ainsi que dans mon agenda et évidemment, avec mon passeport.

Mat fait celui qui n'a pas entendu. Il attend, depuis trop longtemps à son goût, le fameux agenda. Il n'aime pas le ton trop assuré du prévenu. Il y a quelque chose qui le trouble dans cette affaire et qui de temps à autre refait surface. Chaque fois, inconsciemment, il refoule l'idée. En ce moment, comme un mantra, la tourmente lui revient. Ses mains sont moites. Et cet agenda qui n'arrive pas.

Juste comme il se dirige vers la porte d'un pas assuré pour aller le chercher lui-même, cette dernière s'ouvre. Son collègue lui tend l'agenda. Mat le prend, sans dire merci, ce qui ne lui ressemble pas. Il le feuillette. Regarde l'année sur la page couverture. Il le feuillette encore, s'attarde à certaines pages, en tourne rapidement d'autres, en revenant constamment à la date du quinze décembre.

Il jette un regard vers son collègue, qui visiblement avait pris le temps d'en faire autant avant de le lui ramener. Leur expression à tous deux est la même. L'incrédulité se lit sur leurs visages. Mat se risque.

- Facile de trafiquer un emploi du temps, monsieur Biron.

- Moins facile de trafiquer un billet d'avion ou un passeport, monsieur l'agent. Vous n'avez qu'à vérifier auprès des compagnies aériennes ou encore avec la douane canadienne ou singapourienne. Vérifiez les jours avant ou les jours suivant le quinze si vous le voulez, je n'étais pas à Singapour le quinze décembre dernier. C'est tout ce qu'il y a à conclure, monsieur l'agent.

Les deux policiers se regardent, stupéfaits. De sceptique, leur expression passe à celle du doute. La petite cloche dans la tête de Mat revient en force. Ce ne sera pas aussi facile qu'il le pensait. Il essaie de se contenir.

- C'est exactement ce que nous allons faire, monsieur Biron, soyez sans crainte. Nous avons déjà la photo de famille, le contrat et deux témoins, monsieur Beck et monsieur Yew.

Il vient pour poursuivre, mais se ravise et préfère en rester là.

- Ne quittez pas la ville, nous vous convoquerons de nouveau, en temps et lieu.

C'est un Albert Biron plus sûr de lui qui sort de la salle numéro 3. Cette dernière manche, il l'a gagnée, au détriment du sergent Mathieu Smith.

Montréal, mercredi après-midi 30 octobre

Au bureau d'ING Solution, c'est la folie. Le vice-président à l'international, John Beck, assure l'intérim. Il a mis en place une petite équipe d'urgence pour piloter les relations avec la presse, les clients actuels et les investisseurs. Le chef des communications en assume la gestion. Leur mission : minimiser les effets de la crise, défendre les intérêts de la firme et surtout protéger les équipes contre les journalistes qui pourraient leur faire perdre de vue le travail à accomplir, dans des circonstances déjà assez difficiles, même sans ce scandale. La soumission doit partir après-demain coûte que coûte.

John Beck a demandé la collaboration de tous. En ces temps extrêmement cruciaux pour la boîte, la seule avenue possible, la solidarité, martèle-t-il aux troupes. Tous ont ordre de ne pas parler à la presse, sauf pour le chef des communications qui lui, s'assure de la cohérence des messages. Le thème de base pour l'immédiat est de défendre l'intégrité de la boîte en insistant constamment sur le fait qu'une pomme pourrie ne représente pas ce qu'est la boîte en réalité.

John Beck a aussi mis en place une deuxième équipe, plus petite celle-là, pour terminer la préparation des documents ayant trait à la soumission de Singapour. Il continuera à piloter lui-même cette unité, il est le mieux positionné pour réparer les pots cassés. À deux jours de la remise de la soumission, c'est une véritable tuile qui leur tombe sur la tête. Dorénavant l'équipe est mobilisée vingt-quatre heures sur vingt-quatre. Les repas sont livrés dans la salle de conférence, les fauteuils de l'aire d'attente ont été réquisitionnés pour servir de lits de camp, les cafetières débordent, l'équipe de combat est en place. La dernière étape est devant eux, quarante-huit heures d'enfer, d'ici la remise de l'offre.

Le membre du comité de sélection corrompu a été identifié, grâce aux remords de Wong Yew. Il a été arrêté ce matin même. Cette fois-ci, la radio et la télévision singapourienne se sont emparées de l'histoire. Un vrai scandale dans un pays où l'intégrité des gestionnaires de l'État est en principe sans reproche.

John Beck a dû faire des pieds et des mains pour ne pas voir ING Solution éliminée de la course. On lui a fait savoir que c'était en effet la première réaction qu'avait eue le comité de sélection. Il n'est pas vice-président à l'international pour rien. John Beck connaît les cultures et est très habile pour passer son message. Il a réussi à conserver le droit de présenter une soumission, malgré les circonstances.

La partie n'est pas gagnée pour autant. Ils savent tous dans l'équipe que la boîte n'est pas donnée vainqueur dans la course. Ils sont handicapés et devront surprendre le comité de sélection avec une offre vraiment supérieure à la concurrence, pour être considérés.

La tension est à couper au couteau. Tous sont conscients de l'importance des enjeux. Depuis lundi, vu la tangente que prennent les évènements, le stress a encore monté d'un cran, comme si cela était possible. Si ING Solution ne sort pas gagnante, non seulement la firme ne passera pas en deuxième vitesse grâce à ce contrat majeur, mais elle sera perçue comme ayant perdu par sa faute. Elle n'aura rien pour tenter de se refaire une réputation. Immanquablement, les affaires en souffriront. Le directeur des ressources humaines, secrètement, travaille depuis lundi sur un scénario de mise à pied, pour le cas où leur entreprise ne serait pas retenue pour exécuter ce contrat.

John Beck aurait aimé l'aide d'Anouk pour ces derniers milles. Bien que relativement jeune, elle est solide et apporte souvent un angle différent dans l'analyse d'une situation. C'est exactement ce qu'il faut à cette petite équipe en ce moment crucial. Ils sont trop près des arbres pour voir la forêt. Le produit est bon, mais il doit être exceptionnel étant donné les circonstances.

L'après-midi achève, la soirée et la nuit seront longues.

Je n'ai rien à perdre, se dit tout à coup John Beck, en prenant le récepteur.

CHAPITRE 24
Montréal, mercredi 30 octobre, début de soirée

Quand je suis revenu à mon appartement, je l'ai trouvé vide. Seulement un mot sur la table :

> *« Ne m'attends pas cette nuit, je t'expliquerai plus tard. »*

C'est très simple. Même évident. Anouk préfère la compagnie de Geneviève à la mienne. Je comprends cela très bien, mais pour qui me prend-elle ? Je ne crois pas avoir besoin d'une explication comme elle me le dit dans son message.

Je n'ai pas à attendre très longtemps pour le lui dire, voilà le téléphone qui sonne. Elle se rapporte.

- Je n'ai pas besoin que l'on m'explique comment il se fait que deux personnes majeures et vaccinées en viennent à vouloir se dévêtir jusqu'à être complètement nues et, par caresses interposées, en arrive à jouir jusqu'à épuisement.

- Hein !

- Merde, Mat ! C'est toi !

Je suis humilié et mort de honte.

- Si je n'avais pas reconnu ta voix, j'aurais raccroché tout de suite. Tu t'es ouvert un site de conversation porno, ou quoi ?

- Je suis vraiment embarrassé, Mat. C'est difficile à expliquer. Tu vois, Anouk, je croyais que c'était elle et…

- Tu as ce genre de conversation avec ta sœur !

Il ne fait rien pour m'aider à me sortir de mon merdier.

- Non, non, tu n'y es pas du tout. Elle devait m'expliquer quelque chose. Enfin, tu vois ce que je veux dire.

- Non.

- Rends-moi la vie un peu plus facile. Veux-tu ?

- Non.

- Qu'est-ce que tu veux ? Me ridiculiser davantage.

- Tu y parviens très bien tout seul.

- Bon, laisse tomber, c'est trop compliqué à expliquer.

- C'est ce qu'il me semble, oui. Avoue que tu t'y prends mal, peut-être.

- Je fais de mon mieux. Ce n'est pas pour avoir des précisions sur les conversations que j'ai avec ma sœur que tu m'appelles, je l'espère.

- Heureusement, sinon j'aurais dû me contenter de bien peu.

- Accouche.

- J'ai un problème.

- À chacun, son tour.

- Je veux dire un vrai problème, Gabriel.

Je reprends mon sérieux, malgré tout, soulagé de laisser ce moment de malaise interminable.

- Puis-je t'être utile ?

- Peut-être.

- Vas-y.

- Lorsque tu as rencontré ce type de l'agence, à Singapour, monsieur Wong Yew, t'a-t-il fourni des preuves que le contrat avec Albert Biron a bien été signé le quinze décembre de l'année dernière ?

- Un moment que je me souvienne.

Je m'attendais à un problème de nature plus personnelle. Mais bon, il a un problème, je n'ai pas à censurer mon aide en fonction du genre de problème que mes amis peuvent avoir.

- Non, Mat, pas que je me souvienne. La première fois que j'ai vu la date du quinze décembre, c'est sur le contrat que j'ai retrouvé chez ING Solution lors de mon mandat temporaire. Tu l'as entre les mains à présent. La deuxième fois, c'est à la suite de mon dîner avec John Beck. Il m'a fait remarquer la date au dos de la photo commémorative de la signature du contrat, si je peux la qualifier ainsi.

- Merde.

- Qu'est-ce qu'il y a ? As-tu du nouveau ?

- Tout porte à croire qu'Albert Biron n'était pas à Singapour à cette période.

- Hum ! C'est impossible ! C'est pourtant bien sa signature sur le contrat avec l'agent !

- Comme je te l'ai déjà dit, aussi certain que nos graphologues peuvent le confirmer, avec 95 % de certitude. Que veux-tu de plus ?

Mat prend une pause pour rassembler ses idées. Sa voix devient monocorde.

- Tout ceci m'ennuie beaucoup. Nous savons qu'Albert Biron a fait le coup. Nous avons toutes les preuves. La photo, le contrat, maintenant les aveux de Wong Yew qui incidemment, a aussi corroboré la date de signature du quinze décembre. Mais un petit grain de sable comme celui-là peut nous faire mal paraître devant la cour. Comprends-tu ce que je veux dire ?

- Je vois très bien. Je…

Je m'arrête, pour m'assurer de la rectitude du raisonnement qui vient de me traverser l'esprit.

- Je. Quoi ?

Mat ne rit plus. Il attend que je complète ma phrase. Le plus petit indice ou la moindre piste ferait son affaire.

- Je trouve d'un coup que quelque chose cloche avec cette photo.

- Tu m'intéresses. Qu'as-tu en tête ?

- Pourquoi une photo ?

- Je ne comprends pas.

- Je n'ai pas ton expérience, mais je crois qu'il est très rare qu'un malfaiteur veuille se faire prendre en photo la main dans le sac. Enfin, je ne suis pas un expert, mais cela me semble étrange tout à coup. Pourquoi se faire prendre en photo en train de signer un contrat frauduleux ? Vois-tu ce que j'essaie de dire maintenant ?

- J'avoue que cela m'a traversé l'esprit. Mais…

- Mais quoi ?

- Je crois que je n'ai pas cherché à savoir. J'ai été peut-être un peu trop sûr de moi dans ce dossier.

La voix de Mat devient incertaine. Je tends une perche.

- Est-ce bien grave ? La date n'est pas la bonne, un point c'est tout. Que quelqu'un ait volé une banque le douze au lieu du treize, cela le rend-il moins coupable ?

Je ne suis pas mécontent de mon exemple. J'attends qu'il digère mes propos dans toutes leurs splendeurs. Il ne mord pas.

- Nous avons vérifié les trois semaines avant et celles après le quinze décembre. Rien. Aucune preuve qu'Albert Biron a pris un avion de Montréal ou a traversé une frontière canadienne, américaine ou singapourienne. En ce moment, nous poursuivons nos recherches avec les compagnies aériennes pour les vols en partance de tous les aéroports canadiens.

- Que dit son passeport ?

- Malheureusement, nous n'avons pas perquisitionné à sa résidence privée où il doit se trouver. Pour ce qui est d'en obtenir les informations, tu sais ce que c'est. Compétence fédérale. Je dois faire une demande auprès de l'agence canadienne des douanes. Pour cela, j'ai besoin de papiers qui me prendraient trop de temps à obtenir. J'en ai assez perdu comme ça.

- Demande-le-lui alors.

- Je préfère le coincer par moi-même, Gabriel, il nous a assez humiliés. Je ne m'abaisserai pas à lui demander autre chose, à moins d'y être obligé.

Je n'ai plus rien à ajouter. J'aimerais bien l'aider davantage, mais comment ? Je vais à la pêche, en me doutant de la réponse.

- Il n'a donc pas avoué !

- Non. Mais il n'a pas nié non plus. Il nous a simplement dit qu'il n'était pas à Singapour le quinze décembre de l'année dernière. C'est comme s'il cherchait à s'acheter du temps en nous faisant languir.

- Tu as la déposition de John Beck. Il peut corroborer la date de la signature d'Albert Biron si cela est important.

- Penses-tu ? C'est déjà fait. Il a tout confirmé. Il y était. Pas de doute là-dessus.

- Alors comment Albert Biron peut-il s'entêter à nier l'évidence ?

- J'aimerais bien le savoir. Étrange comme moyen de défense.

- John Beck, est-il allé à Singapour avec Albert Biron, ou chacun de leur côté ?

- Bon point, Gabriel, j'ai un peu honte, mais je n'ai pas pensé à le lui demander. J'ai trop précipité les choses, je m'en veux.

Cela me gène maintenant de relancer John Beck avec une question pourtant si évidente.

C'est un Mat très incertain qui est au bout de la ligne. Il ne m'appelle pas pour rien. Il se sent pris et cherche un soutien.

- Aimerais-tu que je te dise le fond de ma pensée ?

- Vas-y, Gabriel. Au point où j'en suis.

- Cette histoire de photo m'apparaît de moins en moins claire. Comment un type, que j'imagine brillant, puisque président d'une importante firme, peut-il vouloir se faire photographier en pleine action ? Pour la gloire ? Pour jouer au plus malin avec la justice ? A-t-il vraiment besoin de cela ? Est-ce la première fois ? A-t-il toute une collection de ce gendre de photos ?

- À ce jour, nous n'avons rien trouvé. Mais ta question est bonne. Je crois que je vais la lui poser, mais je devrai attendre plus tard cette semaine, je l'ai déjà convoqué deux fois aujourd'hui et en plus, son avocat est à l'extérieur de la ville. Tu sais qu'Albert Biron est avocat lui-même. Je marche sur des œufs, je ne peux me permettre aucun faux pas. Je suis allé aussi loin que la loi me le permet. Peut-être un peu plus loin même.

Je ne savais pas qu'Albert Biron était avocat, je le croyais ingénieur, comme tout le monde sans doute. Normal, je m'imagine, puisqu'il est la tête d'une boîte de génie-conseil. Je n'ai rien à ajouter. J'aimerais tellement l'aider.

- Que puis-je faire d'autre pour toi, Mat ?

Silence à l'autre bout de la ligne. Je peux imaginer Mat, en train de se gratter la tête, comme il le fait quand il est en réflexion.

- Rien. Il n'y a rien de plus à faire. Tu m'as déjà bien aidé, merci. Je convoque Albert Biron vendredi, non officiellement et sur une base volontaire. S'il accepte, je pourrai creuser cette histoire de prise de photo. Je ne vois rien d'autre pour l'instant. D'ici là, j'aurai les résultats sur ses allées et venues hors du Canada à partir d'autres villes et je saurai si John Beck a voyagé avec Albert Biron pour se rendre ou revenir de Singapour.

Il s'arrête. Je respecte sa pause.

- Merci encore, Gabriel. On se tient au courant.

J'anticipais avoir droit à une déclaration plus fracassante, mais non, juste un : « On se tient au courant. » Je perçois que Mat est très ennuyé. Il vient de se faufiler un petit doute dans son premier dossier, mené jusqu'ici de main de maître.

- J'attends ton appel.

- Ah oui, Anouk est-elle revenue ?

- Non. Je peux lui faire un message.

- Je ne lui ai pas parlé depuis mardi soir dernier. Elle m'a semblé très à pic. Je voulais juste vérifier si elle allait bien. Peut-être était-ce simplement dû au fait que je me mêlais de ses affaires, après tout.

- Peut-être. Je lui fais le message quand elle rentrera.

Singapour, mercredi 30 octobre

Ben Lai, le membre du comité de sélection pointé du doigt par Wong Yew nie tout. Il n'a jamais vu monsieur Yew, n'a jamais reçu les millions tels qu'allégués par Wong Yew et n'a évidemment jamais été soudoyé. Il clame haut et fort son innocence et crie à l'injustice. Comme aucune preuve n'est retenue contre lui pour le moment, si ce n'est de la parole de Wong Yew, on lui a laissé sa liberté sous promesse de comparaître. Par contre, par souci de transparence et d'impartialité, le comité de sélection pour le choix de la firme d'ingénierie qui produira les plans et devis de l'agrandissement du port de Singapour a formellement demandé à monsieur Ben Lai de se retirer du jury. Il a bien accepté la décision, de toute manière, sa réputation ne prendra pas de temps à se rétablir.

Montréal, mercredi 30 octobre, mi-soirée

Cette fois-ci, je suis très prudent. Je laisse la sonnerie du téléphone marquer deux pleines rafales de sons, quantité généralement admise par la bonne société. Je prends la voie sérieuse de mes beaux jours et m'efforce de ne pas me faire honte, cette fois-ci.

- Oui, bonjour.

Court, mais efficace. Je me mords les joues. Comme je peux être adolescent quand je m'y mets !

Ouf ! Je me félicite de ne pas m'être encore une fois lancé dans des palabres à connotations sexuelles. Je reconnais la voix de Damien.

- Salut ! Gabriel, est-ce qu'Anouk est là ?

- Oui, merci, je vais très bien. Et toi, Damien ?

- Bon, je m'excuse poule mouillée. Comment vas-tu ?

- Bien. Merci de t'en enquérir. Et toi ?

- Bien aussi. Est-ce qu'Anouk est là ?

- À mon grand regret, cher ami qui s'informe si affectueusement de ma santé, elle n'est pas encore rentrée. Puis-je prendre un message ?

- Très drôle, Gabriel. Si je ne te connaissais pas, je croirais que tu souffres de paranoïa aiguë, doublée d'un léger trouble du comportement.

- Laisse-moi rire. Que tu es drôle, toi aussi !

- Bon, pourrais-tu lui demander de me rappeler si elle n'arrive pas trop tard, tu sais que je me couche tôt. Sinon, cela pourrait aller à demain, rien ne presse.

Je laisse à regret ma petite phase euphorique qui ne semble pas tellement plaire à Damien et je redeviens moi, c'est-à-dire le moi, sérieux.

- J'ai entendu ton message sur mon répondeur, ce matin. Tu parlais d'un petit truc qui te tracasse à propos de ma sœur. Peux-tu m'en dire plus, tu m'inquiètes ?

Damien semble considérer ma question. Lui aussi redevient lui-même.

- Quand je l'ai appelée, elle m'a raconté l'histoire que tu sais et qui est maintenant abondamment couverte dans tous les journaux. Je lui ai demandé si elle avait été interrogée. À ce moment-là, tout d'un coup, elle a perdu les pédales. C'est comme si je lui demandais pourquoi elle avait tué sa mère. Comprends-tu ce que je veux dire ? Elle paniquait à l'idée de se faire questionner sur cette affaire, comme si elle nous cachait quelque chose.

- Ah oui ! Je n'ai pas remarqué cela de mon côté.

- Elle répétait mes questions au lieu d'y répondre.

- Je ne comprends pas.

- Par exemple, quand je lui ai signalé qu'on lui demandera certainement comment elle a découvert la fraude, car je crois que c'est la première dans la boîte à avoir eu la puce à l'oreille…

Je le coupe. Il vient de me ramener sur terre. Je n'ai plus du tout envie de faire le fanfaron maintenant.

- C'est vrai. Sais-tu ? J'avais presque oublié les débuts de cette saga.

- Donc, elle a paniqué quand je lui ai demandé pourquoi elle avait attendu si longtemps avant de divulguer…

Je l'interromps à nouveau, m'empressant de disculper ma sœur.

- De cela, j'avoue que j'en suis le responsable, Damien. C'est moi qui lui ai suggéré de garder le silence momentanément, pendant que je fouillerais ici et là dans les dossiers. Enfin, après avoir compris qu'elle ne voulait pas en parler à ses patrons.

- D'accord, cela, je le savais, mais pourquoi a-t-elle choisi jeudi dernier pour démissionner ? Vois-tu où je veux en venir ? Je trouve ceci très intrigant. Elle a démissionné quatre jours avant que l'affaire ne s'ébruite dans les journaux. Pas le jour même, pas le lendemain, pas deux semaines avant alors qu'elle savait pour la facture, mais quatre jours avant que cela ne sorte publiquement. La police va sûrement chercher à comprendre, tout au moins à lui poser la question. Elle n'a qu'à dire ce qu'elle sait. Je suis certain que tout est cohérent. Pourquoi panique-t-elle ?

- Je vois où tu veux en venir, Damien. Quelque chose n'est pas clair là-dedans. Elle en sait plus que ce qu'elle nous a dit. *J'espère qu'elle n'a rien à se reprocher !*

Nous sommes tous les deux perplexes. Je déteste l'idée que ma sœur puisse avoir des problèmes. Damien m'a communiqué ses inquiétudes. Connaissant Damien, il n'a certainement pas tort. Anouk me cache quelque chose d'important qui est sûrement relié à ce scandale.

- Qu'est-ce que nous allons faire ?

- J'aimerais bien le savoir, Gabriel. Je n'ai rien trouvé d'autre que de lui parler. Enfin d'essayer de lui parler. J'ignore si elle se confiera à moi. Peut-être pourrais-tu aborder le sujet de ton côté. Elle sera plus encline à le faire avec toi. Tu vis avec elle ces temps-ci, tu sauras choisir le meilleur moment.

- Tu as raison, Damien, comme à l'habitude d'ailleurs.

- Merci, vieux frère, j'aime ta soudaine humilité.

- Appelle-moi quand tu le voudras. Si tu ne ressens pas le besoin de me demander comment je vais, c'est d'accord avec moi. Entre amis, on sait comment va l'autre juste aux intonations de sa voix, sans devoir lui poser la question.

- Je croirais entendre une de mes répliques ! Tiens-moi au courant, Gabriel.

257

CHAPITRE 25
Vancouver, mercredi 30 octobre, fin de soirée

Maître Morissette arpente les rues sombres des quartiers louches de Vancouver, une photo à la main. Il n'aime pas cet aspect de son travail. Dans son jeune temps, il ne rechignait sur aucun dossier ni aucune tâche pour se faire un nom. Les avocats débutants doivent se sortir du lot pour réussir, soit par de longues heures de travail, avec pour corollaire une facturation allongée, soit par leur tolérance à traiter des dossiers que les plus expérimentés préfèrent laisser à ceux qui commencent dans la profession. Au début de sa carrière, maître Morissette faisait les deux : de longues heures et il traitait des dossiers dont personne ne voulait. Il faisait alors certains cas de divorce, communément appelés les affaires matrimoniales. Avec peu de moyens, il mettait souvent la main à la pâte lui-même, pour épargner sur les coûts. Cette approche lui a permis de développer certains talents pour la filature de maris, d'épouses, d'amants et de maîtresses.

Aujourd'hui, à quarante-cinq ans et à mi-carrière, il considère qu'il a réussi. Il a son propre bureau qui emploie douze avocats, ce qui s'apparente à un succès dans le milieu. Avec les stagiaires, secrétaires, les assistantes et assistants juridiques, il chapeaute une vingtaine de personnes. Son cabinet lui permet de vivre une vie aisée, de posséder une belle voiture, une grande maison et de faire de beaux voyages avec sa conjointe, quand il peut se dégager de son travail.

Le mandat qu'il a accepté aurait dû normalement être confié à un débutant dans son équipe. Il n'aurait pas eu de difficultés à trouver trois ou quatre jeunes avocats et avocates agressifs qui auraient bien aimé prouver leur audace. Des petits « maîtres Morissette » en puissance. Ils ne perdent rien pour attendre, le cabinet est bien connu et ce type de dossiers fait partie du lot.

Maître Morissette a vu sa témérité de jadis s'effriter et ne se sent pas vraiment à sa place, en veston et cravate, dans ces quartiers peu fréquentés par ses semblables. Il a promis de s'occuper de l'affaire personnellement et de garder le secret. Il a donc réservé ses billets d'avion lui-même et est demeuré vague sur les motifs de son absence prévue de deux ou trois jours.

- He ! Monsieur, reconnaissez-vous cet homme ?

L'itinérant ignore totalement l'avocat et ne regarde même pas la photo.

- Laissez-moi tranquille.

- Ne craignez rien, je ne suis pas de la police. Je cherche cet homme. Est-ce que vous le reconnaissez ?

- Que voulez-vous savoir ?

- Vingt dollars pour vous, si vous reconnaissez cet homme.

L'itinérant déploie des efforts sérieux. Maître Morissette respire mieux. Il ne sait jamais comment ses interlocuteurs réagiront dans les circonstances. Dans sa jeunesse, il a eu droit à des réactions assez violentes quand son mandat l'amenait à poser certaines questions pour retrouver quelqu'un. Avec l'expérience, il a appris à être plus assuré dans sa façon de les formuler et à mettre en valeur le vingt dollars dès le début. Enfin à l'époque, un cinq dollars faisait très bien le travail.

Comme les trente autres personnes à qui il a montré la photo depuis son arrivée plus tôt aujourd'hui, l'itinérant a cru reconnaître l'homme sur la photo, mais n'a pu l'identifier. Maître Morissette en est quitte pour poursuivre son périple un peu plus loin dans le quartier, un peu plus profondément dans la noirceur.

Son client, Albert Biron est un ami d'université. Ils ont pris des chemins professionnels différents, mais ne se sont jamais perdus de vue. Bien au contraire, tous les deux essaient de créer des prétextes, malgré leurs emplois du temps chargés, pour se rencontrer devant un bon souper. Cela n'arrive pas aussi souvent qu'ils le voudraient, mais à chaque fois, c'est une fête. Ils ont toujours le même plaisir à se rappeler les souvenirs de leur passage à l'université et à se raconter ce que l'un et l'autre deviennent, dans la carrière et dans la vie.

Quand maître Morissette a reçu l'appel d'Albert Biron, il a écouté son histoire et s'est résolu sur-le-champ de s'occuper en personne de son cas. Il avait suivi avec consternation la déchéance de la boîte de son ami, relatée abondamment dans les journaux. Il n'avait évidemment pas eu la version du principal intéressé ni osé le relancer, préférant lui en laisser l'initiative s'il en exprimait le besoin.

Montréal, mercredi 30 octobre, début de la nuit

Depuis le drame du motel, c'est surtout la nuit que sa main et son âme lui font mal. Anouk anticipe le moment de se mettre au lit en se trouvant des routines inutiles, ayant pour seul but de retarder ce moment. Pas cette nuit ; elle a fait le choix d'être ici, chez ING Solution, où elle est plongée corps et âme dans le travail. Dans les circonstances, Anouk estime que c'était la bonne décision à prendre et sa meilleure médication, pour l'instant.

Plus tôt ce soir, John Beck l'a appelée. Avant de le faire, en bon stratège, il avait considéré toutes les objections possibles et s'était préparé à riposter à sa prévisible résistance. Il tenait absolument à avoir Anouk près de lui.

Il avait déjà utilisé un ou deux arguments sans obtenir de résultats. Il n'en était pas surpris, se réservant les plus convaincants pour la suite de sa mission.

- L'équipe a travaillé sans relâche à la préparation de la soumission, c'est dommage qu'à deux jours de son dépôt, nous ne puissions aller aussi loin dans les dernières mises au point. Comme tu le sais, ta section génie civil est celle qui a la plus grande incidence sur les coûts et sur la qualité de l'offre.

Anouk soupirait à l'autre bout du fil. John Beck sentait tout de même une certaine écoute. Tout n'est pas perdu, se disait-il.

- Je n'ai pas à t'expliquer l'importance pour nous de gagner ce contrat, surtout dans le contexte actuel.

Anouk ne disait toujours rien. John Beck interpréta son silence comme de bon augure.

- Regarde comment je vois les choses, Anouk. Comme je te l'ai mentionné, j'ai gardé ta lettre de démission dans mon tiroir. Alors, considérons les derniers jours comme des vacances compensatoires pour ton temps cumulé. Tu reviens tout de suite. Nous avons besoin de toi.

Elle vint pour intervenir, mais John Beck la coupa sur-le-champ.

- Non, laisse-moi terminer. Donc, tu reviens dès ce soir, mais écoute la suite avant de répondre. Si tu veux toujours partir, alors vendredi, après la remise de la soumission, j'envoie ta lettre de démission aux ressources humaines. Aucun engagement à long terme de ta part. Évidemment, le temps à compter de maintenant te sera payé en heures supplémentaires. Ceci n'est pas une fleur, c'est la loi, je n'ai aucun mérite - son air se veut enjoué pour essayer de détendre l'atmosphère. Nous travaillerons toute la nuit ainsi que celle de demain, sans arrêt, jusqu'à vendredi au petit matin. Je préfère t'en avertir.

Elle a esquissé un petit sourire.

John Beck a entendu une voix faible lui répondre.

- Je vois.

Il perçut son « Je vois » comme de bon augure et décida qu'il était temps de laisser tomber l'argument ultime, qui sera de nature à vaincre les dernières résistances de son employée qu'il connaît très bien.

- Les équipes ont travaillé trop fort pour que leurs efforts soient anéantis si près du fil d'arrivée. Tu sais que notre avenir et plusieurs emplois en dépendent.

La voix de la femme ne présente pas d'hésitation, cette fois-ci.

- Est-ce que Robert Lemay sera là ?

La question a surpris son ancien patron.

- Non. À cette étape-ci, comme tu le sais, il est trop tard pour retoucher à quoi que ce soit en ce qui a trait à l'architecture. J'ai fait venir un architecte en cas de besoin, mais je veux limiter le nombre de personnes pour peaufiner l'approche finale. Nous ne sommes donc que cinq ici. Je t'avertis, les quarante-huit prochaines heures seront très concentrées.

John Beck se félicite de sa tactique. Il connaît bien les gens. Il lui parle maintenant à l'affirmatif, comme si c'était fait, cela rendra encore plus difficile toute tentative de refus de sa part.

Anouk a laissé son ancien patron croire que c'était la force de son argumentation qui a eu raison d'elle. Elle, elle sait que c'est l'appréhension d'une autre nuit à se réveiller en sueur en imaginant Robert Lemay devant elle qui a été l'élément déclencheur. Elle ne voulait plus revivre une autre nuit de cauchemars, comme c'est le cas depuis mardi de la semaine dernière. L'argument principal de son patron, et cela il ne le saura jamais, a été quand il a mentionné que le travail devra aussi se faire la nuit.

* * *

La voici donc, en plein milieu de la nuit, un café qui refroidit sur un coin de table de la salle de conférence, avec le chef de la section du design industriel, un architecte et le chef ingénieur mécanique. Ils sont penchés sur une liasse de documents incompréhensibles pour le commun des mortels et parlent un jargon hermétique entre eux. John Beck est dans un coin en train de refaire des calculs malgré son envie de cogner des clous.

Elle n'est pas ici pour Albert Biron et surtout pas pour sauver l'emploi de Robert Lemay, qu'elle préférerait voir en enfer. Elle est ici pour terminer son travail, en professionnelle, avec la ferme intention de démissionner, réellement, ce vendredi, dans moins de deux jours.

Montréal, mercredi 30 octobre, dans la nuit

Je ne dors pas. J'ai la sensation étrange d'avoir manqué à mon devoir de grand frère. Pour une raison que j'ignore, cela me ramène à mon enfance, bien avant Marie.

Je me souviens de mes étés, au chalet de mes parents, sur le bord du lac Saint-François. La richesse des tonalités que produit le vent m'a appris à apprécier les mouvements de la musique. La diversité des teintes du lac m'a enseigné à goûter les fines nuances des couleurs.

Lac omniprésent, parfois noir et violent, parfois doux et lustré, tellement lisse qu'un miroir s'y perdrait. Ami et témoin fidèles, tu as vu mon enfance se façonner.

Des années plus tard, après avoir connu les femmes, l'argent, le monde, Liszt et Monet, me voici, seul, encore face à toi éternel et sans pitié.

Aujourd'hui, tu es hors de toi, tu écumes de partout. Vengeance oblige, je t'ai trop délaissé.

Tu me regardes te contempler. Tu sais que tu as, et auras toujours le dernier mot. C'est toi qui décides de tes humeurs qui forcément, façonneront les miennes. C'est aussi toi qui m'appelles ou me repousses, selon tes désirs ou ton appétit, selon que tu te sens seul comme moi ou pas.

Bon, je devrais peut-être me contenter d'écrire un traité de finance après tout, là au moins je suis dans mon élément. Ce n'est pas faute d'essayer. Par contre, j'avoue que j'éprouve un certain plaisir à écrire des mots qui, une fois associés, donnent une tout autre perspective aux choses et aux sentiments. La sensation est vraiment différente de celle que me procurait la lecture de colonnes de chiffres, qui a pourtant été le lot de toute ma carrière.

Je vais le laisser sur la table du salon, si elle prend le temps de le lire, Anouk me dira si elle croit que je devrais poursuivre dans ma future grande carrière de poète. Si elle arrive un jour.

Montréal, jeudi matin 31 octobre

J'ai peu et mal dormi. Quand je réussissais à m'assoupir, je rêvais que le lac Saint-François voulait m'engloutir. Fini pour moi la poésie, cela me fait faire des cauchemars. Avec mes soucis personnels, ceux de ma sœur et de mon ami Mat, je n'ai pas besoin qu'en plus, un lac veuille m'engloutir.

Je tourne en rond depuis que je suis levé. Mon poème, si on peut le qualifier ainsi, est demeuré sur la table, intacte. Il est presque huit heures, pas de nouvelle d'Anouk. Tant mieux pour elle, Geneviève lui aura fait oublier ses soucis. J'ai bien hâte de la connaître. Si c'est comme les autres fois, Anouk préférera attendre quelque temps pour s'assurer d'une certaine stabilité émotive, avant de présenter sa nouvelle flamme à sa famille, c'est-à-dire à moi, sa seule famille.

Enfin, il est finalement huit heures moins des poussières. J'appelle Mat, il devrait être arrivé à son bureau ou presque.

- Sergent Mathieu Smith à l'appareil.

- Mat, c'est moi.

Il n'a pas besoin de me demander pourquoi je l'appelle. Il prend l'initiative.

- Nous sommes devant un mur, Gabriel. Notre homme n'est jamais sorti du pays le quinze décembre ni quelques jours avant ni quelques jours après d'ailleurs. Il n'est jamais entré à Singapour à ces dates non plus.

Je m'attendais à de meilleures nouvelles. Que je suis déçu pour Mat !

- Merde !

- Il y a quelque chose qui cloche, Gabriel.

- As-tu vérifié auprès de John Beck ?

- Je m'apprêtais justement à lui téléphoner, je le laissais arriver à son bureau. Tu m'as pris de court.

- C'est très ennuyeux.

- Encore plus que tu ne le penses, Gabriel. Nous n'avons rien. De Halifax à Vancouver, nous avons contacté toutes les compagnies d'aviation. Rien. Notre homme nous dit la vérité. Il était à Singapour en octobre de l'année dernière et en avril de cette année, mais il n'y était pas le quinze décembre.

- Attends de voir ce que John Beck a à dire avant de te mettre dans ces états.

- Son assistante aussi certifie qu'Albert Biron n'était pas à Singapour le quinze décembre, comme le confirme son agenda également. Aucune trace de sa sortie du Canada ou de son entrée à Singapour à cette période. Par contre, Wong Yew confirme sa présence. Tu as vu le contrat, nous l'avons entre les mains, la date est bien celle du quinze décembre. Tu as aussi vu la photo, John Beck nous l'a laissée, il y est bien inscrit au dos, le quinze décembre dernier. Y a-t-il eu collusion pour écrire une fausse date sur la photo et sur le contrat ? C'est bien possible, Albert Biron et Wong Yew n'en sont pas à un mensonge près. Cela ne sent pas bon, Gabriel. J'ai l'impression que ce petit grain de sable se transforme en mur de briques.

- Comme je te disais, attends de voir ce que John Beck racontera à propos du voyage à Singapour. L'a-t-il fait ou non, avec Albert Biron ?

Je regroupe mes idées.

- As-tu du nouveau du côté des deux autres plaintes contre ING Solution ? Tu sais, celles faites par des compétiteurs qui se sont dits floués, mais qui les ont retirées par la suite.

- Rien de nouveau, autant du côté d'EHB & associés que de Harrison, les deux firmes en question. Une équipe a contacté de nouveau leur président respectif pour une déposition plus formelle. À ce jour, rien de plus que l'on puisse prouver.

Temps mort sur la ligne. Mat semble soupeser ses trop rares options.

- J'appelle John Beck pour reconfirmer encore une fois sa présence à Singapour avec Albert Biron le 15 décembre.

- Je le contacterai peut-être moi aussi, je le connais maintenant, nous sommes copain-copain. Je l'aborderai sous un autre angle. Tiens-moi au courant de ton côté.

Le ton de mon ami est celui d'une personne troublée. J'essaie de l'aider du mieux que possible. Je ne peux m'empêcher de me sentir coupable de ce qui lui arrive. J'ai tellement insisté sur mes doutes quand John Beck m'a montré la fameuse photo et encore plus après ma confrontation avec Wong Yew que j'ai peut-être biaisé son jugement. Je l'ai possiblement amené à se mouiller un peu trop rapidement, lui qui se sentait déjà vulnérable face à son nouveau poste. Je n'aime pas cette sensation. Me voici doublement déterminé à l'aider.

Pourtant, Albert Biron est bien le coupable.

Vancouver, jeudi matin 31 octobre

Maître Morissette a l'air aussi hagard que les gens à qui il ne cesse de présenter la photo. Il y a passé la nuit. Toujours rien. Il a changé de quartier pour se retrouver dans un autre, aux mêmes allures que le précédent. À deux reprises, il a dû laisser filer son vingt dollars pour éviter une confrontation avec des gens à l'allure un peu trop menaçante, même s'ils n'avaient pas identifié la personne sur la photo. À plusieurs occasions, il a offert son vingt dollars de lui-même, en remerciement de la belle vie qu'il a le privilège de mener. Il sait qu'on ne se retrouve pas itinérant par choix, que la maladie mentale, la dépendance, l'abandon en sont les grandes causes. Il n'en est pas à un vingt dollars près.

CHAPITRE 26
Montréal, jeudi 31 octobre, matinée

L'architecte dort dans un coin, sur le fauteuil emprunté à la salle d'attente. Le chef ingénieur mécanique fait du iPhone, probablement plus du courriel personnel que de la calculatrice. Le designer a abandonné les lieux plus tôt ce matin, trop tard pour retoucher au concept de toute manière. De son côté, Anouk revoit les estimations de coûts avec son patron pour une énième fois. Chacun de leur côté, ils refont les additions, tiennent compte des opportunités et des risques et discutent à n'en plus finir sur le niveau de contingence que le projet devrait contenir. La longue nuit a altéré leur esprit critique et les a rendus très susceptibles. Il faut dire qu'Anouk avait peu de chemin à parcourir pour descendre au plus bas degré de son sens de l'humour.

Par contre, elle a rarement vu son patron dans cet état. D'habitude, elle ne participe pas au sprint final avant la remise d'une soumission. Cela se joue habituellement entre le chef des finances, qui n'a pas été invité cette fois-ci, John Beck et pour des projets de cette importance, la présence d'Albert Biron est aussi requise. Le président est en liberté conditionnelle. Il n'a pas le droit d'approcher son propre bureau à moins d'un kilomètre et il lui est de plus interdit d'entrer en contact avec quelque employé que ce soit. John Beck doit se sentir très seul. La petite équipe d'experts qu'il a mise sur pied, à l'improviste, lui sert de filet pour s'assurer qu'il n'a rien sous-évalué. Perfectionniste, il revoit jusqu'à la dernière limite, chaque mot et chaque chiffre, avant d'approuver.

Les blagues de la veille, entre collègues, sont chose du passé. Anouk n'y participait pas directement, mais a tout de même consenti à sourire à une ou deux reprises. La fatigue et la pression ont eu raison des derniers soubresauts d'humour. L'atmosphère est lourde. Ceux qui restent veulent en finir au plus vite, bien qu'il y ait encore du travail à faire. Ils en sont arrivés à un point tel que l'épuisement les rend presque indifférents aux conséquences d'un échec. Pourtant, leur patron ne cesse de leur répéter que c'est dans les derniers détails que se joue la victoire ou la défaite.

Les yeux tirés, saturés de caféine, John Beck a sur les épaules toute la responsabilité de la boîte. C'est lui qui établit la marge de profitabilité du projet. Pour déterminer le prix cible à atteindre, il se base normalement sur des comparaisons avec d'autres offres similaires et sur ce que son analyse du marché lui dicte.

À ce jeu, il est fort. Très respecté dans l'industrie, John Beck a le don de lire les humeurs des clients et de la concurrence. Les offres à l'internationale qu'il pilote sont d'une qualité impressionnante. Anouk est à même de s'en rendre compte et comprend maintenant pourquoi sa boîte a le succès que l'on connaît. La concurrence vient de partout : du Japon, des États-Unis, de l'Europe et des pays émergents, en incluant les Chinois dont les prix sont généralement très bas. ING Solution doit se frayer un chemin à travers cette jungle opaque et sans pitié. La firme se doit d'impressionner le client, même si son prix est quelques fois plus élevé que celui des concurrents. ING Solution gagne les précieux points finaux grâce à la qualité de ses offres.

La douleur qu'Anouk ressent toujours à la main malgré son bandage et les pilules prescrites à la clinique, ainsi que l'expérience de participer aux derniers milles de la soumission, atténuent ses souvenirs du motel avec Robert Lemay. Elle tient à demeurer concentrée sur la tâche, c'est primordial pour ING Solution et pour elle. Le travail et la fatigue produisent l'effet d'un anesthésiant dont elle a tant besoin.

Montréal, jeudi 31 octobre, matinée

Albert Biron n'en peut plus de tourner en rond. Il a attendu jusqu'à neuf heures pour appeler son avocat, pour qui il n'est que six heures du matin, à Vancouver. Sans prendre le temps de lui demander comment il allait, il aura bien l'occasion de donner dans le social une fois cette affaire derrière lui, il aborde directement ce qui l'intéresse.

- As-tu du nouveau ?

Maître Morissette a du mal à mobiliser sa concentration. Il regarde sa montre, six heures. Cela ne lui a fait que deux heures de sommeil. Il constate qu'il n'a même pas pris la peine de se déshabiller, au retour de sa longue soirée, avant de se répandre sur son lit.

- Si tu n'étais pas mon ami, Albert, je t'enverrais paître sur-le-champ.

- Je m'excuse, Alain. Je n'ai pas fermé l'œil de la nuit.

Maître Morissette a failli lui répondre que lui non plus n'avait pratiquement pas fermé l'œil et qu'en plus, lui, il avait travaillé toute la nuit, dans des endroits peu recommandables, à poser des questions à des gens tout aussi peu recommandables. Il s'en abstient, sachant que son ami et client n'a pas besoin de ce genre de remarque en ce moment.

- Je n'ai rien, Albert. Enfin, presque rien.

Le silence de son client est éloquent. En tant qu'ami, il le comprend très bien. Albert Biron se retrouve dans l'eau chaude, dans une situation peu enviable, ou le simple fait d'être accusé le rend coupable aux yeux de tous. « Un autre patron corrompu. » Dira-t-on sans autres preuves que les allégations soient retenues ou non contre lui.

Les articles dans les journaux sont sans pitié. Ses amis ne se précipitent pas pour prendre de ses nouvelles. Au cas où il serait coupable, il vaudrait mieux ne pas être vu avec lui. Heureusement pour lui, sa conjointe, Louise, l'encourage. Elle ne peut pas croire que son mari puisse être mêlé à l'escroquerie qu'on lui reproche. Quand elle lit ou écoute les reportages sur l'affaire, elle en est aussi affectée que lui.

Elle non plus ne peut rien faire pour le moment. Le couple doit encaisser.

Albert Biron réagit, avec un peu de déphasage.
- Tu as mentionné : presque.

- Je ne veux pas que tu te fasses d'illusions, Albert.

- Dis-moi ce que tu as, j'ai tellement besoin d'une bonne nouvelle. Ici, rien ne va plus. Je dois me résigner à laisser l'équipe se débrouiller avec une énorme soumission. Je n'ose pas me mettre le nez dehors. On a même peint un graffiti sur ma porte de garage ; je ne te décris pas ce qu'on y a dessiné. Je deviens fou, Alain.

- Écoute, ce n'est probablement rien et c'est très ténu comme piste.

- Un rien comblerait le vide de ma journée, de toute façon.

- Bon, j'ai parlé à un type, à qui la photo disait quelque chose.

- T'a-t-il dit où le trouver ?

- Pas tout à fait. Mais il m'a donné un nom qui lui, saurait peut-être où il est.

Il attend un moment.
- Tu vois, c'est très ténu comme indice.

Albert Biron se refroidit.
- Qu'est-ce que tu envisages pour la suite du programme ?

- Dans ce milieu, un nom, même un prénom, mène plus loin qu'une photo. Je me mets à la recherche du gars.

- Bon programme, Alain. Je ne sais pas comment te remercier, tu es mon seul espoir.

Maître Morissette se redresse sur son lit. L'imploration qu'il sent dans la voix de son client et ami le stimule au point où il est complètement éveillé maintenant.
- Je prends une douche, un café et je me mets en route, Albert.

Il n'attend pas son merci. Maître Morissette devine qu'à ce moment précis, son client ne peut vraisemblablement pas prononcer un mot, étouffé par ses émotions. Il ne veut pas en rajouter et le libère de l'obligation de parler.

- Je t'appelle dès que j'ai des nouvelles. Au revoir.

Il raccroche aussitôt, évitant d'embarrasser son ami par la même occasion.

Montréal, jeudi 31 octobre, fin de la matinée

Après avoir hésité bien trop longtemps, je décide d'essayer de joindre Anouk. Non, je ne suis pas son père, je n'ai pas à me mêler de ses histoires de cœur et je n'ai pas non plus à jouer au grand frère paranoïaque, mais je suis inquiet. Damien a réussi à me communiquer ses appréhensions. Anouk passe une dure période. Elle est fragile ces temps-ci. Je veux seulement l'entendre dire qu'elle va bien. Pas de question sur sa nuit ni sur Geneviève. Je me sens ridicule, mais j'assume. J'ai appris, enfin, je suis en train d'apprendre, à ne pas être avare d'intuition quand mes amis sont concernés, à plus forte raison, pour ce qui concerne ma sœur. Il est onze heures, elles doivent être levées. Au pire, Anouk, ou Geneviève me raccrochera au nez.

Anouk répond immédiatement. Cela me rassure, je ne les réveille pas.

- Eh, petite sœur ! Est-ce que tu vas bien ? Je ne te réveille pas.

Bon, j'ai regroupé tous mes coups dans un même tir. Si elle n'est pas contente, au moins, j'aurai posé toutes mes questions.

- Ça va, Gabriel, je te remercie. Nous sommes épuisés, la nuit a été longue.

- Oui, je comprends, mais je ne t'appelais pas pour avoir les détails de ta nuit.

- Pourquoi alors ?

- Bien ! Je ne sais pas. Enfin, je désire seulement savoir si tu vas bien.

Elle hausse le ton d'un degré.

- D'accord, si ce que je fais ne t'intéresse pas, ça va. Alors pourquoi m'appelles-tu ?

Je suis très ennuyé. Elle m'en veut de la déranger et elle me le fait bien sentir.

- Anouk, je n'ai pas l'intention de m'immiscer dans ta vie privée.

- De quelle vie privée me parles-tu, il n'y a rien de privé ici. Je suis au bureau. Nous travaillons comme des fous. Nous devons déposer l'offre demain matin pour que Singapour l'ait avant la fin de leur journée, soit à 20:00 h sur leur fuseau horaire. Et puis tu vois, je n'ai pas beaucoup de temps, il en reste beaucoup à faire. Ne m'attends pas cette nuit non plus, je dormirai par intermittence, ici, sur le divan. Je ne peux déserter à ce moment-ci. À demain.

Je me sens ridicule, le cellulaire à la main, avec sa tonalité qui me nargue. J'ai l'air piteux d'un grand frère qui a tout compris de travers et qui ne s'est pas mêlé de ses affaires.

D'un autre côté, je suis vraiment heureux qu'elle soit retournée chez son employeur. Comme dans toute organisation, ce n'est pas parce qu'il y a une pomme pourrie que toute la structure est de même acabit. Anouk a toujours aimé travailler pour cette boîte. Je trouvais dommage qu'elle renonce à son avenir au sein d'ING Solution à cause de son président corrompu.

Elle devra m'expliquer un jour ce qui l'a amenée à y retourner. J'avoue que je suis un peu surpris par le fait qu'elle a été embauchée de nouveau. J'ai cependant vite compris que ce n'était pas le bon moment de lui poser la question.

Je suis beaucoup mieux à présent. À choisir entre deux sentiments, je préfère de beaucoup me sentir ridicule comme c'est le cas actuellement parce que j'avais tout compris de travers, plutôt que d'être inquiet comme je l'étais juste avant de la déranger à son travail.

Malheureusement, ma quiétude n'aura été que de courte durée. J'ai à peine raccroché que Mat m'appelle à son tour. Il est sur un tout autre registre.

- Peux-tu me raconter à nouveau tout ce que t'a dit Wong Yew, mot à mot si possible ? Je dois reprendre depuis le début.

- Je comprends que tu as joint John Beck et qu'il a corroboré qu'il était bien avec Albert Biron et Wong Yew le quinze décembre dernier.

- C'est exact. Nous sommes allés plus loin. Nous lui avons demandé s'il voulait nous laisser son iPhone pour que l'on fasse des expertises. Nous sommes allés le chercher tôt ce matin, il était déjà à son bureau. Je crois qu'il y a passé la nuit d'ailleurs. Nos laboratoires viennent de me confirmer hors de tout doute, après avoir vérifié les coordonnées de géolocalisation, que l'ego-portrait pris avec son iPhone provient de Singapour, le quinze décembre dernier.

- Eurêka ! Bon point d'établi. Très bonne idée aussi. A-t-il voyagé avec Albert Biron ou non ?

- Non. Le président n'a pas fait le trajet avec John Beck, il était déjà à l'étranger et est allé retrouver son vice-président à Singapour. Même chose pour le retour, alors que John Beck est revenu directement à Montréal, Albert Biron a poursuivi son voyage vers une autre destination. John Beck ne se souvient plus d'où ce dernier venait et vers où il allait. Ils avaient tellement l'habitude de se croiser ici et là sur la planète, surtout à la recherche de clients, que la provenance et la destination de l'un ou de l'autre n'étaient plus un sujet de conversation entre eux.

Je cherche à donner un sens à toute cette information. Rien ne me vient à l'esprit. Le néant. Mat a peut-être une idée à formuler.

- Qu'est-ce que tu en conclus, Mat ?

- Je conclus qu'Albert Biron était à Singapour le quinze décembre dernier. Qu'il y est arrivé, je ne sais de quel endroit, qu'il a signé ce contrat qu'il savait frauduleux et qu'il est parti pour je ne sais où.

- Hum, cela n'est pas une conclusion Sherlock, c'est une suite d'énoncées de fait.

- Très perspicace. Trouve mieux si tu le peux.

- Échec et mat, Mat. Je n'ai pas la moindre idée à te proposer.

J'ai peut-être un peu trop insisté sur les deux mats.

- N'essaie surtout pas de faire ton drôle avec tes petits jeux de mots faciles. Je ne suis vraiment pas d'humeur. Garde plutôt tes énergies à quelque chose de plus utile. Tiens ! Peux-tu te souvenir de quelque chose que Wong Yew t'a dit ou quelque chose que tu as vu ou entendu, qui pourrait m'amener à considérer l'affaire sous un angle différent ?

J'ai beau me concentrer, à part ce que j'ai déjà relaté à Mat, je ne trouve rien qui pourrait être important pour lui.

- Que j'aimerais t'aider, Mat ! Mais je ne vois rien d'autre. Wong Yew a tout avoué de toute manière, qu'y a-t-il à rajouter ?

- Albert Biron lui n'a rien avoué. Je ne comprends pas son « peut-être ». Il est « peut-être » coupable. Qu'est-ce que cela veut dire ?

- Tu as pourtant toutes les preuves.

- Justement. Quand nous avons toutes les preuves, le coupable avoue et négocie les facteurs atténuants. Lui, il nous répond : « peut-être ».

- Pas évident, en effet.

Mat poursuit, avec un ton qui laisse croire qu'il le fait pour clarifier ses propres pensées.

- Peut-être était-il à Singapour. Peut-être a-t-il signé ce contrat frauduleux. Peut-être que Wong Yew ment, peut-être que John Beck ment ou peut-être mens-tu toi aussi. Que sais-je encore ? Peut-être quoi, Gabriel ? As-tu d'autres idées, toi ? Moi je n'en ai plus.

- Peut-être qu'il ne veut pas avouer, avant qu'il n'ait établi une ligne de défense avec son avocat. De cette manière, il ne ment pas à la police et se garde du temps pour soupeser ses options.

Moment de silence. Mat pondère l'argument.

- Pourquoi est-ce que personne de mon équipe ne m'a soumis cette hypothèse ?

- Il y a des diamants bruts qui n'ont pas encore été découverts, Mat.

- Tu parles de toi, là !

- Ton humble serviteur, Mat. Quand tu le voudras, n'hésite pas à faire appel à mes services.

- Je raccroche avant que tu ne fasses la grosse tête.

Je n'ai rien à répondre à ce commentaire. Je le laisse passer. Mat poursuit.

- Oh ! Je voulais te dire…

- Quoi ?

- Merci, Gabriel. Ces temps-ci, j'ai encore plus besoin d'un bon ami que d'une bonne équipe. Je vis beaucoup de stress dans ce nouveau poste, plus que je ne l'aurais cru.

Puis d'une voix plus basse.

- Merci.

Heureusement, il a raccroché. Je ne suis pas tellement habile dans ces situations. Cela m'aurait gêné de lui dire que moi aussi, depuis deux ans, j'ai réellement besoin d'un ami comme lui.

282

CHAPITRE 27
Montréal, jeudi 31 octobre, fin de la matinée

Est-ce la joie provoquée par le retour de ma sœur à son emploi chez ING Solution ou le fait que je me sente comme un grand détective invincible qui a contribué à résoudre l'affaire du siècle ? Probablement un mélange des deux. La résultante est que j'ai le goût d'en faire un peu plus. Ma vie retombe rapidement au point mort quand rien ne vient occuper mes pensées. Je dois constamment bouger, cela m'évite de trébucher dans d'anciennes habitudes. Comme je l'ai proposé à Mat plus tôt ce matin, c'est sans plus de préparation que je passe de l'idée à l'acte. Je décroche et compose le numéro d'ING Solution.

Je me fais répondre que John Beck n'est pas à son bureau, mais on transfère l'appel à la salle où il se trouve.

- Bonjour John, Gabriel Bédard, à l'appareil. Je ne sais pas si vous vous souvenez de moi. J'ai comblé une affectation temporaire chez vous il y a deux semaines. Est-ce que vous êtes libre pour dîner ce midi ? Je suis dans les parages.

- Certainement, je vous replace Gabriel. Quel bon vent vous amène ?

Je comprends qu'il veut savoir pourquoi je réapparais dans sa vie. Le vent ou tout autre phénomène météorologique n'a rien à voir là-dedans.

- Grâce à vos recommandations, j'ai pu obtenir le poste permanent que je désirais depuis longtemps. Alors je me disais que c'était à mon tour de vous inviter à dîner, pour vous en remercier.

John Beck ne prend pas beaucoup de temps pour me donner une réponse.

- Pour tout vous avouer, j'en ai par-dessus la tête ici.

Après une courte pause, il réajuste sa voix, alors que je n'ai pas encore eu le temps de réagir.

- Mais je prendrais volontiers un sandwich en votre compagnie, Gabriel. C'est d'accord, à la condition que ce soit rapide, je ne peux m'absenter très longtemps.

- Alors, retrouvons-nous au petit restaurant au coin de la rue, de biais au bureau, à midi trente. Je vous y attendrai.

Je raccroche avant qu'il ne change d'idée et je l'avoue, aussi pour savourer le plaisir de lui remettre la monnaie de sa pièce lorsqu'il m'a presque raccroché la ligne au nez l'autre jour. Je compose immédiatement le numéro de Mat.

- Sergent Mathieu Smith à l'appareil.

- Sergent Smith, c'est moi, Sherlock. Ce midi, je dîne avec John Beck, afin de voir ensemble si nous n'aurions pas manqué quelque chose.

Je me demande si je n'ai pas utilisé un ton un tantinet trop triomphal. Je me sens tout à coup comme un enfant qui vient d'être pris en défaut. Oups ! Peut-être que Mat s'imaginera que je me mêle un peu trop de ses affaires. J'aurais peut-être dû attendre après le dîner pour faire le point avec lui et cela, seulement si j'avais appris quelque chose de nouveau. Voilà ce qui arrive quand on veut trop en faire, mû par l'orgueil, je dois l'admettre. Je garde mon calme et anticipe sa réaction. Elle tarde à venir.

- Je ne peux t'empêcher de dîner avec qui que ce soit, Gabriel. C'est de tes affaires.

Je sens que mon ami le prend mal.

- Tu n'es pas d'avis que cela pourrait faire avancer l'enquête.

- Sais-tu où est Anouk ? J'essaie de la rejoindre depuis hier. Elle ne répond pas à son cellulaire.

- Elle est à son bureau, chez ING Solution, en sprint final jusqu'à demain matin, je crois. Son cellulaire est presque toujours désactivé, elle ne tient pas à être dérangée.

J'arrête là, espérant que Mat répondra à ma question du début.

- Bon, elle y est retournée ! J'essaie au bureau d'ING Solution, alors.

Pas grand-chose à propos du fait qu'elle ait réintégré son emploi. Rien non plus concernant mon dîner avec John Beck. Il le prend vraiment de travers. Je ne sais plus par quel côté l'aborder.

- C'est tout. Tu n'as pas l'intention de me dire ce que tu as sur le cœur à propos de mon dîner avec John Beck et tu n'as pas non plus l'intention de me dire pourquoi tu veux toujours contacter Anouk.

Disparut l'effet de triomphe dans ma voix.

- C'est bon, puisque tu tiens à tout savoir, voici.

Mat n'est pas dans son assiette.

- Je me suis complètement fourvoyé sur mon premier cas. J'ai procédé à la mise en accusation d'Albert Biron beaucoup trop rapidement. C'est notre homme, mais il aurait fallu clarifier tous les méandres du dossier avant de l'interpeller. Surtout mieux comprendre le chapitre de sa présence à Singapour le quinze décembre dernier. C'est une grosse affaire qui prend toute la place dans les journaux. Je ne suis pas habitué à avoir les projecteurs sur moi de la sorte. Je me sens maintenant ridicule face à mon équipe. Je le perçois dans leur regard, le super héros qui débarque, qui fait une grosse descente à sa première journée en poste et qui a droit aux félicitations du grand patron en personne. Puis arrive le doute. Alors, tu vois l'état dans lequel je suis.

Je n'ai pas le temps de forger une réponse cohérente qui ménagerait son ego, il poursuit.

- Pour ce qui est d'Anouk, comme je recommence l'enquête à zéro, je réinterroge toutes les personnes susceptibles de savoir quelque chose. Anouk a trouvé la facture, elle a été à l'origine de mon enquête et de la tienne d'ailleurs. De plus, elle démissionne quatre jours avant l'arrestation d'Albert Biron. Je ne suis même pas certain qu'elle connaissait les résultats de ta rencontre avec Yew, quand elle a pris sa décision. Il y a quelque chose que j'aimerais clarifier.

- Ah oui ! Toi aussi tu trouves cela bizarre.

- Ah oui ! Comme tu le dis, moi aussi je trouve cela bizarre.

Indéniablement, Mat est à prendre avec des pincettes aujourd'hui. Je ne crois pas indispensable de lui signaler que c'est Damien qui trouvait cela bizarre et qu'il m'a communiqué ses inquiétudes. Cette précision n'ajouterait rien à la question de fond. Il poursuit son raisonnement d'une voix agitée.

- Je ne comprends pas pourquoi elle a attendu ce moment-là pour démissionner. Pourquoi ne pas l'avoir fait quand nous avons arrêté Albert Biron ? Pourquoi pas avant ? Elle le fait le jeudi vingt-quatre octobre. Elle aurait pu attendre l'arrestation de Biron ou décider de ne pas démissionner, puisque les évènements lui ont donné raison.

Il n'a pas tort dans sa logique, qui rejoint celle de Damien. Je tente une explication.

- Elle a confronté Biron mercredi. Elle a vu qu'il lui mentait. Elle a donc remis sa démission le lendemain, jeudi.

Il ne perd pas de temps pour me répondre.

- D'accord, elle a démissionné le lendemain. Là n'est pas le point. Alors pourquoi a-t-elle attendu ce mercredi en particulier pour affronter Biron ? Cette journée ne correspond à rien. Il a dû se passer quelque chose dont elle ne nous a pas parlé. Maintenant, comprends-tu où je veux en venir ?

Damien avait bien raison. Je rajoute de l'huile sur le feu.

- Aujourd'hui, elle est revenue chez ING Solution.

- Cela n'a rien à voir. Il s'est passé quelque chose la semaine dernière. Si cela concerne l'affaire, je veux savoir ce que c'est. Je ne dois négliger aucune piste.

Mat vient de ramener à la surface les craintes dont Damien me faisait part. Cela me laisse songeur. Mes pensées se mettent à tourbillonner dans ma tête, j'en oublie que je suis au téléphone avec lui.

Je n'ai pas encore eu la chance d'en parler avec Anouk, faute de l'avoir devant moi dans de bonnes conditions. Ces derniers jours, elle se retrouve dans un tumulte d'évènements, sans parler de l'arrivée fracassante de Geneviève dans sa vie. Comme Damien se trompe rarement sur l'interprétation des humeurs des gens, je dois absolument en avoir le cœur net. Cela est également le cas pour Mat, mais lui, c'est aussi pour des raisons professionnelles.

L'idée me traverse l'esprit tout d'un coup. Comment se fait-il que de nous trois, Damien, Mat et moi, nous n'ayons pas trouvé le moyen de parler à Anouk ? Enfin, lui parler réellement, pour qu'elle se confie. Elle vit des choses importantes et nous n'en avons pas vraiment discuté. Anouk ne nous a raconté que la surface des évènements. Nous nous en sommes contentés. Elle m'a fait battre en retraite dès sa première parade. Je n'ai pas creusé, j'ai laissé tomber.

Comme ami, comme colocataire et comme frère, je me sens tout d'un coup totalement inadéquat. On repassera pour le rôle protecteur du grand frère que jadis, j'avais promis de jouer.

Mat me tire de mes pensées. C'est vrai, il est encore sur la ligne !

- Je l'appelle à son bureau. Toi, tu vas être en retard pour ton dîner, si tu ne te dépêches pas un peu.

- Merci, j'y vais.

Je lui ai répondu sans conviction, heureux toutefois qu'il fasse référence lui-même à ce dîner. Je l'interprète comme un accord tacite.

En l'espace de seulement dix minutes, je suis passé de l'état triomphal du grand détective que je croyais être, puis je suis tombé sur le dos pendant ma discussion avec Mat et là, en ce moment même, je suis descendu encore d'un cran, à celui d'un sans-coeur qui s'est très mal occupé de sa soeur.

Montréal, jeudi 31 octobre, 13 h

Anouk fut soulagée de trouver l'appartement désert quand elle s'y est présentée il y a quinze minutes. Cela lui évite toutes sortes de questions, que son état de fatigue ne lui permettrait pas de considérer. Elle ne se voyait pas devoir expliquer de long en large à son frère, pourquoi elle avait pris la décision de retourner chez ING Solution. Pas aujourd'hui.

Elle profite de l'absence de son patron, retenu à l'heure du dîner, pour passer prendre une douche et se changer. Elle en a bien besoin, c'est peu dire. Anouk doit affronter le sprint final le plus sereinement possible. La soumission doit être acheminée par courriel au plus tard à huit heures demain matin, premier novembre. Cela permettra au client de Singapour de la recevoir avant 20 h de leur heure, soit juste avant l'échéance.

Elle prend sa douche, s'habille et se prépare une petite salade, le tout, sur le pilote automatique. Elle agit machinalement, la tête dans les coûts et dans les améliorations qu'elle peut encore proposer, in extremis. Comme elle quittait l'appartement, en refermant la porte d'entrée, elle voit un bout de papier sur la table du salon. Elle ne sait pas pourquoi, simple curiosité sans doute, elle va la chercher, reconnaît l'écriture de son frère, mais ne le lit pas pour ne pas perdre de temps et l'apporte avec elle.

* * *

Au restaurant, l'atmosphère est tout au plus convenable, sans plus. John Beck a les traits tirés, mais conserve sa vivacité. Il est arrivé avec dix minutes de retard. Je le pardonne, il m'a dit qu'il avait travaillé toute la nuit, ce que je savais déjà, et il a pris le temps de passer chez lui se changer. Je lui raconte que j'étais maintenant employé par Atlas, ce qui n'est pas entièrement faux, puisque je suis sur leur conseil d'administration. Il semble en être heureux pour moi. Cela ne l'empêche pas de rapidement détourner la conversation sur les déboires d'ING Solution et par le fait même, sur ses propres préoccupations. Il me parle des délais extrêmement serrés pour remettre une soumission d'une importance capitale pour l'entreprise, soit demain huit heures, heure de Montréal. Il doit, immédiatement après son sandwich, retourner au bureau pour l'offensive finale, comme il le dit. J'en déduis qu'il ne veut pas perdre trop de temps avec moi ; juste assez cependant pour assouvir sa curiosité. Je crois que mon appel l'a intrigué.

Évidemment, il n'entre pas dans les détails. Si je n'avais pas moi-même été impliqué dans des échéanciers professionnels intenables, j'aurais cru qu'il en mettait un peu trop. Je sais que ce n'est pas le cas. La mondialisation des marchés a pour conséquence de favoriser les plus forts. Une espèce de théorie de l'évolution corporative où les plus aptes à la survie gagnent. Et les plus aptes, ce sont les hommes et les femmes les plus compétents à l'intérieur des compagnies les plus performantes. Un monde de fou que je suis heureux d'avoir côtoyé, mais pas déçu d'avoir abandonné, bien que malgré moi.

Je le laisse parler, c'est d'ailleurs pour cette raison que je suis ici avec lui. Et là, maintenant, le voici qui aborde de lui-même l'histoire de la facture, sur laquelle je l'avais questionné. Inespéré.

- Vous savez, Gabriel, vous avez eu du flair. Vous avez probablement suivi dans les journaux la saga dans laquelle ING Solution est impliquée.

- Difficile d'y échapper, en effet.

Je n'en dis pas trop, préférant lui laisser toute la place.

- En fin de compte, je me suis fait avoir comme un débutant. Je signais les factures puisque je croyais le service rendu, et voilà, ce n'était que du vent. J'ai été complice de ses agissements sans le savoir.

Je le comprends. J'aurais été dans tous mes états si l'on m'avait fait un coup semblable. Je tente une offensive, l'occasion ne se représentera probablement jamais.

- Quand vous êtes revenu avec lui de Singapour, n'avait-il pas l'air un peu louche ? Enfin, je veux dire, vous paraissait-il normal ?

C'est ce que j'appelle une belle question truquée. S'il n'est pas revenu avec lui, il me dira où Albert Biron s'est rendu après Singapour. Je refrène le sourire qui aimerait se frayer un chemin vers mon visage.

- Vous voulez dire normal comme quelqu'un qui ne venait pas de compromettre l'avenir d'une des belles firmes d'ingénierie québécoise, ou encore normal comme quelqu'un qui ne serait pas corrompu.

Je n'ai pas à répondre, son ton m'en dit assez sur son humeur. Il a bien compris ma question. Mais ce qui m'intéresse est

contenu dans le deuxième degré. *Reviens sur le « avec lui »,
John.*

- De toute manière, il m'a épargné tout ce cirque. Il partait
pour Vancouver, moi, je suis rentré seul à Montréal.

Voilà ce que je voulais savoir !

Il s'arrête, comme pour se remémorer quelque chose
d'important. Il se reprend.

- Non, je crois plutôt que c'était pour Shanghai. En fait, je ne
m'en souviens pas vraiment. Je ne lui ai peut-être même pas
demandé où il allait. C'est d'ailleurs ce que j'ai mentionné
plus tôt au sergent chargé de l'enquête.

Comment peut-on confondre Shanghai et Vancouver ? Je
prends le ton de celui qui pose une question banale, entre
deux bouchées.

- Savez-vous ce qu'il allait faire à Shanghai, ou ailleurs ?

- Je ne le lui ai pas demandé. C'est lui le président, il me dit
ce qu'il veut bien me dire. Je suis maintenant bien placé pour
le savoir.

- En effet, oui.

- Dites-moi, est-ce que votre nouvel emploi est pour la police,
Gabriel ?

Je crois que je deviens blême. Il constate ma gêne.

- Je badine, voyons. Vos questions ne m'importunent pas du
tout. Pour être franc avec vous, elles me font sortir de ma
prison, dans laquelle je dois incidemment retourner, de ce
pas.

J'insiste pour payer. Il n'a pas de temps pour s'argumenter. Je le laisse filer pendant que je règle l'addition avec le serveur. Avec deux sandwiches sans café ni dessert, je m'en tire à meilleur compte que lui l'autre jour chez Claude.

CHAPITRE 28

Vancouver, jeudi 31 octobre 23 h, heure de Vancouver

- Albert, j'ai retrouvé son copain Fred.

Maître Morissette crie dans son cellulaire.

- L'a-t-il reconnu sur la photo ?

- Oui.

Albert Biron pleure de joie à l'autre bout du fil.

- T'a-t-il fourni une piste pour le retracer ?

- Après leur arrivée, ici, à Vancouver, il y a maintenant presque dix ans, ils se sont moins fréquentés comme amis, mais ont gardé des liens commerciaux, si je peux m'exprimer ainsi. Oui, il m'a donné une adresse. J'y vais tout de suite. J'espère qu'il y sera. À cette heure tardive, il aura je l'espère, réintégré son repaire.

- Merci, Alain, tu ne sais pas à quel point j'apprécie ce que tu fais pour moi.

- Attends de recevoir mes honoraires, à ce moment-là, tu sauras à quel point me remercier.

Montréal, jeudi 31 octobre, début soirée

Je n'ai joint Mat qu'en début de soirée. Il était en réunion avec son équipe une partie de la journée, puis sur la route et enfin, en rencontre avec ses patrons, son cellulaire fermé. J'ai dû patienter tout l'après-midi. Patienter, c'est une façon de parler, puisque j'en ai profité pour me remettre à Liszt, l'impitoyable Liszt. Il m'a permis de me rappeler pourquoi je crains tout autant que j'admire le compositeur. Lui, moi et mon piano avons passé un après-midi singulier, ce qui m'a fait retrouver le goût de pratiquer assidûment. Sans discipline, point de mélodie !

Quand j'ai pu enfin le rejoindre, j'ai appris que Mat avait finalement réussi à contacter Anouk, mais cela ne l'a pas tellement avancé. Elle ne voulait pas et ne pouvait pas lui parler. Elle lui a dit qu'elle n'avait pas toute sa tête, que cela ne servirait à rien qu'ils se rencontrent à ce moment-ci. Elle était rendue au bout de ses forces. Le peu qui lui était demeuré fidèle serait utilisé pour passer à travers la nuit à venir. Mat a insisté. Il s'est fait répondre, plutôt sèchement, qu'il lui faudrait produire un avis formel de comparution. Il n'était pas question qu'elle le rencontre à ce moment. Pour s'en débarrasser, Anouk a promis d'aller le voir demain, avant la fin de la matinée, épuisée ou non. L'officier était frustré, mais l'ami s'est finalement fait une raison.

Je sens que Mat est trop orgueilleux pour me le demander, j'opte pour lui faciliter la tâche et je prends l'initiative de lui raconter mon dîner avec John Beck. Il est tout ouïe et bon joueur. Je n'abuse pas de la situation pour le faire languir, mon débit est très professionnel, si je puis dire. À la suite de mon compte rendu, il conclut la même chose que moi :

- Je vais vérifier les arrivées et départs en provenance et à destination de Shanghai. Peut-être aura-t-on manqué quelque chose. Merci pour le tuyau, Gabriel.

De la part de Mat, ce merci en dit long. Malgré ses airs hautains, il est fragile dans son nouveau poste. Le déroulement de cette affaire ne tourne pas en sa faveur. Je sais qu'il a besoin de toute l'aide qu'on peut lui apporter.

- Il n'y a pas de quoi.

Je n'en mets pas plus.

- À plus tard.

- À plus tard.

Juste comme Mat vient pour raccrocher, il me vient un flash.

- Oh Mat !

- Oui.

- Pourquoi ne ferais-tu pas aussi une petite vérification sur les arrivées ou départs de Vancouver ?

- Nous l'avons déjà fait. Tous les aéroports du Canada ont été contactés.

- Fais-le donc encore une fois pour Vancouver. Juste pour en être certain. J'ai comme une intuition.

- Au point où j'en suis.

Montréal, vendredi 1er novembre, 1 h 30 du matin

Je sors de la douche et je suis sur le point de me coucher quand le téléphone interrompt ma routine. Instinctivement, je regarde l'heure, une heure trente du matin. Je me dis que ce n'est pas une heure pour appeler chez les gens et je décide de laisser sécher l'intrus, probablement un journaliste trop téméraire. Puis je réalise que cela pouvait être Anouk, la seule que je connaisse encore debout et au travail, à cette heure tardive.

Ma colère s'est vite transformée en inquiétude. J'ai peur maintenant. Je cours vers le téléphone.

- Oui, Anouk.

Aucun son n'est prononcé à l'autre bout du fil.

- Anouk, est-ce que c'est toi ?

J'ai un mauvais présage. Je deviens mal assuré. Sans m'en rendre compte, mon ton monte.

- Anouk, dis quelque chose.

Puis, d'un coup, la ligne se coupe.

Je demeure perplexe. L'instant d'après, je suis en furie. Presque en même temps, l'idée me vient de vérifier sur mon afficheur. Je ne reconnais pas le numéro. Ma tête fonctionne au ralenti. Ma première réaction est de contacter ING Solution pour vérifier si elle a essayé de me joindre. Ma deuxième, ouvrir mon iPad pour faire une recherche inversée de numéros de téléphone.

Je ne suis pas tellement éveillé, cela me prend beaucoup trop de temps par rapport à ce que ma patience peut tolérer. Enfin, j'y arrive. R. Lemay. *Qui est-ce, celui-là ?*

J'ai bien besoin de subir les maladresses d'un intrus. Le type est sans doute complètement saoul, la tête vide, incapable de composer correctement un simple numéro.

J'ai peut-être déjà fait la même chose, mais là n'est pas la question.

Et puis vlan ! Je viens d'établir la connexion. R. Lemay, comme dans Robert Lemay, le type en architecture chez ING Solution qui talonne ma sœur jusqu'à son heure du dîner. Je suis en furie. Me voici totalement éveillé maintenant.

Montréal, vendredi 1er novembre, 3 h du matin

Ils ont presque tous déserté. À vingt heures hier soir, le chef ingénieur mécanique a conclu qu'il n'avait plus rien à ajouter, il est parti vers un monde meilleur. Il a ainsi rejoint le designer et l'architecte qui eux, ont compris plus tôt que leurs services n'étaient plus requis. Restent donc au combat les deux derniers survivants de ces deux longues journées, Anouk et John Beck.

Il est presque trois heures du matin, le soleil est à la veille de se lever sur Montréal et eux, sont sur le bord de s'écrouler. John Beck est entré et sorti de la pièce à quelques reprises, Anouk en a fait autant. Ils vont à tour de rôle faire une promenade dans des corridors, à peine éclairés par les panneaux des sorties d'urgence. Mieux encore, ils vont se lancer une pleine main d'eau froide au visage, au diable le maquillage.

Mais là, Anouk vient de déclarer son travail terminé, elle ne voit plus ce qu'elle pourrait ajouter à cette soumission, qui lui semble aussi achevée qu'il est possible de le faire.

Elle est due dans cinq heures, ils ont donc réussi leur pari. Ils sont même un peu en avance sur l'échéancier final. Anouk estime avoir accompli sa mission. Elle n'a pas lâché la boîte. Elle s'est engagée jusqu'au bout, en dépit de ce qu'elle pense maintenant de son président et malgré la peur qu'elle a eue la semaine dernière. Si elle n'était pas si affaiblie, elle serait fière de ce qu'elle a accompli les derniers jours. Grâce à ces ultimes préparatifs, elle est à présent convaincue que la soumission d'ING Solution est de qualité à affronter la compétition internationale. Il est temps d'expédier le tout par courriel, elle ne voit plus rien à améliorer. Sans l'avouer à haute voix, elle espère que John Beck en arrive à la même conclusion. Elle aimerait partir une fois que tout sera terminé, pour pouvoir dire qu'elle a été debout jusqu'au dernier moment et qu'elle n'a pas abandonné le navire.

En prenant son manteau, elle lui dit :

- J'attends juste que vous l'expédiiez pour tirer ma révérence à mon tour.

- Oh ! Vas-y, Anouk. Il me reste deux ou trois petites babioles à ficeler puis je l'envoie. Ne t'attarde pas ici pour si peu. Tu m'as été d'une grande utilité. Je ne sais pas comment te remercier.

Le cerveau d'Anouk fonctionne en mode dégradé. Elle s'est investie ces deux derniers jours, sans parler des mois qui ont précédé cet ultime sprint, elle aimerait bien, pour une raison difficile à expliquer, voir le courriel partir. Quitter le navire en ce moment, lui donnerait l'impression de déserter avant l'assaut final.

- Merci, monsieur Beck, mais je n'en suis pas à cinq minutes près.

John Beck ne la regarde pas. Il demeure immobile, trop éreinté pour réagir normalement.

- Ça va, je te remercie, Anouk. J'apprécie beaucoup ton appui, mais je peux faire seul ce qu'il me reste à faire. J'en ai pour cinq minutes. En fait, je te suis à l'instant, presque sur tes pas.

Bon, se dit Anouk, ce n'est pas une bataille de principes qu'elle veut livrer à trois heures trente du matin. Son travail est terminé. Bye, patron.

- Évidemment, je ne t'attends pas demain.

- Vous voulez dire aujourd'hui.

Il s'arrête une minute.

- Oui, c'est vrai, nous sommes rendus vendredi, en effet. Tu as raison, alors, je ne t'attends pas aujourd'hui.

- Bonne fin de semaine.

- Bonsoir, Anouk. Et merci encore.

Anouk est heureuse que son patron n'ait pas abordé le sujet de sa lettre de démission. Elle n'aura pas trop de la fin de semaine pour mûrir le tout, le temps de sous-peser si elle va dans le sens de sa première réaction, c'est-à-dire démissionner. Tout s'embrouille dans sa tête. Une chose à la fois, se dit-elle. Premièrement, dodo. Comme un zombi, elle met son manteau, prend sa sacoche et tire sa révérence. Ses regrets de ne pas voir elle-même le mot « expédié » sur le courriel l'avaient déjà abandonnée en passant le seuil de la porte de la salle de conférence.

Au sous-sol, dans le stationnement intérieur, elle n'a pas de difficultés à trouver son véhicule, laissé à son sort dans son coin. La seule autre voiture est dans une place réservée près de l'ascenseur. Probablement celle de John Beck. Quelles voitures peuvent avoir des propriétaires assez fous pour travailler en pleine nuit ?

Le garage lui semble plus vaste qu'à l'habitude. Privé de ses habitants, la faible lumière a peine à se réfléchir sur le béton noirci par les émanations des échappements.

Une étrange sensation de solitude l'envahit à mesure qu'elle s'éloigne de la porte de l'ascenseur qui l'a amenée au garage sous-terrain. Plus elle avance vers sa voiture, plus elle sent un malaise s'infiltrer en elle ; malaise qu'elle ne peut expliquer. Est-ce l'écho inhabituel de ses pas qui ne trouvent pas d'étouffoirs dans le garage désert, ou bien les longues zones d'ombres très diffuses, entre deux luminaires fatigués ? Anouk n'a pas la tête à faire ces analyses. Tout ce qu'elle sait c'est qu'elle commence à avoir peur. Elle augmente la cadence pour en finir avec ce trajet un peu trop long à son goût.

Tiens, elle croit entendre des pas derrière elle. Ouf ! Cela la rassure. Son patron aura finalement expédié le courriel. Elle se sent déjà mieux. *C'est la fatigue qui te rend paranoïaque, Anouk.*

Juste avant de sortir ses clefs, elle trouve la force de se retourner pour le saluer.

Le sang lui glace dans les veines. Elle laisse échapper son trousseau. Ses genoux peinent à la soutenir. *Ce n'est pas vrai !*

304

CHAPITRE 29
Vancouver, vendredi 1er novembre, vers minuit (heure locale)

Complètement vidé à cause de son interminable journée et de sa très longue soirée qui n'en finit plus, maître Morissette se présente à l'adresse indiquée par Fred.

Même en son jeune temps, maître Morissette n'aurait jamais sonné à la porte d'un ex-détenu, dans un quartier peu recommandable d'une ville qui ne lui est pas familière, seul, à minuit. Malsain comme situation. Pas très bon pour l'espérance de vie.

L'appartement est situé au deuxième étage d'un triplex dont la moitié des fenêtres sont barricadées. Nerveusement, il appuie une première fois sur le bouton de la sonnette d'entrée. Rien. Pas un son à l'intérieur, aucune lumière non plus. Maître Morissette se dit qu'il dort dur ou il n'est pas revenu de son labeur. Il ne s'attendait pas à ce que ce soit facile. Sa deuxième tentative est plus insistante. Il s'est même demandé s'il n'y allait pas un peu fort avec le bouton. Ah ! Récompense. Il vient de voir une lueur sous la porte. Il regrette maintenant d'avoir été si violent avec la sonnette. L'homme ne sera peut-être pas très heureux de se faire réveiller en pleine nuit. À ce moment-ci de sa vie, maître Morissette ne tient pas à faire affaire avec un type qui n'est pas content. Au moins, il est là, se dit l'avocat qui ne sait pas encore si c'est une bonne nouvelle.

Enfin, la porte s'entrouvre. Une tête qui se veut la plus méchante possible se glisse dans l'espace restreint. L'homme a les yeux à moitié fermés, n'est pas rasé, mais a une coiffure étrangement conventionnelle, qui ne cadre pas avec celles plus hirsutes, des autres habitants du quartier.

- Qu'est-ce que tu veux ?

Le ton invitait ni à badiner ni à boire une tasse de thé entre amis.

- C'est de cette manière que tu reçois une vieille connaissance.

Bien qu'exténué, Alain Morissette a vraiment la sensation d'être plus alerte que son vis-à-vis, mais il ne doit rien faire pour brusquer le type de peur de le perdre pour de bon.

Tiens ! Il a l'impression de se faire reconnaître.

- Qu'est-ce que tu viens faire ici ? On est en plein milieu de la nuit. C'est quoi ton problème ?

La côte sera difficile à remonter, se dit l'avocat, qui doit improviser.

- Après dix ans, tu peux me laisser entrer, non ?

L'homme ne bronche pas. La décision lui semble tellement pénible à prendre. Alain Morissette devra insister un peu plus, sinon il sent qu'il ne dépassera pas le seuil de la porte, mais il doit procéder tout en demeurant extrêmement prudent.

- Regarde, ce n'est pas compliqué, tu me laisses entrer, je ne te veux aucun mal. Je dois te parler de quelque chose.

L'avocat a piqué sa curiosité.

- De quoi ?

- Pour le savoir, il faudra me faire entrer.

Ce qu'enfin fit l'homme, à court de résistance.

Maître Morissette a gagné son pari. Il n'a pas été agressé et est finalement entré chez lui, en un morceau. Le reste n'est qu'affaire de temps et peut-être aussi de chance.

Montréal, vendredi 1er novembre, 4 h du matin

Anouk n'a plus d'options. Elle est paralysée, incapable de bouger.

Robert Lemay marche vers elle. Il n'est pas ici par hasard. Elle le sait. Elle ne le sait que trop bien.

Il a le sourire de celui qui a le dessus sur sa proie. D'un pas tranquille, sans se presser, il la regarde tantôt dans les yeux, tantôt de haut en bas. Il fait peur à voir avec un œil mi fermé et sa paupière mauve.

Il s'en rapproche dangereusement.

Anouk est sans défense. Elle ne peut plus fuir.

Il se positionne juste devant elle, mais se garde un bras de distance pour lui éviter la même malchance que l'autre jour. L'homme sent l'alcool. De son côté, elle ne bouge toujours pas. Elle se prend à penser, dans un sursaut de lucidité, que

John Beck finira bien par arriver. C'est le seul scénario qui se présente à elle pour l'instant.

Reste calme, Anouk.

- Nous n'avons pas terminé ce que nous avons si bien commencé, Anouk.

Son air sûr de lui, lui fait craindre le pire. Elle trouve la force de répliquer. *Et Beck qui n'arrive pas.*

- Laisse-moi tranquille. Je ne suis pas seul, John Beck vient me retrouver à l'instant.

Robert Lemay ne paraît pas effrayé le moins du monde par la riposte. Il jette tout de même un bref coup d'œil en direction de la porte de l'ascenseur.

- Je ne veux pas être impoli, mais je propose que nous ne l'attendions pas. Nous prenons ta voiture ou la mienne.

Malgré la frayeur qui lui enlève ses moyens, elle fait le calcul qu'une fois dans une voiture avec lui, elle ne pourra plus rien faire. Elle doit agir maintenant, immédiatement. Le prendre par surprise, comme la dernière fois. Si elle en a la force. Mais elle a tellement peur.

C'est à ce moment qu'elle sent son coup de pied partir, avec toute l'énergie du désespoir. La jambe d'Anouk est plus longue que son bras, ce que n'avait pas figuré l'homme, qui comprendra trop tard ce qui lui arrive.

Montréal, vendredi 1er novembre, 4 h 15 du matin

Je connais l'endroit pour y avoir travaillé durant mon mandat d'une semaine. Je n'ai donc pas de difficulté à repérer l'entrée du garage, sous l'édifice. La porte est ouverte, cela me surprend un peu. Je m'imagine que la dernière personne qui y est entrée ou sortie n'a tout simplement pas actionné le mécanisme de fermeture, malgré ce qu'indiquent les écriteaux.

À ces petites heures du matin, j'ai l'embarras du choix comme place de stationnement. Mon regard est attiré vers le fond. Je crois reconnaître la voiture d'Anouk un peu plus loin sur ma droite. Par réflexe, je m'y dirige pour me garer à côté d'elle. C'est en arrivant près de sa voiture que je vois l'homme par terre. Il est recoquillé sur lui-même et remue légèrement la tête. Il semble très mal en point. Je m'empresse de stationner et je vais vers lui.

J'ai peine à reconnaître Robert Lemay.

- Que s'est-il passé ?

Ma question n'a pas preneur. Je me sens même ridicule de la lui avoir posée. Il est évident qu'il n'est pas en mesure de me répondre. L'homme se tord de douleur. Il est recroquevillé sur lui-même et semble utiliser toute son énergie à demeurer conscient. J'avoue que son état ne m'attriste pas outre mesure. Quelqu'un qui talonne ma sœur au bureau, qui l'appelle au petit matin et qui raccroche quand je réponds, ne m'inspire aucune sympathie, même dans cet état. Je ne sais pas qui lui a infligé cette correction, mais quant à moi, il l'a bien cherchée. Je ferais quand même mieux d'appeler une ambulance, devoir de bon samaritain oblige.

Ce n'est qu'une fois les secours contactés que l'idée me vint. La même chose est peut-être arrivée à ma sœur. Je me résous à ne pas attendre l'ambulance. De toute manière, je ne peux rien pour l'homme. Il respire par lui-même et bien que faible il ne me semble pas à l'agonie.

Je me félicite d'avoir pris la décision de venir voir sur place. L'appel de Robert Lemay m'a mis la puce à l'oreille. Je ne comprends pas ce qui se passe, mais son appel en plein milieu de la nuit et le fait que ma sœur soit ici en ce moment, ne me disaient rien de bon.

Je fais le tour de la cage de l'ascenseur pour me retrouver devant les portes fermées. J'appuie sur le bouton d'appel. Je redoute qu'une éternité m'attende. Les secondes qui suivent confirment mon doute. Dans la panique, je considère prendre les escaliers. Bien qu'en forme, je fais le calcul que je me rendrai plus rapidement à la verticale que si je zigzague d'un palier à l'autre par les escaliers. Je me résigne à attendre.

Montréal, vendredi 1er novembre, 4 h 10 du matin, il y a 5 minutes

Quand Anouk retourne sur ses pas chercher de l'aide à la salle de conférence, elle la trouve vide. Pas de traces de John Beck. Désespérée, elle se sent seule et vulnérable, comme dans ses pires cauchemars, alors que des monstres s'acharnent sur elle, sans aucune possibilité de fuite, les pieds rivés au sol. Elle est exactement dans cette situation. Elle appréhende de voir Robert Lemay entrer dans la salle, d'une minute à l'autre. Cette fois-ci, elle ne pourra pas s'en tirer aussi facilement, il sera doublement sur ses gardes et en colère. Terminés les effets de surprise. Elle ne pourra plus s'enfuir. Ses pieds resteront collés au sol. Elle est prise au piège, morte de peur.

Seule la lueur de l'écran de l'ordinateur éclaire la salle. Elle ne pense même pas à allumer les lumières, bien au contraire, elle voudrait disparaître complètement, dans la nuit, à l'abri des prédateurs.

Pourquoi décide-t-elle de regarder l'écran ? Elle l'ignore elle-même. Probablement par instinct, même si elle croyait que la frayeur avait pris toute la place. Peut-être aussi par peur, qui la fait se jeter sur quelque chose de tangible, qui a pour effet de mobiliser ses pensées et ainsi abjurer la menace imminente.

Le sujet du courriel qui vient tout juste de partir est encore affiché : *Soumission pour l'agrandissement du port de Singapour*. Elle décide d'ouvrir la pièce attachée. Pour un court instant, elle oublie la situation intenable dans laquelle elle se trouve. Elle se sent ridicule de prendre une seconde pour quelque chose d'aussi secondaire dans les circonstances, mais instinctivement, elle y jette un œil, tout en ne perdant pas de vue la porte d'entrée de la salle.

Elle croit d'abord à une erreur de lecture. Elle ne peut pas faire confiance à ses yeux. Ce n'est pas possible ! Pas après avoir vérifié et contre vérifié chacun des calculs. Le prix ne pouvait pas être de cinq millions de dollars plus élevés que le montant auquel toute l'équipe en est arrivé ces dernières heures. Elle connaît assez John Beck, pour savoir qu'il ne s'agit pas d'une erreur de frappe ; il aura vérifié deux fois plutôt qu'une, avant d'expédier la soumission. Elle n'y comprend rien.

Puis, son cœur s'arrête de battre. La main qui vient de lui toucher l'épaule la paralyse net. Elle ne peut même pas prononcer un mot. Elle ne peut pas non plus se retourner. Aucun cri ne peut sortir de sa bouche sèche.

- Qu'est-ce que tu fais ici ?

Elle ne reconnaît pas sa voix sur le coup. Ce n'est qu'après un délai qui lui parut interminable, qu'elle identifie finalement celle de John Beck. Elle faillit s'évanouir, la surprise est trop intense.

Elle rassemble ce qui lui reste de force, se retourne et lui saute dans les bras.

À présent, hors de danger, elle pleure comme une Madeleine.

- Il me poursuit !

- Qui te poursuit ? Je ne comprends pas ce que tu me dis.

John Beck est raide comme une statue. Son air est ambivalent. Anouk a du mal à le lire. Maintenant rassurée par l'arrivée de son protecteur involontaire, elle recommence à avoir les idées plus claires. Tranquillement, le montant de la soumission, augmenté de cinq millions, refait surface. Pour le moment, ses sanglots semblent vouloir s'estomper. Elle se sent assez réconfortée pour ne pas répondre à sa question et revenir sur le montant de la soumission.

- Est-ce que je me trompe ou le prix inscrit dans la soumission que vous venez d'expédier à Singapour est plus élevé de cinq millions de dollars par rapport à nos calculs ? Il faut les aviser tout de suite qu'il y a une erreur.

Le patron d'Anouk cherche ses mots. Il paraît très embarrassé. Pourtant l'explication devrait être très simple, pense-t-elle. Elle ne peut détacher son regard du sien. De toutes ses forces, elle tente en vain de comprendre son hésitation. Elle le voit se tortiller. Puis, tout d'un coup, il semble se décontracter, comme si la pression qui l'étouffait venait de disparaître. Son visage se détend.

- Il m'est très difficile de garder cette information pour moi, Anouk. Dans un sens, je suis soulagé que tu aies vu le prix. Je ne serai plus le seul à porter le fardeau sur mes épaules.

Anouk ne bronche pas. Elle poursuit l'examen du visage de l'homme. Elle en oublie Robert Lemay.

- Albert, enfin, monsieur Biron, a déjà fait transférer presque entièrement les cinq millions de dollars à Singapour, comme tu le sais maintenant. Si je n'inclus pas cet argent dans notre prix, il nous manquera cinq millions que nous devrons déclarer comme perte. Tu comprends. Ce n'est pas comme si nous volions le client. Il a le choix de nous sélectionner ou pas. Nous avons sans doute la meilleure offre sur le plan de la qualité, restera au client la tâche d'apprécier le niveau de notre prix en fonction de cette qualité. Je suis persuadé que notre prix ne sera pas une objection. Nous gagnerons et nous récupérerons les cinq millions gaspillé par Albert Biron.

Anouk ne sait trop quoi répondre. Il y a cinq minutes, elle craignait pour sa vie ; et là, la voici en train de jongler avec le prix d'une soumission, comme si son cerveau pouvait aussi facilement passer de l'une à l'autre de ces situations. Ce n'est pas le cas. C'est au-dessus de ses forces.

- Je ne sais pas de quoi vous me parlez, monsieur Beck.

- Je viens pourtant de t'expliquer les circonstances, Anouk. C'est élémentaire. Albert Biron a placé la firme sur la corde raide avec ses pots-de-vin. Quelqu'un doit réparer les dégâts. Je dois récupérer les cinq millions en les incluant dans notre prix tout simplement. Nous n'avons pas les moyens de perdre ces cinq millions.

Le ton est moins conciliant. Il insiste comme si l'approbation d'Anouk lui importait vraiment. À ce moment-ci, Anouk se sent incapable de poursuivre la discussion avec son patron. La fatigue, le stress et le spectre de Robert Lemay qui revient la hanter, c'est trop pour elle.

CHAPITRE 30

Montréal, vendredi 1er novembre, 3 h 10 du matin, il y a environ 1 heure

C'est très rare que Mat reçoive un appel pour le travail en plein milieu de la nuit. Les gens qui assurent la permanence du quart de nuit ont les coudées franches pour régler les situations urgentes. C'était vrai dans son ancien poste et normalement, ce devrait être aussi vrai dans son poste actuel.

C'est donc encore endormi et surtout très irrité, qu'il répond à son cellulaire qui vient de réveiller le couple.

- Désolé de vous importuner, sergent. Il est très important que vous sachiez immédiatement ce que nous avons découvert. Il y a des gens qui courent de grands risques en ce moment même.

- Albert Biron ?

- Navré, je ne me suis même pas annoncé. Oui, en effet. Je dois vous expliquer la situation tout de suite.

Albert Biron, qui a normalement un bon contrôle sur les évènements auxquels il fait face, semble avoir perdu ses moyens. Il parle d'une façon saccadée, comme s'il venait de courir le marathon.

- Un moment, je change de pièce.

Il fait signe à Hélène de se rendormir, ce qu'elle ne fera assurément pas, pendant qu'il sort de la chambre.

- Merci, sergent, merci beaucoup. J'attends que vous soyez à l'aise.

Albert Biron prend sur lui et attend que son interlocuteur lui fasse signe lorsqu'il sera prêt à entendre ce qu'il a à raconter.

Il sursaute quand la grosse voix sèche le tire de son purgatoire.

- Allez-y, monsieur Biron, je vous écoute.

Le président ne se fait pas prier pour déballer ce qu'il vient d'apprendre.

- Mon avocat m'a appelé de Vancouver. Il a la preuve que je suis innocent dans toute cette histoire de pot-de-vin.

- Alors qui est le coupable, monsieur Biron ?

- Ce n'est pas si simple, sergent.

- Vous êtes certain que cela ne peut attendre à demain. Je vous avoue que j'ai autres choses à faire en plein milieu de la nuit que parler des difficultés d'un accusé pour fraude qui se dit innocent. Venez me voir à mon bureau demain matin. Amenez votre passeport, de toute manière, j'ai encore quelques points à clarifier avec vous. Nous ferons d'une pierre deux coups.

Albert Biron panique, il a peur que le sergent raccroche. Il hausse le ton.

- Vous n'y êtes pas, sergent, celui qui est derrière tout cela peut être très dangereux. Je sais maintenant ce dont il est capable. Il doit sentir l'étau se refermer. Il faut agir tout de suite. Arrêtez-le avant qu'il ne panique.

Mat veut bien le croire, mais à trois heures du matin, il a besoin de plus de viande autour de l'os pour mettre en branle tout l'arsenal dont la Sûreté du Québec dispose.

- Je vous écoute, monsieur Biron. J'espère que ce que vous avez à me dire en vaut la peine.

Montréal, vendredi 1er novembre, 4 h 20 du matin

Anouk a encore la bouche ouverte, faute de sons qui s'y échappent, quand elle m'aperçoit dans le cadrage de la porte.

John Beck qui suit son regard, me voit presque en même temps et spontanément s'écrie.

- Qu'est-ce qu'il vient faire ici, celui-là ?

Pour l'instant, ce n'est pas John Beck qui retient mon attention, je suis trop heureux de voir ma sœur bien portante. Malgré le stress de la situation, je lui fais un sourire qu'elle me rend immédiatement. Elle venait de me confirmer par ce sourire, qu'elle était saine et sauve et ravie de me voir.

Avant qu'il n'ait le temps de revenir de sa surprise, je me dis que c'est peut-être lui qui a mis Robert Lemay dans cet état en bas, dans le garage.

- Savez-vous ce qui est arrivé à Robert Lemay ?

Ma question est pour John Beck que je regarde fixement, pour qu'il sente que je m'adresse à lui et non aux deux.

- De quoi me parlez-vous ? Je ne vous suis pas. Est-ce que quelqu'un peut me dire ce que Robert Lemay vient faire ici maintenant ?

La physionomie d'Anouk attire mon attention. Elle a la main sur la bouche et les yeux pleins d'eau. Je ne suis pas certain de bien comprendre, mais je devine à présent qu'elle sait, elle, ce qui est arrivé à Robert Lemay.

Montréal, vendredi 1er novembre, 4 h 25 du matin

Nous avons tous sursauté quand nous avons entendu une grosse voix crier : « John Beck ».

Mat se tient dans le cadre de la porte de la salle de conférence. Il arbore son air solennel de policier. Il porte l'uniforme. Il fait même peur à Anouk.

Je suis aussi surpris qu'elle de le voir ici, mais pas autant que John Beck. Ce dernier le dévisage en se demandant ce que tout cela peut bien signifier.

Mat fixe John Beck.

- John Beck, vous êtes en état d'arrestation pour fraude. Tout ce que vous direz pourra être retenu contre vous. Vous avez droit à la présence d'un avocat.

Je regarde Mat, qui ne rit pas, puis Anouk, tout aussi confondue que je peux l'être.

John Beck, lui, est sonné.

- Vous vous trompez, monsieur l'agent. Je ne fais rien de mal, j'essaie de sauver les meubles, c'est tout à fait légal, croyez-moi. Je peux tout vous montrer si vous le voulez.

John Beck me regarde maintenant, l'air suppliant.

- En tant que comptable, vous êtes bien placé pour comprendre que je dois faire de mon mieux pour colmater les fuites qu'Albert Biron a créées.

Je ne saisis pas à quoi il fait référence.

John Beck implore Anouk du regard dans l'espoir de lire son approbation sur son visage. Elle est sans expression. Elle n'a aucune idée, elle non plus, de ce qui se passe. Nous nous tournons vers Mat qui poursuit.

- Je ne me trompe pas, monsieur Beck. Vous avez retrouvé, je ne sais comment, le frère jumeau identique d'Albert Biron à Vancouver, Charles Biron. Comme il lui ressemble à s'y méprendre, et qu'il est vulnérable intellectuellement, vous avez profité de la situation pour le manipuler et le faire passer pour son frère, président d'ING Solution.

Mat me fixe.

- Merci, Gabriel, pour le tuyau de Vancouver. Après une deuxième vérification, nous avons effectivement trouvé un Biron, à Vancouver, en partance pour Singapour le treize décembre dernier. Ceci s'accorde parfaitement avec ce que l'avocat d'Albert Biron vient de me dire au sujet de son frère jumeau vivant à Vancouver.

J'ai la mâchoire qui tombe.

- Un frère jumeau !

J'observe Anouk qui comme moi, ne comprend rien. Albert Biron a un frère jumeau qui est dans le coup. Nous redirigeons notre attention vers Mat, curieux de connaître la suite.

Je sens que Mat a les bons atouts cette fois-ci, son air est calme, sa voix est redevenue posée. Il est sûr de lui, bien qu'il ait les yeux cernés.

- Vous avez créé un rôle pour Charles Biron : celui de son frère, Albert Biron. Vous l'avez retrouvé je ne sais comment. Vous l'avez ensuite transformé, manipulé et trimbalé avec vous à l'autre bout du monde, pour vous façonner une garantie et tout mettre sur le dos d'Albert Biron, au cas où l'on découvrirait le stratagème. Vous avez pu ainsi lui faire signer des contrats bidon au nom d'ING Solution, avec photos à l'appui pour protéger vos arrières si l'on venait vous importuner. Reste à savoir combien de fois vous avez utilisé le subterfuge pour soudoyer des membres de comités de sélection. Très brillant monsieur Beck, mais c'est terminé. Vous êtes en état d'arrestation.

John Beck se raidit.

- Vous ne prouverez jamais ces accusations, sergent.

Bien que fatigué, Mat arbore un beau sourire.

- Charles Biron prend le premier avion ce matin en partance de Vancouver. Nous en reparlerons quand il vous aura reconnu. Il a tout avoué à maître Morissette, l'avocat d'Albert Biron et ami de la famille, qui connaît Charles depuis qu'il a fait son droit avec Albert Biron. Maître Morissette a finalement retrouvé le frère et votre complice involontaire, cette nuit, à Vancouver, où il vivote depuis une dizaine d'années.

Mat nous regarde, Anouk et moi.

- En fait, depuis qu'il a vu la photo, Albert Biron sait que son frère est mêlé à l'escroquerie. Sachant que ce n'était pas lui sur la photo, il ne restait plus qu'une autre possibilité, le frère jumeau. Avant de vendre la mèche, il voulait connaître qui le manipulait, ce dernier étant incapable de pareilles manigances. Il avait peur pour la sécurité de son frère. Albert Biron a retenu les services de maître Morissette afin de le retrouver puis d'assurer sa défense. Je n'ai pas de doute que vu l'état mental de Charles Biron et le rôle de John Beck, Charles s'en tirera sans trop de conséquences graves.

Puis, redirigeant son regard vers John Beck et en insistant sur chaque mot :

- Ce qui ne sera pas votre cas, monsieur Beck.

Mat mesure l'effet de ses révélations sur l'accusé, dont la posture se décompose à vue d'œil.

- Pour éviter qu'il trahisse le subterfuge, vous lui demandiez de feindre une extinction de voix lors des rencontres avec les agents. Cette tactique vous permettait de garder le contrôle total de la situation, puisque vous parliez à sa place. Cette fois-ci, pas d'extinction de voix, monsieur Beck, Charles Biron sera très volubile, je vous le promets.

Des pas dans le corridor indiquent l'arrivée des renforts. Les collègues de Mat envahissent les lieux. À la demande de Mat, deux d'entre eux se saisissent de John Beck.

Un des agents de Mat lui signale la présence d'une ambulance dans le stationnement intérieur. Surpris, Mat, qui ne croit pas aux coïncidences, se tourne instinctivement vers John Beck, maintenant bien encadré par les deux agents.

Au même moment, je vois Anouk sourire bizarrement. Cela m'étonne vu les circonstances. Elle regarde en direction de la porte de la salle de conférence. Son sourire se transforme en petits rires étouffés puis, avant que je n'aie le temps de me retourner à mon tour, la voilà qui rit aux éclats.

Je ne savais pas, avant ce jour, que Damien portait un pyjama rayé blanc et bleu et de surcroît, beaucoup trop grand pour lui. Et pourtant, le voici, dans toute sa splendeur, hébété, derrière l'épaule d'un agent, avec l'air de se demander si tout va bien ici.

- Qu'est-ce que tu viens faire ici ?

Je réalise que ma question ressemble plus à une remarque désobligeante qu'à une simple question. Je m'efforce de lui faire une belle façon pour me rattraper, du mieux que je peux.

Il n'a pas le temps de répondre, Anouk lui saute dans les bras et lui crie en pleurant :

- Lemay a encore essayé de me violer.

Les rires font vite place aux sanglots. Des sanglots emprisonnés en elle depuis cette soirée au motel avec son bourreau. Des sanglots que Damien comprendra, lui qui avait deviné sa détresse. Des sanglots de délivrance, parce qu'enfin, elle se libère du fardeau, elle dénonce, elle condamne, elle crie son indignation, elle pleure sur elle-même.

Je ne sais trop comment Lemay a réussi à trouver un ascendant sur ma sœur, le salaud. Je veux le tuer.

Damien et elle sont demeurés collés ainsi pendant un long moment. C'est plus fort que moi, je les retrouve et les prends tous les deux dans mes bras. Du coin de l'œil, Mat s'assure que ses hommes ont quitté la salle avec Beck, puis, timidement, rejoint notre cercle pour compléter l'étreinte entre nous quatre.

Nous demeurons enlacés ainsi, tout le temps qu'il faut pour exorciser Anouk de ses souffrances. Le temps nécessaire pour se sentir tous les quatre, une et même victime de la tentative de viol, le temps d'être bien, très bien, ensemble, malgré tout.

Après un délicieux moment et avec regret, Anouk brise la magie.

- J'ai un appel à faire, je vous rejoins dans deux minutes.

ÉPILOGUE

Montréal, lundi soir 4 novembre

Depuis l'instauration de nos soupers des premiers lundis du mois, celui-ci est le plus singulier. D'abord, nous ressentons la même joie de nous retrouver, Anouk, Mat, Damien et moi, entre amis de toujours. Ensuite, nous sommes encore sous l'effet de l'émoi causé par l'affaire Singapour, encore très présente dans nos esprits. Finalement et surtout, personne n'ignore maintenant ce qui est arrivé à Anouk, nous en sommes tous profondément affectés.

De mon côté, il y a un petit truc qui me trotte en dedans, comme une ombre au-dessus de ma tête, que je ne peux définir. Je ressens une vague impression que quelque chose va se produire, sans pouvoir identifier ce que cela pourrait être. Cette impression va et vient en moi depuis mon mandat chez ING Solution.

Après avoir commandé, Mat, flairant la nécessité de détendre l'atmosphère, décide d'y faire face directement à sa manière.

- J'ai une bonne nouvelle pour toi, Anouk.

- Je t'écoute. J'en ai justement bien besoin, de ces bonnes nouvelles.

- Il va survivre. Mais la vraie bonne nouvelle est que tu ne l'as pas manqué, je te le jure. Côtes fracturées, multiples contusions, testicules enflés et j'en passe. Beau cas de légitime défense, Anouk. En ce qui me concerne, sur son lit d'hôpital, je lui ai collé deux autres accusations de... enfin… Tu sais, Anouk.

Mat baisse la tête, il venait d'entrer en territoire encore trop fragile.

Nous, les trois gars, exultons à la suite de la belle description du piteux état de Robert Lemay. C'est probablement une affaire de testostérone. La vision d'un Robert Lemay plié en deux après le premier coup de pied d'Anouk dans ses parties intimes, suivi des autres qu'instinctivement elle lui a infligés pour sa propre défense, nous procure un grand plaisir. Nous sommes tous là, à sourire et à savourer notre vin jusqu'à ce que la contagion gagne enfin Anouk, qui se déride un peu.

Elle est venue pour dire quelque chose, mais elle s'en est ravisée. Nous ne saurons jamais de quoi il s'agissait. Cela permet à Mat de poursuivre.

- Toujours au sujet des actualités mondaines, John Beck a tout avoué lorsque Charles Biron, le frère jumeau identique d'Albert, l'a reconnu. Il l'a effectivement rencontré tout à fait par hasard, lors d'un de ses fréquents voyages d'affaires à Vancouver. Il l'a vu pour la première fois alors qu'il dînait dans un des restaurants du quartier touristique de Gastown. Au fait, savez-vous comment Charles surnomme son frère ?

Après nous être regardé, Anouk, Damien et moi, nous nous retournons, bredouilles, vers Mat, trop heureux de répondre à sa propre question.

- Il l'appelle Einstein. C'est le surnom que ses parents lui avaient donné, très jeune, lorsqu'ils se sont aperçus qu'Albert était exceptionnellement doué. Comme vous le savez, Albert

Biron et Albert Einstein partagent le même prénom. Son frère Charles ne l'a jamais appelé autrement qu'Einstein.

Mat n'attend pas notre réaction, il poursuit sur ce qu'il qualifie d'évènement mondain.

- Au début, John Beck n'y croyait pas. Puis, tranquillement, l'idée a fait son chemin au point où il a finalement échafaudé son plan machiavélique. Il l'a habillé, fait raser et couper les cheveux, lui a montré comment avoir l'air d'un homme d'affaires, au moins physiquement, et aidé à contrefaire sa signature. À ce chapitre, il fut étonné de constater avec quelle facilité il pouvait imiter la signature de son jumeau. Génétique sans doute. Il lui a même procuré des lentilles cornéennes brunes pour effacer la seule distinction visible entre les deux frères, la couleur de leurs yeux. Le scénario était génial. S'il venait qu'à être soupçonné, John Beck mettrait alors tout sur le dos du grand patron, témoin, photos et signatures en preuve. La stratégie a bien failli fonctionner. Dire qu'il s'en est fallu de peu pour que j'amène en cour le mauvais suspect.

Le policier semble considérer les conséquences de ce qui aurait pu arriver s'il avait effectivement arrêté l'autre frère, mais choisit de ne pas y revenir. Il préfère s'en tenir au positif.

- J'avoue que je dois une fière chandelle aux recherches de maître Morissette qui a trouvé John puis Fred et enfin Charles, le frère.

Son ton devient exagérément enjoué, comme pour cacher un sentiment plus profond.

- J'ajoute solennellement une mention très spéciale pour toi, Anouk et pour toi, Gabriel, sans qui l'enquête ne serait pas fermée aujourd'hui.

Damien, déçu de ne pas avoir été mentionné dans ce palmarès vu son rôle mineur, se contente de faire une mine mi-figue mi-raisin.

Anouk garde ses pensées pour elle, mais ne peut s'empêcher de trouver vraiment dommage qu'une personne gaspille un si beau talent. Elle tenait pourtant John Beck en très haute estime.

Après ses remerciements, Mat, ému, éprouve le besoin de rapidement trouver une diversion, avant que les amis profitent de sa vulnérabilité. Il sait que nous ne ratons jamais une occasion de nous infiltrer dans une fissure, aussi mince soit-elle, décelée sur la carapace de l'un ou de l'autre.

- Quant à toi, Gabriel !

Il s'arrête. L'effet est immédiat, l'attention est redirigée vers moi. Il semble savourer par anticipation ce qu'il va dire.

Enfin, après une bonne bouchée de sa lasagne, laborieusement mastiquée, il se décide à poursuivre.

- Cher Sherlock Holmes - Mat me regarde - John Beck t'a mis à nu dès que tu es entré dans son bureau. Le coup du comptable débutant temporaire a complètement échoué. J'ai le regret de te l'annoncer. Il a tout de suite su que tu n'étais pas ce que tu prétendais être et dès le lendemain, il a découvert que tu étais le frère d'Anouk. Il s'est donc acharné à te convaincre, Gabriel, puis il a tenu à avoir Anouk auprès de lui ces derniers jours, afin de pouvoir l'épier, sachant qu'elle était mêlée à ses affaires, même s'il ne savait pas de quelle façon.

Avant qu'Anouk n'intervienne, Mat s'empresse de préciser que John Beck a eu la décence d'ajouter qu'Anouk en plus, lui a été d'une aide extrêmement précieuse.

Je prendrai bien ma revanche avant la fin du souper. Il ne perd rien pour attendre, mon cher ami policier un peu provocateur. Volontairement ou non, Anouk m'évite d'avoir à répondre, en revenant en arrière.

- Pourtant, son si beau plan n'a pas fonctionné.

- Tu as bien raison, Anouk, force nous est d'admettre que John Beck s'est fait prendre malgré son idée géniale. Premièrement, s'il avait récupéré à temps la facture après l'avoir imprimée, plutôt que de l'oublier bêtement, tu ne l'aurais jamais trouvée. Merci à toi, Anouk. Tout avait pourtant très bien fonctionné les mois précédents. Dès qu'il recevait une facture, il la faisait imprimer, allait immédiatement la chercher, l'approuvait et l'amenait à la comptabilité lui-même, pour limiter les intervenants. À la comptabilité, il n'y avait aucune raison de se méfier, tout paraissait parfaitement en règle.

Anouk rougit parce que nous sommes tous en train de la regarder en lui montrant du regard que c'est grâce à elle si le crime a été découvert, puis résolu. Elle se sent mal à l'aise et décide de faire diversion.

- Tu as dit premièrement, Mat. Il doit donc y avoir un : deuxièmement ?

- Très perspicace, répond Mat sans trop de conviction. Deuxièmement, donc, le plan de John Beck ne tenait pas compte du fait que, bien que différent et éloigné l'un de l'autre, Charles ne pouvait se résigner à faire condamner son frère à sa place. John Beck lui avait promis que personne ne se ferait prendre, que personne n'en souffrirait. Ce dénouement ne devait pas se produire. L'avocat a fait réaliser à Charles qu'extorquer était une chose, faire condamner son frère à sa place en était une autre. Cette fois-ci, c'est Einstein qui en doit une à son frère.

Anouk profite du silence momentané, pour lui poser une simple question, qui lui brûle les lèvres.

- Pourquoi ?

Mat prend l'air sérieux de celui qui s'apprête à faire une grande révélation.

- Il nous a avoué qu'il a été extrêmement déçu de voir Albert Biron lui passer par-dessus la tête, pour le poste de président. Il ne l'a jamais digéré. Comme il obtenait une importante commission sur chacun des contrats gagnés, l'argent et le prestige venaient compenser sa frustration en quelque sorte. Il a donc poussé sa chance en pipant les dés en sa faveur, sachant que s'il se faisait prendre, c'est Biron qui serait accusé. D'une pierre, deux coups.

Il réfléchit un moment.

- De toute manière, un fraudeur aura toujours une bonne raison de frauder.

Les convives n'ont rien à répliquer. Que peut-on rajouter sur la grandeur et les misères de la nature humaine ?

Mat poursuit.

- Apparemment, il n'aurait décidé de son stratagème, qu'une fois avoir croisé le frère jumeau. Il a vu là une occasion inespérée. Il a pris le risque. Il a tout perdu.

À voir l'expression d'Anouk, on dirait qu'elle éprouve de la pitié pour l'homme

À mon tour d'intervenir.

- Je crois que les relations publiques d'ING Solution ont beaucoup de travail devant elles.

Anouk se sent plus volubile, le sujet est moins émotif pour elle.

- En effet, Gabriel. Ils m'ont déjà contactée pour que je valide des informations sur des contrats précédents. Un grand ménage s'amorce et je veux en faire partie, maintenant que le vrai mouton noir a quitté l'entreprise. J'ai demandé à Albert Biron si je pouvais poursuivre ma carrière dans la boîte. Il a accepté avec joie et s'est confondu en excuses, bien que non directement responsable de ce gâchis. Il prend les moyens pour renforcer la gouvernance afin d'éviter la répétition de telles actions. Il m'a aussi promis que Robert Lemay ne reviendra jamais dans la boîte, quel que soit le résultat de son procès à la suite de ma plainte. Il était sincère. Il croit que j'ai un bel avenir chez ING Solution.

Je n'ai rien à ajouter. Par contre, j'en dois toujours une à Mat.

- Et toi, Mat, te remets-tu de ta première affaire aux crimes économiques ?

Ma question est un peu biaisée, je l'admets. Ce que je veux savoir en réalité est : est-ce que Mat s'est remis d'avoir soupçonné la mauvaise personne lors de sa toute première intervention à son nouveau poste. J'essaie de ne pas paraître trop arrogant en posant la question. Pas facile, je l'avoue. J'espère que cela ne se voit pas trop, que je me mords les joues par en dedans.

- En fait, tu veux savoir si j'ai eu l'air fou, Gabriel.

Il a bien lu le sens de ma question. Le grand policier m'a eu. Je crois qu'il s'était préparé à ce que je lui pose cette question à un moment ou à un autre.

- La réponse est oui, j'ai eu l'air fou, mais pas pour très longtemps. Il faut que je vous dise aussi que notre dynamique trio, John Beck, Wong Yew et le pauvre Charles Biron ont fait le même coup à trois autres reprises depuis deux ans. Deux cas dont je me doutais et une autre affaire qui est sortie de nulle part. Alors le petit nouveau en poste a réglé quatre dossiers du coup, et ce, à sa première enquête. Que dites-vous de cela, grand comptable temporaire qui s'est fait prendre dès la première minute ?

Je n'ai pas d'arguments. Je me montre bon joueur.

- Vue de cette façon, tu marques un point, Mat. Je lève mon verre à tes premiers succès.

Il y a toujours ce quelque chose qui me trotte dans la tête. C'est encore très flou, mais cela me trouble de plus en plus, à mesure que le souper progresse. Cela me rend maussade. Je bois modérément, en savourant mon vin entrecoupé de Perrier. Ce n'est donc pas l'effet de l'alcool.

- Mondanité pour mondanité, j'ai aussi quelque chose à révéler.

Nous nous arrêtons net et dévisageons Anouk de toute notre curiosité.

- He ! Les amis. Ne prenez pas cet air de croquemort, j'ai dit mondanité, pas nécrologie.

Nous nous remettons à respirer.

- Cette nuit-là, j'ai appelé Singapour. Je leur ai dit tout ce que je savais.

- C'est-à-dire ?

- J'y arrive, Gabriel. Alors que John Beck essayait de s'expliquer quand je lui ai posé la question à propos de la somme de cinq millions qu'il avait ajoutée à la soumission, il s'est échappé en disant qu'il était persuadé que notre prix ne serait pas une objection et que nous gagnerons et récupérerons les cinq millions. Ce n'est pas son genre d'être optimiste à ce point. J'en ai conclu que monsieur Yew avait fort probablement acheté un autre membre du comité de sélection et que John Beck était au courant. Le client a été très étonné, mais reconnaissant, que je leur fasse part de mes soupçons.

Damien en perd son latin dans tout ce dédale mafieux.

- Voilà une mondanité qui n'a pas peur d'une autre mondanité, s'exclame-t-il !

Mat prend la parole.

- En effet Damien, toute une. Le premier membre corrompu du comité de sélection identifié par Wong Yew, monsieur Ben Lai a finalement avoué après qu'on eut vérifié ses comptes bancaires. Je connais la suite, mais je te laisse continuer, Anouk.

Elle le prend au mot et poursuit.

- J'ai su par la suite que la police et le client ont fait leur petite enquête et n'ont pas eu de difficulté à effectivement identifier l'autre membre corrompu. Disons que Wong Yew a été très collaboratif, une fois au pied du mur, comme le sont ceux qui sont pris au piège. Donc, il a finalement dévoilé le nom de la deuxième taupe. Les autorités l'ont confronté, il a avoué. Je sais maintenant que Wong Yew et John Beck ne sont pas hommes à mettre tous leurs œufs dans le même panier. Alors, des cinq millions en pots-de-vin versés par - elle hésite un peu, puis se résigne à lâcher le mot - ING Solution, il y avait un million pour le travail de Wong Yew, et trois millions saisis sur le compte bancaire du membre du jury qui a été arrêté. Devinez la suite.

- Il manque un million.

- Tu as raison, Gabriel, le million manquant était pour ce deuxième membre du jury. Chacun des deux pensait qu'il était seul à être corrompu.

- Il n'y allait pas avec le dos de la cuillère, ce Wong Yew.

- Pour la petite histoire, Anouk est tout sourire à présent, j'ai su plus tard que la plus grande frustration du deuxième membre corrompu n'était pas d'avoir été découvert, mais d'apprendre que l'autre avait reçu trois fois plus que lui.

Anouk ne m'a rien mentionné de ce dénouement durant la fin de semaine. Il faut dire qu'elle l'a passée avec Geneviève, je ne peux lui en vouloir. J'interviens donc à froid.

- Cela a dû être un choc pour le client, deux des membres de son comité, soudoyés ! Et puis j'y pense. Tout ceci est totalement logique. Comment s'assurer après avoir dépensé cinq millions en pot-de-vin que la victoire sera acquise ? La réponse : acheter deux membres du comité de sélection plutôt qu'un seul. J'aurais dû y penser avant.

Tiens, la même sensation étrange me revient. Toujours cette impression bizarre et inconfortable, un peu comme si je m'apprêtais à retrouver un souvenir pénible de jeunesse.

Anouk me sort de mon introspection.

- Vois-tu, Gabriel, ils ont été reconnaissants que je les mette au courant, malgré leur déception. Si je n'avais rien dit, le juré corrompu aurait opéré sa magie, influencé les autres et allez savoir, ING Solution aurait possiblement décroché le contrat, malhonnêtement et pour les mauvaises raisons.

- Qu'ont-ils fait ?

- Ils ont annulé l'ouverture des soumissions prévue le matin même. Ils relancent l'appel d'offres. Nous repartons à zéro.

Je ne suis pas cent pour cent d'accord avec ma sœur.

- Pas tout à fait à zéro, Anouk, tu as sauvé les apparences et surtout, tu as rétabli l'honnêteté d'ING Solution. C'est énorme. Ils vont vous avoir en haute estime lors de la prochaine évaluation.

Nous sommes de nouveau concentrés sur nos assiettes respectives, digérant repas et nouvelles. Je sens qu'il faut donner une tangente différente à ce souper qui se veut un évènement de réjouissance, non pas une session de travail.

Damien me coupe l'herbe sous le pied. Il est tout sourire.

- J'ai vendu encore une autre toile depuis mon exposition.

Les wow et les félicitations fusent de partout. Lui, il reçoit toute cette énergie avec la plus grande humilité dont il est capable, c'est-à-dire très peu.

Malgré le beau sourire que j'offre à Damien, je ne peux faire fuir la curieuse sensation toujours latente en moi. Tiens ! Puisque nous sommes sur le cas de Damien.

- Dévoile-nous donc, Damien, ce que nous désirons tous savoir si ardemment.

- De quoi me parles-tu ?

Son air étonné ne ment pas, il n'a aucune idée de ce à quoi je fais allusion.

- Où as-tu acheté ton superbe pyjama si extraordinairement sexy ?

- Ha ha ha ! Très drôle. Vous me reprendrez à voler à votre secours pour vous sauver, sans même m'accorder le temps de m'habiller.

Damien, nous a pourtant déjà expliqué, un à un, que son mauvais présage à propos d'Anouk s'était exacerbé quand il a essayé de nous rejoindre, elle et moi, pendant toute la soirée et une partie de la nuit de jeudi. C'est Hélène, la conjointe de Mat, qu'il avait aussi appelée après avoir échoué avec nous, qui lui a dit que ce dernier était parti précipitamment pour ING Solution. Damien, mort d'inquiétude, n'a pas réfléchi une minute, son amie était peut-être en danger. Il a donc accouru tel quel au bureau d'ING Solution.

- C'est vrai, Damien, nous t'en sommes très reconnaissants, même si ton secours se tenait plutôt loin derrière l'épaule du grand policier qui te faisait écran dans la porte de la salle de conférence. Remarque, avec tous ces bleus causés par ta chute infortunée dans ton kiosque le mois dernier, je te comprends d'avoir voulu te mettre à l'abri, loin derrière l'action.

Est-ce à cause de ce sentiment insolite qui ne cesse de m'effleurer d'un peu trop près ? J'aurais dû nuancer mes propos. Je voulais être drôle, mais cela n'est pas sorti comme je l'aurais espéré. Le silence autour de la table me le fait bien sentir. Damien semble vexé. Je ne sais plus comment me placer.

Anouk saisit le relais. Je me remets à respirer dès qu'elle prend la parole.

- Dis donc, preux chevalier Gabriel Beauregard, si tu nous lisais plutôt un extrait de ton poème. Tu sais celui que tu as laissé sur la table, l'autre jour. Je l'ai justement ici.

Je m'arrête à nouveau de respirer.

C'est à ce moment précis que l'idée qui me hante depuis deux semaines prend forme, devant moi, clairement et d'une manière foudroyante. *Et si la disparition de Marie était reliée à ce qu'elle aurait peut-être, elle aussi, trouvé sur une imprimante d'ING Solution. Un document compromettant, oublié par John Beck ?*

Je dois sûrement divaguer.

- Allez, Gabriel, nous attendons tous impatiemment ta prestation.

XXX

Pour ne pas manquer la sortie des prochains romans de la série « Intrigues et amitié » :

Facebook : **Claude André Poirier, écrivain**

9 782981 563927